天切り松 闇がたり
第二巻

残 侠

浅田次郎

集英社文庫

目次

デザイン・藤井康生

天切り松　闇がたり　第二巻

残侠

第一夜

残侠

師走も御用納めの二十八日が過ぎると、留置場はがらんと空《す》いてしまう。

裁判所も検察庁もお役所にはちがいないから、とるに足らぬ悪党は早々と釈放《パイ》になり、公判待ちの者は拘置所に移監され、逃亡中の共犯《レツ》がいるか黙秘《ダンマリ》かで、どうとも調書の作成がおわらぬ連中だけが、ひとつの雑居房に寄せ集められて年を越す。

裁判所が休みなら逮捕状も出ないので、緊急逮捕の悪者のほかには新入りもいない。

不景気のせいか、ことさら寒い冬である。

「とっつぁん、差し入れだ」

若い看守が房《ぼう》の小窓《シキテン》から綿入れ半纏《ばんてん》を押しこんだ。

「へえ——差し入れって、あっしァそんな面倒を見てくれる身内なんざ、心当たりがございませんが」

老人の大時代な江戸前の物言いに、五人の同居人たちは苦笑する。

「誰だっていいじゃねえかよ、じいさん。あんたのそのなりを見ていると、こっちまで寒くなる」
情《じょう》の悪さで越年になったやくざ者が、扇形の房の奥ですさんだ声を出した。なるほど網張りの扉の前でちんまりと膝を抱える老人の身なりは寒々しい。刺子《さしこ》を打った藍染の単衣《ひとえ》物に股引《ももひき》。襟元に黒々とした彫物が覗いていなければ、小さな体つきといい温和な表情といい、下町の老職人だ。

「署長からだよ、とっつぁん」
看守は聞こえよがしに言う。

「署長さんから？　へえ、そいつァかっちけねえ。三度の官弁をごちになったうえ、着るもんの面倒まで見ていただくたァ」

「あのなあ、とっつぁん。ブタバコでの年越しっていうのも、まあ悪かないとは思うけど、体には良かないぜ」

「シャレですよ、シャレ」

「だから、シャレもいいけどな。署長が言うには、帝国ホテルのスイートでも箱根の温泉宿でもとってやるから、ともかく晦日《みそか》にはここから出てくれって」

「へいへい。それァ数日前《め》ェから耳にタコのできるほど聞かされておりやす。朝方なんぞ警視総監だってえ昔のなじみからね、一人がいやなら官邸にお越しって、直々のお電話までちょうだいいたしやした」

笑いながら耳を傾けていた同房の留置人たちは、そのあたりでどれも真顔になった。

溜息をついて看守が定位置に戻ると、やくざ者が奥の白壁から身を起こした。

「おい、じじい。悪い冗談もたいがいにしろ。みんな好きこのんでこんなところで年を越すわけじゃねえんだ。シャレはねえだろ、シャレは」

「あ、こいつァ言葉が過ぎやした。どうかみなさん、年寄りのへらず口だと思って、勘弁してやっておくんなさいよ」

老人は白髪の坊主頭をぺこりと下げ、差し入れの半纏に袖を通す。手首の近くにまでみっしりと入った彫物が、留置人たちの目を奪った。

「ああ、こいつァあったけえや。なにね、べつだん冗談てえわけでもねえんで。実は歳末の防犯対策がどうとかこうとかで、ここの署長《おやじ》が盗犯《とうはん》の捜査に協力してくれろっていうんです。あっしァこの道七十《しちじゅう》年てえ盗ッ人稼業で、物盗りの手口についちゃ知らねえもんはねえ。あいよ、どうせこちとら隠居の身で、お上《かみ》からいただいている年金の分ぐれえ知恵を貸すのはやぶさかじゃねえ。そのかわり給金も車代《くるまでえ》もいらねえから、ちょいと昔なつかしいブタバコに入れちゃもらえねえかって――」

「おい、じじい」と、やくざ者は老人の声を遮った。車座になって睨みつける目はどれも剣呑である。

「へい、何か？」

「何かじゃねえよ。いいか、ここにいる連中はみんな代紋しょってるのが災いしてよ、正月だってのに家にも帰れねえんだ。いいかげんにしろって。しまいにゃ怒るぞ」

老人は白髪頭を撫でながら、同居人たちの怪訝《けげん》な表情をひとつひとつ見返した。

「おや、玄人《くろうと》はにいさんひとりで、ほかのみなさんはかたぎだと思いやしたが……へえ、こいつァ畏《おそ》れ入りやした。きょうびの若《わけ》ェ衆《し》はどうともやくざにゃ見えねえな」

「こら、じじい。いい気になるなよ」

と、トレーニング・ウェア姿の若者が凄んだ。たかだかの恐喝や暴行で年越しをさせられる男たちのやり場のない怒りが、狭い雑居房の空気を尖らせる。

老人はゆっくりと首をめぐらし、金網ごしに看守台を見た。

「担当さん」

「何だよ」

言わんとする先がわかっているのか、看守はにこりと笑った。

「実は、あっしがわがままを言ったのァほかでもねえ。署長さんに聞いたら、房内《なか》にゃ地場《じば》の若ェ衆がお仕置の越年だっていうからね。どうせ流行《はや》りの総会屋か高利貸で、こらしめにしたって気の毒だと思ったから、せめてこの年寄りの昔語りでも聞かせてやろうって――」

「どうせそんなことだろうと思ったよ」

「なら、おめこぼし」

「俺にも聞かせてくれよな」

看守は立ち上がると小高い看守台から降りて、鉄扉のインターホンを押した。

「おおい、松蔵親分の闇がたりが始まるぞォ！」

たちまち待ち構えていたように、控えの看守たちが鉄扉を押しあけて入ってきた。刑事室《デカベや》に向かって人を集める声もする。

「おおい、手のあいてる者はこいよ。闇がたりが始まるぞォ！」

雑居房のやくざ者たちはわけもわからずに、どやどやと留置場に入ってくる巡査や刑事たちの様子に仰天している。やがて金網の周囲と裏廊下に面した窓に、十人ばかりもの警察官が鈴なりになった。

「おい、じじい。何だよ、何だってんだよ」

と、兄貴分。

「まあ、お聞きなさんし。御用納めともなりゃあ所轄もヒマなもんで、捜査協力だ何だって、実のところァみなさんあっしの話を聞きてえだけなんだ――やや、署長さん。そんな後ろに隠れてねえで、お偉いさんは前へ、前へ」

裏窓の巡査の蔭に立っていた金線入りの帽子が、照れ臭そうに金網の前に進み出た。

老人は毛布の上に胡座《あぐら》をかいて背筋を凜《りん》と伸ばす。と、ふいに、うって変わった低い声音《こわね》が、冷えきった房に響いた。老人の乾いた唇が、腹話術のようにかすかに動いている。

「そうびっくりしなさんな。何も壁の中や天井裏で誰かがしゃべっているわけじゃあねえ。これが、どんな闇夜の晩だって目の先六尺にしか届かねえてえ、大江戸以来《いれえ》の夜盗の声音だ。どなたさんも、ようございますね。なら久方ぶりの闇がたり、これより始めさしていただきやす」

老人が頭をいちど下げてから、上目づかいにぐいと睨み上げると、やくざたちはこぞって尻ひとつ分も後ずさった。

「じいさん、天切《てんき》り松《まつ》か……」

兄貴分は感きわまったふうに声をうわずらせた。

「へい。にいさん、どうやら噂ぐれえは耳にしているようだな。まあ、ほかの若ェ衆《わけし》は知らんだろうが、いずれにせえこうして天切り松の語りを聞けるおめえらは果報者《も》ンだ。やい、てめえらも渡世人のはしっくれなら、有難《ありがて》え話を聞くなら聞くなりをしやァがれ」

「座れ」と、兄貴分が毛布をはずし、板敷にかしこまって命じた。やくざ者たちはみなそれぞれに、膝を揃えて背筋を伸ばす。老人は満足げにひとつ肯いた。

「よおし。おめえらが代紋しょった渡世人だてえことはよおくわかった。だが、かしこまらにゃわからねえようなやくざ者じゃあしょうがねえな。俺が駆け出しの時分にゃ、やくざはどこから見たってやくざ者、揃いの藍半纏を羽織って、どのツラにもあっしァやくざでござんすと書《け》えてあったものさ——さあて、まずはそのあたりから話さずばなるめえの」

裏窓から起こった拍手を、きつい三白眼でひと睨みに睨み倒して、老人はふしぎな声で語り始めた。

「俺の名前《なめ》ェは、村田松蔵。そんなこたァどうでもいいが、天切り松といやァちょいとは名の知れた盗ッ人だ。天切りたァ、大江戸以来の夜盗の華。ケチな所帯にァ見向きもせず、忍び返《げえ》しに見越しの松、長屋門に車寄せてえお屋敷ばかり、夜に紛れて屋根を抜く、富蔵、藤十郎、鼠小僧の昔から、一子相伝、親分から子分へと奥義《おうぎ》を伝えた荒技でえ。おっと、自慢話はたいげえにして——噂でもねえ騙《かた》りでもねえ天切り松の闇がたり、久方ぶりに、始まり、始まァりィ——」

一

大正十一年正月三日、松蔵は寅《とら》兄ィに連れられて、観音様に詣でた。

冬空が縹《はなだ》色に冴えて風もない、暖かな午下《ひるさが》りである。御一新の前の年に肝心の門が焼けたまま、名ばかり雷門と呼ばれるとっつきには、待ち合わせの人や右左《みぎひだり》のわからぬおのぼりが群をなしている。そこからまっすぐ仁王門に延びる仲見世は、初詣の人の波でにっちもさっちもいかぬ混雑だった。

「なあ、寅兄ィ。何もこんなふうに蟻ン子みてえに歩かなくたって、横丁を行けァいいじゃあねえか」

大人たちの背や腹に囲まれて、のろのろと歩くのもいやだったが、実のところは横丁にある梅園館や共栄館の勧工場《かんこうば》に立ち寄って、客寄せのからくり人形やパノラマを覗きたかったのだ。

「なあ、兄貴。横丁を歩こうぜ」

小弁慶《こべんけい》の袂《たもと》を引くと、堅い拳固がごつんと脳天を叩いた。

「正月早々、四の五のとうるせえ野郎だな。観音様のお参りはまっつぐ仲見世からするもんだ。そりゃあおめえ、どの道通ったって、この人混みを歩くよりァ早くお堂にゃつくがよ。世の中そういうもんじゃあねえぞ」

正月早々、四の五の言うのはどっちだと松蔵は思った。

初詣に行きやしょうと寅兄ィが誘うのを、安吉《やすきち》親分は風邪《かざ》ッぴきだからと蒲団にくるまってしまった。栄治《えいじ》兄ィも常《つね》兄ィも、それぞれに来客があるからと神田三河町の家《ヤサ》や本郷菊坂の学生下宿に帰ってしまう。おこん姐《ねえ》さんはしぶしぶと出がけたものの、きょうは常磐津《ときわず》のお師《し》匠さんのところへ年始に行かにゃならないと、ふと思いついたようにいなくなってしまった。早い話が、誰も寅兄ィの説教を聞きたくはなかったということだ。

「いいか松公。男てえのは楽をしちゃならねえ。泥棒《ノシ》の修業にしたってそうだろうがい。まずは抜き足と差し足。寝ている家の者との息合わせ。目話、手ぶり、闇がたりと、ひとっつひとっつ体で覚えにゃならねえ」

「おいら、まだ何も教わっちゃいねえよ」

「ハハッ、そりゃあおめえ、部屋住みになれァ、泥棒《ノシ》も掏摸《モサ》も、飯炊き三年が修業の始まりだあな」

松蔵は歩きながら指を折った。ろくでなしの父親に売り飛ばされたのが数えの九つで、それが大正六年の夏だったから、部屋住みも足かけ六年目になる。

「寅兄ィ、三年はとうにたっちまってるけど、おいらまだ飯炊きだぜ」

「へえ」と、寅兄ィも甲に毛の生えた、ごつい指を折った。

「てえことはおめえ、いくつになる」

「数えの十四だよ」

今さら気付いたように寅兄ィはうんざりと松蔵を見おろした。

「それにしちゃ育たねえな。丈《たけ》はいくつあるんだ」

「四尺《しやく》八寸。でもよ、親分がおっしゃるにゃ、泥棒《ノシ》にせえ掏摸《モサ》にせえチビの方が都合がいいって——言うわりにゃあ、何も教《おせ》えてくれねえけど」

「十四か。ま、そろそろだな」

松蔵の胸は高鳴る。希《のぞ》み通りに栄治兄ィが天切りの技を教えてくれるのか、それともおこん姐さんが玄《げん》の前《まえ》の手ほどきをしてくれるのか。いずれにせよチビで押し出しがきかないから寅兄ィのような強盗《タタキ》は無理だし、常兄ィの騙り欺しは、学があって頭が切れなければだめだろう。

ようやくお堂にたどりつくと、寅兄ィは気前よく一円銀貨を投げこんで、長いこと観音様に手を合わせた。

その日の帰りがてら、松蔵はからくりよりもパノラマよりも、いや凌雲閣《りょううんかく》のてっぺんに昇るよりもいい見物をした。

人混みを避けて観音堂の裏手に回ると、凍った噴水のほとりに人垣ができていた。

「さあさお立ち会い。ご用とお急ぎでない方はとくとごろうじろ。拙者、神田お玉ヶ池《チンタオ》は千葉道場の流れを汲む居合術の免許皆伝、姓は加藤、名は潤之助《じゅんのすけ》。さきの大戦では青島要塞一番乗りの赫々《かっかく》たる武勲、迎え撃つ独逸《ドイツ》兵をこれなる四尺《しやく》五寸の大刀で、右に左にバッタバタと斬り倒し――」

剣術の稽古着に袴《はかま》の股立《ももだ》ちを取り、物干竿のように長い刀を鞘《さや》ごと肩に担いで、居合抜きの男は口上を述べる。

「見世物ではないぞ。軍国日本の武技向上のため、きょうは特別に拙者の秘技を披露いたす。称して青島要塞十人斬りの燕《つばめ》返し。見世物ではないのだからよもや見物代を投げよとは言わぬが、そこは年に一度の正月。祝儀を断るというのも不粋――」

遠巻きにした見物人からどっと笑い声が上がると、たちまちあちこちから雨やあられと銭が投げられた。弟子なのか子供なのか、稽古着姿の少年が銭を拾って回る。

やがて加藤某が長刀を腰に差して股を割ると、あたりはしんと静まった。

「十人斬りとか言ったけど、据物《すえもの》は五本っかねえよ」

「シッ。黙ってろ。あんな化物みてえな刀、抜くだけだっててえしたもんだ」

男の周囲を、ちょうど人の首ほども太い五本の孟宗竹が囲んでいる。

長いこと気をもたせたあとで、剣客は長刀の柄《つか》に右手を添えたまま、ぼそりと呟いた。

「きょうは、二人、斬る」

松蔵は尻をつねって、こみ上げる笑いをこらえた。

「正月でもあるし、残る三人は武士の情《なさ》け……」

そうしてあれやこれやと気をもたせながら、多少でも祝儀を待っているのだろう。早くやれとばかりに銭が投げられた。

「かたじけない……では、覚悟」

いよいよ股を割って気合をこめると、倅が背中に回って長刀の鐺《こじり》を摑んだ。

「何だい、子供が手を貸してる」

「どうせそんなことだろうと思ったぜ。ガキが尻から鞘を引っぱるんだ」

こらえかねた笑い声と弥次があちこちから湧き起こった。

「エイッ！　エイッ！」

ヤッ、と剣客が長刀を抜き放とうとしたその一瞬、ふいに群衆の中から、間合い良く声がかかった。

「ちょいと待った」

人垣が割れた。

「ごめんなすって。いくら座興にせえ、それだけの銭を投げたんじゃあ、ご愛嬌にしたってお客さんも後生が悪すぎやす」

進み出たのは小さな老人である。背筋は凜と伸びているが、それでも身丈は四尺六、七寸。どう見ても松蔵より小さかった。しかも、その出で立ちがまたふるっている。盲縞の尻を端折《はしょ》って、股引に手甲脚絆《てっこうきゃはん》。足元は草鞋《わらじ》履きで、ごていねいに肩からは柳行李《やなぎごうり》の振り分け荷を担いでいる。これに縞の合羽《かっぱ》を着せ、三度笠を冠《かぶ》せればまるで旅の渡世人だ。

寅兄ィは素頓狂な声を上げて感嘆した。

「ひえェ。何でえ、あれァ。芸人か。いや、そうじゃあなさそうだ。身なりがあんまり堂に入っていやがる」

隣りの男が相槌を打った。

「まるで兇状持ちじゃあねえか。しかしまあ、旧弊《きゅうへい》もここまでくれァ、あいた口も塞がんねえや」

旧弊とは、江戸時代の遺物とでもいう意味のはやり言葉である。明治の御一新から五十何年もたって、「旧弊」も笑いぐさになるほど珍しいものになっていた。

男の声が聞こえたらしく、老人はにっこりと笑って振り返った。

「その旧弊でござんすよ。だが他人様《ひとさま》から旧弊だと後ろ指をさされるこのおいぼれが、いってえどんなもんだか、とくとごらんなさいやし」

群衆から喝采が上がった。

「さくらかな、兄貴」

「いいや、そうじゃねえ。見てみろ、先生ぶるっちまってる」

老人から刀をよこせと言われて、剣客は抗うでもなく腰から長刀を引き抜いた。

「まいったな。あのじじい、かたぎじゃねえぞ」

「かたぎじゃないって？」

「よくよく見れァ、てえした貫禄だ。目付きといい腰の据わりといい、あれァきっとどこぞの名のあるお貸元だぜ」

「まさか……」

「いいや、まちげえねえ。こいつァ見ものだ」

慣れた手つきで長刀を平ぐけの帯に差し挟むと、小さな老人の尻から延びた鞘は地についてしまった。それでも笑う者がいないのは、寅兄ィの言った通り、老人の体から漂い出る、得体の知れぬ貫禄のせいだろう。

老人は砂利の上に足場を決め、ぐいと腰を落とした。

「やい、若《わけ》えの」

「はい」と、後ずさりながら、そう若くはない剣客は言った。

「何でしょうか」

「俺ァこれから五人斬ってみせるが、おめえまさか商売道具の竹が惜しくって、二人だの三人だのと言ったわけじゃああるめえの」

「いえ、実は二人が精いっぱいで……」

群衆は笑わなかった。

「なら、よおく見とけ。おめえらの笑う旧弊てえのは、こういうもんだ」

いったいあの小さな体で、身の丈に近い長刀をどうやって抜くのだろう。どうとも細工をする様子はなかった。

次の瞬間、老人の体が地べたを這うほどに低くなったかと思うと、縹色の空がきらりと光った。

人々が一斉におおっと沸いたのは、老人が刀をみごとに抜いたからだった。そして返す刃で斬り上げ斬り下げるふうをし、ほんの一瞬のうちに長刀はまたみごとに元の鞘に収まった。

老人がすっくと腰を伸ばしたあとで、五本の青竹は計ったように一本ずつ、斜めの切り口も鮮やかに滑り落ちた。

「初詣の善男善女のみなさんに、ほんのお目汚しでござんす。お騒がせいたしやした。ごめんなすって」

老人は拍手喝采も忘れて立ちすくむ人垣をかき分けて、境内の雑踏に消えてしまった。

二

「ぐるりを囲んだ見物人が、噴水の氷みてえに凍えちまったのも無理はねえ。どだい観音裏の大道芸なんてえもんは、見世物てえよりやァ、洒落なんだ。ああだこうだともっともらしい口上を切り、さんざ勿体つけた末におとぼけの笑いを売って、チョン。こいつァ詐欺だのまやかしだのと、腹を立てるのァ田舎者《も》ンで、酔狂な江戸ッ子は欺されるのなんざ百も承知、いってえどんなオチがつくのかって、銭を抛《ほう》って見ていたもんさ。ところが、その旧弊じじいの居合抜きは、伊達も酔狂もあったもんじゃねえ。四尺五寸の物干竿を声も上げずに抜き放ち、まずは真正面の据物《すえもの》をバッサリ。返す刀で左と右。ひらりと身を翻すや、砂利を飛ばして裾から斬り上げ。最後の一本はいつの間にどう斬ったものかもわかりゃしねえ。五本の孟宗竹が門松みてえな切り口を晒して、いっぺんにするりと滑り落ちたのァ、じじいが刀を鞘に収めたとたんだった――担当さん、すまねえが白湯《さゆ》をいっぺえおくんない。久方ぶりの闇がたりァ、いささか咽にこたえやす」

天切り松が話を甲高《かん》い地声に改めてそう言うと、看守はあわてて薬罐《やかん》を取りに走る。懐紙を拡げてじじむさく痰《たん》を拭ううちに、官品の湯呑で白湯が差し入れられた。

「――で、とっつぁん。その居合の達人がつまり、やくざらしいやくざってわけか」

裏窓の金網にかじりつくようにして聞いていた盗犯の刑事が、話の先をせかせた。

「へい。したっけ、旦那。まさかそれっぱかしの話じゃあ、了簡《りようけん》できますめえ」

「そりゃあ、とっつぁんの闇がたりを巡査の時分から聞いてる俺には、物足りねえよ」

天切り松は金網ごしに刑事の顔を見上げ、いたずらっぽく口元を歪めて笑った。

「ま、話はみなまで聞きない。観音裏の大道芸でもあるめえに、さんざ勿体つけたうえ、これでしめえだなんて言うはずァねえ」

天切り松が湯呑を置いて刺子の襟を正すと、房内は再び水を打ったように静まった。

低い闇がたりで、松蔵は話の続きを始めた。

「そのじじいの剽悍《ひょうかん》な面《つら》ァ、いまだに忘れようたって忘らんねえ。干柿みてえな浅黒い肌に深《ふけ》え皺が刻まれて、あれァどう見たって七十過ぎの年寄りだ。そのくせ背筋ばかりァシャンと伸び、大股で歩み去る後ろ姿なんざ、まるで三十なかばの男盛りにせえ見えたもんさ。眉は白いが、こう、グイと吊り上がって、何が面白くねえのか、ぶ厚い大口をへの字に結んでいやがる。ことが終わってさっさと去りかけ、噴水の鎖に懸けてあった立襟の道中羽織を、盲縞の肩にひょいと羽織ったそのなりが、何ともまあ、ほれぼれするほどサマになっていやがったぜ。旧弊だなんてえいうのはあんまり畏れ多い。おおかた天保か弘化の生まれの俠客が、時代《じでえ》の波に乗りそこねて、今もああして旅かけていなさるんだろうと、後ろ姿を見送りながら噂し合ったもんさ。ところで——舞台《ぶてえ》は変わってその翌《あく》る晩。大川端に満月のかんと冴えた正月四日の宵の口、駒形から吾妻《あづま》橋を渡った向島一家の初盆《はつぼん》に、博奕にゃ目のねえ寅兄ィが、俥《くるま》を仕立てていそいそと、出張って行ったと思いねえ。西郷どんの出来そこねえの四角張った仁王ヅラに、黒紋付、仙台平《せんだいひら》の袴《はかま》てえ出で立ちはまったくもって似合わねえが、行く先は界隈で売り出し中の向島一家の初盆だ。まさか小弁慶の着流しに雪駄《せった》ばきてえわけにもいくめえ。おいらもお伴にと、せがんだとたんに火の出るような拳固をもらい、寅兄ィは十円札のぎっしり詰まった信玄袋を提げて、俥に乗って行っちまった。若頭《かしら》、あんまし熱くなるなよ、持ち金の打《ぶ》ちっ切りで、賭場の回銭なんざ借りるんじゃねえぞ、と風邪《かざ》ッ引きの安吉親分が言うのを、へいへいと柳に風で聞き流し、鼻唄まじりに手なんざ振って、心はもう川向こうに飛んじまってる。さあて、その晩、寅兄ィの身の上にいってえ何が起こったのか——まあ、聞きない」

向島一家の初盆の賭場は、たいそうな賑わいだった。

もとは吉原の牛太郎《ぎゅうたろう》だったという噂のある親分は、博徒としての血筋は悪いが、大戦景気の好機を逃さず、土建業、飲食店、材木の仲買い、はては高利貸から質屋業まで手広く稼業を営むという、当節売り出し中の傑物である。

やくざの賭場というのはふしぎなもので、胴元がくすぶっていると客は寄りつかず、景気のいい貸元の盆にはべつだんの理由もなくなぜか人が集まる。

向島の賭場には「ブタ半」といって、二一の半、二六の丁が出たときは、胴元が場の金の半分をテラ銭に取るというひどい決め事があるのだが、盆が華やかなせいか不利を承知で客はよく遊んだ。

その賭場というのがまた、新時代のモダンな博徒にふさわしく、ふるっている。下町には珍しいカフェの二階に、椅子やテーブルを片付けてゴザを敷き、ビールも洋酒も飲み放題、昼間の店から居流れたエプロン姿の女給がかたわらに寄り添って酌をする。そんなに派手なご開帳なのに、ただの一度も手入れ《ドサ》をくらったためしがないのは、よほど所轄の警察に袖の下を使っているからで、その安心感がかたぎの商店主たちにとっては大きな信頼になっていた。

――立ち番の若い衆に案内されて下足を預けたとたん、寅弥は吹き抜けになった中二階の桟敷席から、手招きをされた。

梯子《はしご》段ならぬ回り階段の下では、様子のいい旦那衆が二十人ばかりも、丁半の真最中である。

「なんでえ、なんでえ。てめえに桟敷の上からおいでおいでをされるほど、俺ァ安かねえぞ」

ホームスパンの三ツ揃いの背広に蝶ネクタイを締めた代貸《だいがし》は、とうていやくざ者には見えない。寅弥の紋付袴に、にたりと口元を歪めてから、まだ三十そこその若い代貸は胡散《うさん》臭い山の手言葉で囁いた。

「まあまあ。きのうきょう駆け出しのあたしが、寅兄ィほどの人を呼び寄せるはずはないでしょうが――いや、ちょっと折入ってお願いがありましてね」

「お願い？　なんでえ、改まって。あんまし面倒なことは言いなさんなよ」

グラスに注がれた上等なウイスキーを、仁王ヅラをしかめて啜《すす》りながら、寅弥は代貸の表情を窺った。

「これぱかりは、寅兄ィほどの上手でなければ頼むわけにはいかないんですよ」

「俺はちっともうまかねえよ。そんなことァ、おめえらが一等よく知っとろうがい」

「いえいえ、勝った負けたは時の運。ここのお客で盆がよく見えるのは、何といったって鳥越《ごえ》の寅兄ィだって、うちの親分も常々言ってます」

鼻で嗤《わら》いながら、寅弥もそう言われて悪い気はしない。

「ま、そこまで言うんなら、聞くだけ聞いたろうじゃねえか。何でえ、頼み事たァ」

「あれですよ、あれ――」

顎の先で示された階下を見下ろす。シャンデリアの真下が、敷布をかけられた賭場である。

「あの、中盆《なかぼん》の向こう前にいるじじいなんですがね」

肩から羽織った立襟の道中羽織に見覚えがあった。

「ありゃ……あいつが、どうかしたんかい」

「ご存じなんですか」

「いや、きのう観音様でちょいと見かけた顔で、べつに知り合いてえほどのものじゃあねえ」

「そうですか。いやね、どうしたもこうしたも、あのじじいの手元をよくご覧なさいな」

小さな老人の胡座の前には、十円札の束《ヅク》が堆《うずたか》く積まれていた。

「じじいが目を持っちゃまずいのかい」

「いえ、そりゃあ一見《いちげん》のお客にしろ、客は客ですからかまわないんですけど――あのじいさん、一円札一枚から打《ぶ》ち始めてね」

「それにしたって、べつにかまやしねえだろう。勝負は時の運だ」

「ええ、それも悪いことじゃあないんですがね。受け目に回ったところで、あのじいさんドカンと張り込んでくるんですけど、おかげでコマが合わない。ましてやかたぎの旦那衆が、大受けの向こうを張ってくるわけはない」

なるほど老人が丁の目にズイッと押し出すと、ほかの客たちはこぞって老人の張り目に乗ってくる。

「ね、寅兄ィ。わかるでしょう。ずっとあの調子だから、片手にコマがかぶっちまって。どうしようもないんですよ」

そこまで言われれば、代貸の頼み事はわかる。せっかく浮かれ上がってやってきた初盆に妙な注文をつけられて、寅弥は仁王ヅラをしかめた。

「つまり何だ、俺につっかい棒をしろてえわけかい」

「ま、そんなところです。ねえ、兄貴。もちろん一晩のお娯《たの》しみを取り上げるんだから、タダとは言いません。どうせあの齢じゃあ、そうそう長くは持ちますまい。じいさんがくたびれて帰るまで、兄貴が勝てばそのまんま、負けたらこっちが半分ケツを持つっていうことで、どうです」

悪い条件ではない。丁半の博奕は双方のコマがぴったり同じに揃わなければ勝負が始まらないから、反目《はんめ》を支えるつっかい棒になってくれ、というわけだ。一回ごとの勝負でテラ銭を稼ぐ胴元にしてみれば、ともかく場が進んでくれなければ銭が入らない。売上が悪いのは賭場を任されている代貸の責任である。

「ええ、半にコマ、半にコマ、半方二十足りません。半方ないか。半に限って二十」

中盆は懸命に丁半の金を揃えようと、客の顔をひとりひとり睨みながらコマを呼ぶ。多少は胴元に義理のある客が仕方なさそうに束《ツク》を投げるのだが、それでも丁方に張られたコマには足らない。

「半方ないか。半に十五足りません。半に限って十五、半方ないか」

コマを呼びながら、中盆はちらりと桟敷を見上げた。ずいぶんと無理なコマ合わせが続いているのだろうか、その表情は困惑している。こんなふうに時間をかけて場をしのいでいけば、客の興も醒めるし、じいさんとそれに乗る旦那衆を向こうに回してむりやりつっかい棒をさせられている玄人《くろうと》たちも、そのうち嫌気がさす。

「だいぶ往生してるようだの」

「ごらんの通りです。まったく、どこの馬の骨だか知らんが、行儀の悪いじじいだ」

ようやく場のコマが揃って、勝負がかかった。二ゾロの丁。じいさんと旦那衆の手元にコマが付けられる。

「なあ、代貸。あのじいさん、馬の骨じゃあなさそうだぜ。どう見たって手付きが垢抜けてやがる」

「へ？——そうですか。あたしにゃそんなふうには見えませんけど。さっき、ちょいと場から引きずり出して寿司を食わせたんですがね。遠州のなまりがあって、ありゃあただのおのぼりだ」

「遠州にだって博奕打ちはいようが。むしろ本場じゃあねえか。ところであのじいさん、どういうツテで来たんだい」

「それが、雷門で客待ちの俥夫に聞いたんだそうです。今夜あたりどこかで初盆はねえか、と言われりゃ、俥屋だって駄賃は欲しいから、ああそれなら向島の、ってことになりますわね。しかしまあ、遠州といやあ次郎長だか森の石松だか知らないが、玄人《くろうと》なら玄人らしくちょっとは場のことも考えそうなもんだが」

「そりゃあ顔見知りの常盆《じょうぼん》での話だ。旅打ちの流儀てえのはおめえ、あんなもんだぜ」

階下では再び中盆が声を張り上げてコマを呼んでいる。勝ちに乗じた老人は一気に五十円ばかりの札束を丁の目に押し出した。旦那衆が尻に乗って丁方に張る。

「ええ……半にコマ。半に……百十、足りません。半方ないか、半方ないか」

中盆は、今度はとても無理だとでも言いたげに、またちらりと桟敷を見上げた。

「やれやれ——正月早々の初盆でつっかい棒たァ、説教寅も見込まれたもんだぜ。やい、代貸。いやさ清次《せいじ》。俺ァてめえが梯子段の下で下足《ゲソ》を取っていた時分から何だかんだと面倒は聞いてきたつもりだが、いずれァ向島の跡目を取ると信じて、もういっぺんだけ無理を聞いてやる」

寅弥の決心などとうに勘定のうちだったかのように、代貸はにたりと笑った。

「ありがとうございます。恩に着ますよ」

「あの勢いの向こうを張るんじゃあ、つっかい棒にせえ手持ちが足らねえ。コマを回せ」

「はい。もちろん、いくらでも」

「いつもみてえに、十一《といち》の五一《ごいち》のと、あこぎなことは言いなさんなよ」

「あたりまえでしょう。金利なんて要りませんよ。無理を言ってるのはこっちだ。なら負け分は半ケツ、勝ち分はお持ち帰り、と」

「もひとつ。俺がじじいの向こう前に座ったら、回銭はあとから持ってこい。代貸が頭下げて銭を置いて行きゃあ、常連客は俺の向こうは張りづれえ。その分、つっかい棒も軽くなる」

「さすがは鳥越の若頭《かしら》。盆がよく見えてらっしゃる」

寅弥は立ち上がって、仙台平の袴をばさばさと音立てながら回り階段を降りた。中盆がほっとした顔で声をつなぐ。

「ええ、半にコマ、半にコマ。半に限って八十と五。半方ないか、半に八十五――」

「よっしゃ。半に八十五両！」

客たちは一斉に寅弥を振り返った。一呼吸おいて、老人はゆっくりと、鉤《かぎ》の手に吊り上がった白い眉と険しい三白眼を寅弥に向けた。

盆を挟んで、寅弥は老人の向こう前にどっかと胡座をかいた。

こいつァただもんじゃねえ、と顔色にこそ出さなかったが、寅弥は肚《はら》の中で思った。身なりは粗末な旅人だが、小さな体をえも言われぬ貫禄が被っている。世の中は大正という新時代に移り変わって、こういう面構えの男は少くなってしまったが、寅弥の若い時分には御一新の荒波を乗り切った大貫禄の親分が大勢いたものだ。こいつァ俠客だと、寅弥はきつい三白眼を真向から睨み返しながら思った。

代貸が寅弥の後ろに膝をついて、これみよがしの札束を差し出した。

「兄貴、お使い下さい」

「あいよ、すまねえな」

手元に収める前に、寅弥は札を一束、中盆に投げ、酌の女給と若い衆にも小遣を切った。場の空気はたちまち引き締まった。

羽織を脱ぎ、ぐいと片肘を張り出して寅弥は老人に向き合った。

「客人。あんまり欲かくと、体に毒ですぜ。ずいぶんと実入りもあったようですし、たいがいにしておいちゃどうです？」

十分に威嚇《いかく》したつもりだったが、老人は少しも怯《ひる》むふうがなかった。いっそう険しい目で、やや俯《うつむ》きかげんに寅弥を見上げる。一瞬、観音裏で腰を割った据物斬りの目つきを思い出して、寅弥は固唾《かたず》を呑んだ。

「ご挨拶をしておいたほうがようござんしょう。そちらさんは？」

と、老人は子供のように小さな、しかし綿入れのように肉付きのよい掌を寅弥に向けた。

「いや、そちらさんから」

時ならぬ仁義に、あたりは静まり返った。

「遠州浜松の渡世人、政五郎《まさごろう》と申します。ごらんの通り、旧弊が着物を着たような年寄りで、足腰はしゃんとしておりますが、当年七十八でござんす。どうぞ、お手やわらかに」

老人の年齢を聞いて、客たちは感嘆の声を上げた。相当の齢だとは思っていたが、まさか七十八には見えない。背筋は伸び、声も瞭《あきら》かで、何よりも物腰に気魄がある。少くとも見てくれは一回りも若い。

「へえ……そいつァ驚いた。あっしァ目細《めぼそ》の安吉親分が一家の若頭をつとめます、寅弥と申しやす」

再び感嘆の声が上がった。顔見知りの旦那衆でも、寅弥がまさか子供のわらべ歌にも出てくる「目細の安」の身内だとは知らない。

老人は寅弥を見据えたまま、大きく肯いた。

「ほう。目細の親分たァ、あの仕立屋銀次の一の子分と謳われる、目細の安のことでござんすね」

「知っていなさるかい」

政五郎と名乗る老人は不敵に唇を引いて笑い、寅弥を睨みつけたまま小声で唄った。

「三社祭の御輿《みこし》の前で、うちの旦那に中抜きかけた、目細の安、みいっけた——」

三

「——観兵式のタンクの前で、乃木大将に中抜きかけた、目細のやァすゥ、みいっけたァ」

天切り松は話しながら、膝を叩いて戯《ざ》れ歌の続きを唄った。

「中抜き、ってえのは、すれちがいざまにすった財布の中味だけを抜いて、空財布を元通りに相手の懐《ふところ》に戻すてえ離れ技だ。俺の親分、目細の安吉に中抜きをかけられるてえのは、災難どころか江戸ッ子にとっちゃ夢みてえな話で、すられた旦那は銭金なんざどうでもいい、まるで鬼の首でもとったみてえに、目細の安に中抜きをかけられたとあっちこっちで言いふらしたもんさ。するとそれを耳にしたやつらは、どいつもこいつもびっくり仰天、そりゃあ豪気なこった、どこですられたどの財布だと、酒も祝儀も集まるてえ騒ぎになったもんだ。まあ、観兵式のタンクの前で乃木将軍に中抜きをかけたかどうかは知らねえが、子供らがそんな戯れ歌を唄いながら隠れ鬼をするほど、目細の安てえ人は大東京の人気者だった。もっとも、誰が見たわけでもねえ。パクられたためしがねえから、写真も似顔絵もねえ。だが、安吉親分がほんの年に一度か二度、バッサリと中抜きをかける相手は決まって何様閣下だの大店《おおだな》の旦那だった。そんな噂が子供の戯れ歌になって、遠州くんだりまで伝わっていたてえわけさ――ああ、この話はもう百ぺんもしちまったかい」

いつの間にか裏窓の金網に制服の胸を押しつけて、署長が答えた。

「いや、とっつぁん。何べん聞いても聞き飽きないよ」

房の内外から起こった笑い声を、まあまあと両手で制して天切り松は続ける。

「さあて、話は先を急がずばなるめえ。向島の賭場でその夜に起きたいきさつを、俺ァよくは知らねえが、宵の口から始まった政五郎《ゴスン》と寅兄ィの勝負は、明烏《あけがらす》がカアと鳴くまで続いたそうだ。押したり引いたり、対等の勝負がくり返されるうち、ほかの客人もすっかり熱くなっちまって、それじゃあ胴元の思うツボさ。場の銭はどんどんテラ箱に吸い上げられて、夜の明けるころにァみなさん回銭の世話になるてえ寸法。もともと一円札一枚から打《ぶ》ち始めた政五郎だけが勝つにゃ勝ったが、おあとは胴元の一人勝ちてえわけで、初盆はめでたしめでたしとなった。ステンドグラスに朝日が射し入るころになれァ、泣いても笑っても盆はしめえだ。どいつもこいつもすっからかんの借金まみれ、考えてみれァ正月早々くだらねえ博奕を打《ぶ》ったもんだが、そこは考える間もなく打ち上げの酒をふるまわれて、一丁あがり、と送り出される。初荷の幟《のぼり》をおっ立てた馬力やら自動車やらのぶんぶん往きかう市電通りを、すっかり酔い潰れた政五郎を背中にしょって、尾羽うち枯らした寅兄ィがぶつくさ文句をたれながら帰《けえ》ってきたと思いねえ。折も折、鳥越長屋の根城じゃあ、安吉親分、黄不動《きふどう》の栄治、書生常、振袖おこん、それに使いッ走りの俺がちゃぶ台を囲んで、いやめでてえめでてえと雑煮なんざ食っていたところに、破《や》れ戸ががらりと開いて、あけましておめでとうございます――」

ちゃぶ台を囲んだ安吉一家の面々は、箸を宙に上げ、餅をくわえたまま呆れ果てた。

「何があけましておめでとうだい。洒落てる場合かね。大川に浮かんじまってるんじゃないかって、みんなして心配してたってのに」

と、おこんが金切声で叱った。

「寅兄ィ、何でえその情けねえなりは。浮かばぬまでも、まるで大川を泳いで渡ってきたみてえじゃあねえか」

と、栄治はよれよれの羽織袴を見下げ果てて嘲《あざけ》る。

「ひどいもんですねえ、兄貴。鼻緒の切れた草履《ぞうり》を後生大事に懐に入れて、裸足で歩いてくるってのはまあいいとして……ところでその背中にしょってるのは、いったい何です？」

常次郎が餅を挟んだままの箸を向ける。

「ほっとけ」と、安吉親分は雑煮を啜りながら面倒くさそうに言った。

おおかた行き倒れた浮浪者でも拾ってきたのだろうと、誰もが思ったのにちがいない。実際そんなことは、寅兄ィの月に一度の行事のようなものだった。

「寅、いつまでも突っ立ってねえで、中に入《へえ》れ。近所の目もあるじゃねえか」

縁なし眼鏡の奥の細い目をいっそう細めて、安吉親分は顎を振った。

寅兄ィが敷居をまたぎかけたとき、背中でむっくりと起き上がった顔をひとめ見て、松蔵はぎょっとした。おとつい観音裏で見かけた、居合抜きのじいさんだ。

「寅兄ィ、そのじじいは——」

話の手順がまとまらずに口ごもる寅弥の肩を叩いて、老人は土間に滑り下りた。

「寅兄ィ。打ち上げの酒ですっかり正体をなくしちまっていたが、もしやここは目細の親分さんのお宅かえ」

覚めきらぬ瞼をしばたたきながら、旅の老人は言った。

「まあ、そんなところだが、ともかく奥の間で休もうじゃあねえか。遠慮すんな」

小脇を支えようとする寅弥の手を、老人は押し返した。足元は定まらないが、小さな体を背伸びするようにいちど反り返らせてから、安吉親分の顔をまっすぐに見る。

「とんだ粗忽《そこつ》をいたしやした。通り直さしていただきやす」

老人はくるりと振り向き、いったん敷居をまたいで外に出た。首から下げた柳行李の振り分け荷を戸口の右側に置き、盲縞の尻を手ばやく端折《はしょ》り、道中羽織を脱いで背に回す。腰を深く屈めて、黒木綿の手甲を巻いた右手をスッと差し出した。

「門口《かどぐち》にて御免こうむりやす。ご当家お頭《かしら》にご先達いただきやした旅の者でございます」

安吉親分は一瞬胡乱《うろん》な目付きをしたが、すぐに箸を置いて上がりがまちまで進み出た。

「お入りなさいまし」

「御免こうむりやす」

老人は振り分け荷を拾い上げると脇にたずさえ、左足から敷居をまたいだ。

「客人、おつきなさいまし。ご着到早々つかぬことをお訊ね申します。並々ならぬ貫禄から察しまして、さぞや名のある親分さんとお見受けいたします。ならばどうか堅い仁義なぞ抜きになすってお上がり下さいまし」

言いながら安吉親分は、老人の屈んだ体よりさらに目を低めるようにして、上がりがまちの板敷に左手の三ツ指をついた。三ツ指とは、拇指《おやゆび》、人差指、中指。小指と薬指は作法通り内側にたたんでいる。

老人は戸口から射し入る朝の光を背負っていた。

「いえ、親分さんから、どうかお控えなしておくんなさんし」

「どうつかまつりまして。客人、楽におつきなさいまし。手前、裏稼業に身を置く者ではございますが、あいにく渡世の仁義は心得ません。粗相ありましたらお許し下さい。どうか客人からお控えなしておくんなさんし」

老人は腰を割って控えたまま、じっと安吉親分を見つめた。

「どうかなさいましたか、客人」

それでもしばらくの間、老人はまるで愛しいものでも見るかのように安吉から目を離さなかった。

「客人、御酒《ごしゅ》をお召しのうえお疲れとお見受けいたします。どうか楽にお控えなさんし」

「目細の――」

と、老人は溜息まじりに呟いた。

「渡世の仁義は心得ねえとおっしゃったが、よしんば稼業ちげえにせえ、仁義をわきまえた男に会ったのァ、久しぶりだ……」

「畏れ入りやす。ならば改めて、お控え下さいまし」

「お言葉に従いまして、逆意ではござんすがお先に控えさしていただきます」

とたんに老人はいっそう腰を低め、上がりがまちに安吉親分の手と並べて三ツ指をついた。

とうてい老人とは思えぬ気合の入った声が、古調な仁義を切る。

「さっそくのお控え、いたみいりやす。ご当家の親分さん、姐さん、若い衆《し》さん、打ち揃いやしたところで御免こうむりやす。手前、生国と発しますは遠州浜松にござんす。渡世の縁持ちまして、親分は清水の山本長五郎、御一新の前に実子盃をいただきやした名前の儀は、政五郎と発します。ご覧の通り四尺七寸の小兵者《こひょう》につきまして、清水の小政の二ツ名をこうむりやす。天保の末年に命さずかりましてよりこのかた、弘化、嘉永、安政、万延、文久、元治、慶応、明治、大正と、一天地六《いってんちろく》の賽《さい》の目稼業、はてしもねえ楽旅の流れ者ではござんすが、向後《きょうこう》お見知りおかれまして、宜しくお頼み申し上げやす」

戸口から射し入るうららかな陽の中で、老人はなおもしばらく、返す言葉を忘れて三ツ指をつく安吉親分の顔を見つめていた。土間から立ち昇る塵が、盲縞の肩の上に躍っていた。

「客人、お手をお上げなさいまし」

親分は我に返ったように、唇だけで呟いた。

「いや、親分さんから、お手をお上げ下さんし」

「いかに思いも寄らぬ客人とはいえ、小政親分の上《かみ》に立ったとあっちゃあ、渡世の笑いものです。どうか、お手をお上げ下さいまし」

「お言葉ではござんすが、手前、次郎長親分が身罷《みまか》りましてよりこのかた、親も子もねえ一《いっ》本独鈷《ぽんどっこ》の旅人でござんす。親分と呼ばれるほどの貫禄はござんせん」

「ならば逆縁とは存じますが、一緒に手を引かしていただきます。御免こうむります」

二人は睨み合ったまま、同時に上がりがまちから指を引いた。

ことの一部始終を、座敷の隅に控えて見届けていた松蔵は、慄えながらかたわらの栄治兄ィの袖を摑んだ。

「……兄貴、嘘だろ。おいら心臓が止まりそうだ」

栄治は真青な顔で凍えついたまま、ごくりと咽を鳴らして答えた。

「嘘だかどうだか、あの仁義を見れァわかるだろう。あれァ……まちげえなく、清水の小政だ」


裏窓の曇りガラスに冬の陽が翳《かげ》ると、雑居房はしんしんと冷えてきた。

「とっつぁん、本当か、その話は」

湯呑の白湯《さゆ》を啜りこんで、天切り松はやくざ者を睨みつけた。

「俺ァ、てめえら三ン下に講談話を聞かせるほど暇じゃあねえ」

ゆっくりと白湯を飲み干すと、天切り松は房の小窓《シキテン》を開いて、「かっちけねえ。ごちになりやした」と、湯呑を返した。

「銭勘定しか知らねえてめえらに、年を算《かぞ》えろてえのは無理な話か。いいか、この俺が七十年の盗ッ人稼業なら、その駆け出《め》しの時分に七十年の博奕渡世と出くわしたって何のふしぎもあるめえ。二七の百四十年前ェといったらおめえ、清水の次郎長、黒駒の勝蔵、飯岡の助五郎、竹居の吃安《どもやす》、保下田《ほげた》の久六《きゅうろく》、大前田の英五郎てえ錚々《そうそう》が、しのぎを削った幕末だぜ。さあて――映画でもねえ講談でもねえ、今ふうに言うんならさしずめ、ノンフィクションだのドキュメントなんぞてえこんな話を、見聞きした俺の口からじかに聞けるおめえらは果報者だ。清水港にゃ鬼より怖い、大政小政の声がするてえ虎造の名調子じゃあねえが、清水の小政といやァ生涯《しょうげえ》に何十人の人を斬ったかわからねえてえ居合の達人。大政、石松、仙右衛門に並び称される、清水一家四天王のひとりだあな。いってえどんな浮き沈みがあったのかは知らねえが、明治七年の五月に静岡監獄で牢死したはずの小政が、どっこい大正も十一年のモダン東京に、生きて姿を現したてえから驚くじゃあねえか。鳥越の長屋に楽旅草鞋《わらじ》の琉球紐を解いた極めつきの残侠が、はてさてどんな騒動を巻き起こしたか——旦那方、話の先は聞きたかろうが、きょうは師走も二十と九日。お役所は閉まったって、まさか警察《サツ》が開店休業てえわけにもいきますめえ。続きはまた明日の楽しみにして、パトロールぐれえ出なけりゃ、またぞろ年の瀬に追いつめられた悪党どもが、強盗《タタキ》の殺人《コロシ》のと、暴れ出しやすぜ。なら、お名残り惜しいがこれも世のため人のため、天切り松の闇がたり、ひとまずこれにて幕間《まくあい》といたしやしょう——」

松蔵は大口をあけてあくびをすると、話の先をせがむ観客たちには見向きもせず、板敷の上にごろりと横になった。

「ブタバコも年に一ぺんや二へんの勤めなら悪かねえな——担当さん、掟破りですまねえが、闇がたりの駄賃に、床《とこ》をとっちゃあもらえめえか。ちょいと、くたびれた」

言うが早いか、天切り松は裏窓から射し入るやわらかな光にくるまれて、高鼾《たかいびき》をかき始めた。

第二夜

切れ緒の草鞋

一見して懲役志願とわかる貧相な男が雑居房にやってきたのは、やがて年も改まろうとする大晦日の夜更けだった。

「夜分お騒がせします。十九号、佐藤です」

年越しのやくざ者たちは、戸口にかしこまって頭を下げる男にちらりと目を向けたなり、毛布にもぐりこんでしまった。

「……懲役太郎か。暇つぶしにもならねえ」

と、兄貴分が呟く。

「懲役太郎って、何ですそれ」

若者が半身を起こして訊ねた。

「暮れの晦日にパクられるやつってのはな、殺しか強盗《タタキ》。さもなきゃブタバコで飯と寝床にありつこうっていう、懲役太郎さ。あのクスブッたツラが、殺しや強盗に見えるか。嬉しそうに挨拶なんぞしやがって、慣れたもんだ」

男は留置人たちの体をまたいで、便器の脇に床を延べた。爪先で歩き、埃を立てぬようにゴザと蒲団を敷く。なるほど動作は手慣れている。

「ええと、房長さんはこちらさんですか」

男の体臭から顔をそむけて、兄貴分は毛布にくるまったまま奥を指さした。

「あちらの親分だよ」

減灯した房のほの白い壁に倚《よ》りかかって、天切り松はじっと腕組みをしている。藍木綿の痩せた肩から漂い出る得体の知れぬ貫禄に、男は怖気づいた。

「どうも……」

眠っていたかに見えた瞼をうっすらと開けて、天切り松は低い声で訊ねた。

「おめえさん、風呂は入《へえ》ったか」

「はい、みなさんの迷惑になるといけないからって、今しがた」

「着るもんは」

「マルトメを貸してもらいました」

男は「留」と背中に書かれた水色のジャージを着ていた。

「官弁はごちになるわ、ひとッ風呂あびてまっさらの着るもんまでもらうわ、たいそうな正月だの」

「おかげさんで」

「齢はいくつだえ」

「六十二の年寄りです」

ふうん、と息を抜きながら、天切り松は白目の勝った強いまなざしで、懲役太郎を睨みつけた。

「きょうび六十二を年寄りたァ言わねえ。俺から見りゃあ、鼻タレのガキみてえなもんだ」

「ごもっともです――お先に休ませてもらいます」

かかわりを避けて床に入ろうとする男を、天切り松はやおら甲高い大声で怒鳴りつけた。

「やい、若え《わけ》の！　誰が寝ていいと言った。起きゃあがれ！」

男はもちろんのこと、留置人たちまでがみな枕を叩かれたようにはね起きた。毛布の中で片膝立てて斜《しゃ》に構え、天切り松は慄《ふる》え上がる男をぐいと見据える。

「やい、若えの。ここにいる兄さんがたは、背中にしょった金看板が災いして、正月だてえのに女《バシタ》にも会えねえ、ガキも抱けねえ。懲役太郎だか何だか知らねえが、飯と毛布ほしさにパクられてきたてめえが、お先に休ましてもれえやすは、いささか了簡ちげえじゃあねえのかい」

看守台の上から、若い巡査が宥《なだ》めるように声をかけた。

「とっつぁん。宿なしの年寄りだ、勘弁してやってくれよ」

「いいや」

と、天切り松は大口をへの字に結んで男を睨みつけた。

「お言葉だが担当さん。よしんば六十二が年寄りてえことにせえ、宿《やさ》グレたのァこの野郎の勝手だ。人間、楽をしようと思やァ、四十五十も立派な年寄り、風邪《かざ》ッぴきも糞《ふん》づまりも寝たっきりの病人だあな。そんなどぐされ外道《げどう》を、やれ毛布だ官弁だ、マルトメだ風呂だ提《ちょう》灯《ちん》だと世話やきなさるのァお上《かみ》のお慈悲だが、俺ァこの野郎にいい夢見させるわけにァいかねえ。いいか、俺ァこれからてめえに――」

「ちょっと待て、とっつぁん」

と、看守はあわてて立ち上がった。

「おや、消灯後の説教はうまくねえんですかい」

「そうじゃない。この間の続きなら、待ってるやつが大勢いるんだ」

看守は鉄扉の脇のインターホンを続けざまに押すと、まるで非常の事態でも起こったように大声で人を呼んだ。

「おおい、松蔵親分の闇がたりが始まるぞォ！」

天切り松はまっしろな坊主頭をかき上げて苦笑する。

「はてさて、俺ァべつだん他人様に聞かせようなんてえつもりは、ねえんだがなあ……」

真夜中のスチームが、ふいに一丁の柝《き》を入れるように、かんと鳴った。

三館共通の割安切符でまず金龍館のオペラを見、常盤座《ときわ》の演劇を見終わって東京倶楽部の玄関から六区の興行街に出ると、冬の日は欺《だま》されたように昏《く》れていた。

活動写真の興奮が醒めやらず、康太郎《こうたろう》の声は高い。三が日を過ぎて急に人出の減った通りに立ち止まり、尾上松之助のふりを真似て仁義を切る。

「よせよ康《こう》の字。人が見てる」

いつもなら一緒になってお道化《どけ》るところだが、松蔵はとてもそんな気にはなれなかった。

「どうしたの、松ちゃん。具合でも悪いのかい」

三度笠になぞらえていた慶応普通部の丸帽を目深に冠り直して、康太郎は松蔵の顔色を覗きこんだ。

いったいどう説明したらいいのだろう。常磐座の講談で大活躍をし、「清水の次郎長」の活動写真でも、黒駒一家をバッタバッタと斬り倒した小政が――いや、いまだに信じられない。小政だと名乗る老人が鳥越《とりごえ》の長屋に楽旅の草鞋《わらじ》を脱いでいるのである。

松蔵は襟巻に首を埋めて、通りの先にそそり立つ凌雲閣《りょううんかく》の灯を見上げた。青みの残る宵の空に、赤や黄や橙の無数の幟《のぼり》がはためいている。

銀幕の夢と現《うつつ》とが、すっかりごっちゃになってしまった。

「あのなあ、康の字。次郎長の子分の名前《なめ》ェを、もういっぺん教《おせ》えてくれろ」

「え？――何だよ松ちゃん。そんなの、松ちゃんの十八番《おはこ》じゃないか」

「いいから、教えてくれよ」

松蔵の綿入れ半纏の肩に外套の腕を回して、康太郎は宵の六区を歩き出した。

「まず、一の子分はもと尾州家の侍で槍の達人の、大政だろ。で、体は五尺にも足りないけど、長刀《ながどす》を持たせりゃ鬼より怖い居合斬りの達人、小政——」

松蔵の足はとたんに止まってしまった。

「ちょいとおつむは足らないが、喧嘩はめっぽう強い森の石松、色男なら増川の仙右衛門。桶屋の鬼吉、関東の綱五郎、お相撲《すもう》常、法印大五郎、追分の三五郎、吉良の仁吉……どうしたんだよ、松ちゃん」

親友の康太郎は吉原の大籬《おおまがき》、左文字《さもんじ》楼の跡取り息子である。氏も素性もちがいすぎるのになぜかウマが合うのは、世の中の悪意などてんで信じない、康太郎の玉のような性格のゆえだ。

だからこそ、松蔵は話の切り口が見つからない。

「なあ、康の字。おいら、おめえみてえに学はねえし、親も家もねえけどよ」

「何だい、改まって」

「でも、おいら嘘はつかねえ。一生、嘘はつかねえって決めてる。だからよ、おいらの言うこと、信じてくれっか」

松蔵は鳥打帽の庇を上げて、まっすぐに康太郎の目を見た。

「信じるとも。僕が松ちゃんを信じなかったためしが、いっぺんだってあるかい」

「わかった——あのな、鳥越の家《ヤサ》に小政が来てる」

「えっ」と、康太郎はたしかに疑うふうではなく、仰天した。

「映画俳優かい？」

「ちがう。役者でも講釈師でもねえよ。本物の、清水の小政だ」

警邏《けいら》の巡査が通りの先から歩いてきた。康太郎は松蔵の肩を抱き寄せ、踵《きびす》を返して歩き出した。

「きのう、寅兄ィが向島の賭場で知り合って連れてきたんだ。その前にゃ、観音堂の裏で据物斬りをしたところを、この目で見ちまった。すげえんだぜ、講談話とおんなしだ。小政は居合の達人だって、さっきも――」

「騙《かた》りじゃないのかい。だって小政っていったら、ずっと昔の人だろ」

「いやいや、勘定してみたらそんなんじゃねえんだ。天保の生まれだから、そりゃあたしかに薹《とう》はたっちゃいるけどよ」

康太郎は歩きながら賢そうな目を夜空に向けた。

「そう言やァ、うちのおばあさんも天保の生まれだっけ」

「な、勘定は合うだろ。ともかく、その小政がよ、ゆんべから俺っちの長屋に草鞋を脱いでるってこった」

聞くが早いか康太郎は松蔵の腕を握って、一目散に駆け出した。

「待てよ、康の字。見せ物じゃねえんだ、客人の事情をばらしたなんてわかったら、寅兄ィにぶん殴られる」

「知るかよ、そんなこと！　わあ、胸がドキドキする」

——天切り松は話しながら、勿体をつけるように人々をぐるりと見渡した。

いつの間にか戸口にも裏窓にも、ぎっしりと制服の人垣ができている。空咳をひとつして、天切り松は目の先六尺しか届かぬ夜盗の声音《こわね》で続けた。

「実のところ、俺ァまだ半信半疑だった。いや俺ばかりじゃあねえ、親分も寅兄ィも栄治《えいじ》兄ィも常兄ィも、むろん男の嘘にゃ根っから疑り深《ぶけ》えおこん姐御《あねご》も、おそらくは端《はな》から信じちゃいなかったろうぜ。それもそうだ。時は大正、勝ち得《どく》の大戦景気に世の中すっかり浮かれ上がって、きょうびのほれ、バブルとかいうやつとそっくりのご時世だあな。空にゃ飛行機、道にゃ自動車、町にゃハイカラ紳士とアッパッパーのモダンガールが、腕組んで歩いてるてえ大東京のどまん中に、活動写真でもあるめえに、清水の小政がひょっくり現れたてえんだ。いかに年勘定が合ったって、信じろってえほうが無理な算段。ま、正月も早々、まだ松も取れねえ鳥越の長屋に、きょうびでいうオッカケの中学生が、講談話の大スターを追っかけて、ひとッ走りに駆けつけたてえわけだ。続きで借りた棟割長屋は、奥が安吉親分の家《ヤサ》、手前の二軒に俺と寅兄ィが住んでいた。東の空にまんまるのお月さんがデンと昇った明るい晩で、抜き足差し足にゃうまかねえが、ぶっちげえの丸帽かぶった慶応ボーイと、因縁深《ぶけ》え親友《マブダチ》の俺とが、お勝手の蔀戸《しとみど》のすきまから息を殺して中の様子を窺っていたと思いねえ。六畳の座敷に箱膳を据えて、子供みてえにちっちえ政五郎のじいさんは、一宿一飯、夕飯の最中。お櫃《ひつ》を抱えたおこん姐御は、髪をはやりの耳隠しに結って、きつい横目でじろじろと所作の逐一を見張っていやあがる。疑り深え目つきたァ裏腹に、さあお客人、こんな長屋住いでたいしたもてなしもできませんけど、お米《よね》はたんとございます、遠慮なさらずおかわりを。するてえと政五郎は何を思ったか盛りきりの茶碗のまん中に、箸の先でぐるりと穴をあけ、それじゃ姐《あね》さん、お言葉に甘えさしていただきやす、と差し出した。お客人、まだご飯が――いえ、昔からの渡世のしきたりで、旅先の飯は二膳と決まっておりやす。したっけ、寄る年波で二膳のお米は入《へえ》りやせん。そんなときゃあ、こうやって一篦《へら》の飯を形ばかりよそり足していただくもんで。何から何まで、古い仁義を押しつけまして申しわけござんせん。なにせあっしァ、御一新の翌《あく》る年にゆえあって清水を売り、以来《いれえ》五十年、縞の合羽に三度笠の股旅渡世にござんす。人が空飛ぶ新時代《じでえ》に、面倒くせえ年寄りだとお思いでしょうが、どうかそんなお顔をなさらずに、にっこり笑ってやって下さんし。ほれ、姐さん、そうして笑やあ、てえした別嬪《べっぴん》じゃあござんせんか」

天切り松はそう言って老いた目を三日月の形に和ませると、まるで小政がおこんを見たように、ぼんやりと聞き惚れる懲役太郎に微笑みかけた。

二

松蔵と康太郎は、長屋の蔀戸のすきまに顔を並べて、じっと中の様子を窺った。

低いが張りのある江戸前の声で、おこんは訊ねる。

「ゆえあって清水をお売りになったって、何だか講談話みたいで面白そうじゃあござんせんか。もしよろしかったら、そのわけってのを、私《わ》っちに聞かしちゃもらえませんかね。ねえお客人」

おこんは艶《あで》やかだが底意地の悪い笑い方をした。

「へい」と、政五郎はきちんと揃えた盲縞の膝の上に箸を休めた。両腕にはまだ手甲《てっこう》を巻いたままである。

「次郎長親分にァ、甲州は黒駒の勝蔵てえ天敵がおりやして」

「おやおや、それこそ講談話でござんすねえ」

「へい。勝蔵は手勢の多いのをいいことに、年じゅう駿河遠州の次郎長一家の賭場を荒しにめえりやしてね。そのたんびに斬った張ったの悶着で、そういうあっしも、いってえ黒駒の子分を何人叩っ斬ったかわかりゃしねえ。文久三年の天竜川での喧嘩《でいり》を皮切りに元治慶応は小ぜりあいに明け暮れたが、とうとう慶応二年の四月にァ、双方五百人の駒を揃えて伊勢荒神山の大喧嘩――」

「荒神山って、あの血煙り荒神山？」

「へい。活動写真や講談話におおかた嘘はござんせん。向こうは黒駒の手勢に桑名の貸元安《あ》濃徳《のうとく》。双方入り乱れまして、法印大五郎、幸太郎、吉良の仁吉までが討死するてえ、ひでえ喧嘩もあったもんで。そんな悶着も、公方《くぼう》様の時代《じでえ》ならともかく、明治の御一新ののちにァ、まさかやくざの喧嘩だからお咎《とが》めなしてえわけにもいきますめえ。次郎長親分は喧嘩ご法度《はっと》てなことをおっしゃりやしたが、それじゃあ兄弟分を殺された肚《はら》の虫がおさまらねえ。で、あっしァ若気の至りで、縄張りを通りすがった黒駒の若《わけ》ェ衆《し》を三人、掛川の宿《しゅく》で叩ッ斬りやして、そのまんま切れ緒の草鞋をはきやした」

政五郎のいささかも衒《てら》いのない話を聞くうちに、おこんの顔から次第に笑いが消えていった。

「それから、ずっと？」

「へい。何度か清水にも戻りやしたが、次郎長親分はすっかり地元の名士におなんなすっちまいまして。そりゃあ、大政の兄貴や仙右衛門はやくざだてらに読み書きもできるし、それなりに押し出しもきくが、あっしァごらんの通り、博奕と喧嘩を取ったら何ひとつ取柄のねえ男でござんす。そのたんびに、若ェ衆からはけむたがられ、気味悪がられましてねえ。幸い嘘も隠しもねえ清水の小政だと仁義を切れァ、どこの貸元も大《でえ》事《じ》にしてくれやすし、草鞋銭にも不自由はしねえ、次の貸元への順達もおさおさ怠りはござんせん。少くも十年二十年の間は、切れ緒の兇状持ちたァいえ、極楽旅でござんしたよ――おい、そこの若ェ衆」

話しながら勝手の蔀戸を振り向いて、政五郎は苦笑いをした。

「客の話を立ち聞きたァ、あんまり行儀がよかないよ。聞くんなら、敷居内に入《へえ》って聞きない」

思わず逃げ出そうとする康太郎の腕を、松蔵は引き戻した。

「見つかっちまった。こうなりゃ中で聞こうぜ」

「でも……僕、おっかないよ。あの人、本物だよ、きっと。本物の、清水の小政だよ」

膝頭の合わぬほどすくみ上がった康太郎を引きずるようにして、松蔵は長屋の土間に入った。たちまちおこん姐御の叱言が飛ぶ。

「何だい松公！　こそこそ立ち聞きなんざしやがって……あれ、そっちは左文字《さもじ》の坊っちゃんじゃあないかい」

ごめんなさい、と二人は打ち揃って頭を下げた。

政五郎は黙って飯を食い始めた。

「お客人、よかったらお酒を」

「いえ、滅相もござんせん。旅人のふるまい酒は銚子一本と決まっておりやす。ごちそうさんでござんす。腹いっぺえごちになりやした。懐中《かいちゅう》ごめんこうむりやす」

盲縞の袂《たもと》から懐紙を取り出し、魚の骨を畳みこむ。それをていねいに懐《ふところ》に収めると、政五郎は壁のきわまでにじり下がり、小指と薬指を内側に折りこんだ左手の三ツ指で、箱膳をすっとおこんの膝前に押し出した。右手は懐に入れたままである。

「懐中ごめんこうむりやす。親分さん姐さんのお心づくし、有難くちょうだいつかまつりました。世話者の身分ではござんすが、勝手に客分と心得まして、汚れ物、これにてお返しさしていただきます」

さすがのおこんも答えに窮していた。

「あ、はい。お粗末さまでした。どうも渡世のしきたりとやらに疎《うと》いもんで……」

「どうつかまつりまして。稼業ちがいの厄介者にござんす。どうかお気になさらず」

再び背筋を凜と伸ばして座ると、政五郎はもういちど「懐中ごめんこうむりやす」と言って、懐から道中煙草を取り出す。

おこんはあわてて莨盆《たばこ》を差し出した。

「一服つけさしていただきます。姐さんもお持ち合わせがありましたら、どうぞおつけなさんし」

「はい。なら、一服さしてもらいます。何だか、すっかりあがっちまって」

政五郎は旨そうに煙管《きせる》を喫い、おこんはいかにも緊張を鎮めるように、敷島をくわえた。

陶然と政五郎の隙のない所作を見ながら、康太郎が囁いた。

「ねえ松ちゃん。懐に手を入れるとき、必ずごめんこうむります、って言うんだよ。それに、世話者の三ン下は茶碗を自分で片付けるけど、客分だからこれでよかろうって、そういうことだろ」

「わかってらい、そんなの」

ひそめきが耳に入ったのか、政五郎は上がりがまちに立ちすくむ二人を見て、にんまりと笑った。

「しかしまあ、世の中もすっかり様変わりしちまって。実はね、あっしァおとついの朝、上野のステンショに着いたその足で、向島一家のお貸元をお訪ねしたんですよ。横浜は港一家から順達の添え書きをいただいておりましたのでね」

旅人にはそういう手順があるのだろう。やや柔らかな口調で、政五郎は話を続けた。

「ところが、向島のご本家てえのァ、妙に忙しいビルヂングで、敷居の外に控えて仁義を通そうにも、人の出入りが慌しくって誰も取次いじゃくれねえ。しめえにゃ、じじい、物乞いの門《かど》づけか、なんて言われる始末で」

おこんもようやく肩の力を抜いて、横座りに膝を崩した。

「ああ、あの向島の貸元は、やくざと言ったって半竹な商売人でござんすよ。渡世の仁義なんて、とてもとても——で、その客人がどうして向島の初盆に？」

「へい。渡世の仁義を門づけとあしらわれたんじゃあ、あっしも黙って引き下がるわけにァいきますめえ。雷門まで戻って俥夫を捕まえ、向島の盆を覗きてえと言ったら、二つ返事で案内してくれたてえわけで。ま、仁義も知らねえ半端者なら、賭場を荒したって文句は言えめえと。だが、二一の半と二六の丁がブタ半だなんてえ場の決めじゃあ、どんなにつっぱかったところで勝ち目はねえ。ひでえ博奕打ちもいたもんです」

政五郎はやるせない溜息とともに、煙を胸元に吐き出した。

「あいつは、もともと博奕打ちなんかじゃないんです」

と、康太郎が口を挟んだ。

「ついこの間までは吉原の牛太郎で、大戦景気のどさくさに商売を始めただけなんです。銭になることなら何でもするし、警察のお偉いさんともつるんでるから」

へえ、と政五郎は鉤形《かぎ》に吊り上がった白い眉をひそめた。

「商人が銭もうけのために盆を開くてえ――世も末だねえ。まあ、きょうび珍しい話じゃあねえんだが。それにしても、ここの親分さんの仁義にはびっくりした。いかに稼業ちげえとはいえ、さすがは仕立屋銀次の跡目とまで呼ばれた目細の安吉親分だ。あっしァ思わず、若《わけ》え時分の次郎長親分のことを思い出しちまって、胸がこう、じんと熱くなりやした。斬った張ったも、恨みつらみも、みいんな遠い昔のこって、今にして思やァ黒駒の勝蔵も安濃徳も、立派な侠客だったてえことでござんすかねえ。世の中、まったく男が少くなりやした」

政五郎の小さな体は、吐き出す煙の分だけ、さらに小さくすくんでいくように見えた。

康太郎を送って長屋に戻ってみると、政五郎は奥の間に床をとって寝ていた。

「お帰んなさい。お先に失礼さしていただいておりやす」

「ただいま帰りました。あれ、寅兄ィは？」

「まだ親分さんとお話しのようで」

半ば開けられた襖ごしに寝間を覗くと、政五郎の白髪頭が見えた。匕首《あいくち》を枕元に置き、合わせた両手に頰を載《の》せて、俯《うつぶ》せに寝ている。

「枕は、なさらないんですか、お客人」

「へい。これも渡世のならわしでござんすよ」

「ならわし、って……」

枕がわりの両の手には、黒い手甲が巻かれたままである。

「夜中に万がいちの殴り込みがあったときァ、まっさきに死ぬのが一宿一飯の義理てえもんでござんす。だから手甲脚絆《きゃはん》は付けたまんま、すぐにはね起きられるよう、短刀《ドス》を抱いて俯せに寝るもんでござんすよ」

「ここは、そんな心配はいりませんけど……」

「ですから、長い渡世のならわしで。五十年もこうして寝ていりゃあ、股引に胴巻で仰向くのァ、かえって夢見が悪い」

わずかの酒で酔いが回ったのだろうか、政五郎はたいぎそうにあくびをした。

「ところで――親分さんと寅兄ィはずいぶんと長《なげ》え話のようでござんすが、よもやあっしが何かご迷惑をおかけしてるんじゃありますめえの」

「いや、飲んでるんですよ、きっと」

「なら、いいんですけど」

政五郎は安心したように息をついて、じきに軽い鼾《いびき》をかき始めた。

言われるまでもなく、松蔵には思い当たるふしがあった。寅兄ィが向島の盆で大負けをしたのは、顔色からもそうと知れる。耳を澄ませば、壁伝いに二人の話し声が聴こえた。

どうとも気にかかって、松蔵は月明りが眩しいほどの路地に出た。

「親分、ただいま戻りました」

話し声が止んで、寅兄ィの上気した濁声《だみごえ》が返ってきた。

「おう、お客人はどうなさってる」

「いまお休みになりました」

「中に入《へえ》ってお燗番《かんばん》をせえ。まだ寝るには早かろう」

土間に入ると、安吉親分と寅兄ィは箱火鉢を挟んで酒を飲んでいた。上がりがまちに腰を下ろして七輪に手を焙《あぶ》りながらお燗番をする。

「だからよ、親分。何べんも言ってるように、俺ァ代貸の清次に頭下げられて、つっかい棒をやっただけだって。負けりゃ半ケツ、勝ちゃあ持ってけだ」

「負けたじゃあねえか」

綿入れを羽織って御神灯を背にした親分は、不機嫌そうに腕を組んでいる。

「そりゃあ、負けるにゃ負けたけどよ」

「回銭は。おめえ、代貸から銭借りたろう」

「へい、借りましたよ。したっけ、わけありのつっかい棒だ、まさか利息をつけてすぐに返《けえ》せとは言いますめえ」

「おめえの道楽にまでとやかく言うつもりはねえが、あれほど口をすっぱくして向島とはかかわるなと言っとろうがい。いくら場持ちがよくて銭が回るからって、ちょいと脚を延ばせァ、まともな賭場は他にもあるだろう――あのな、実はきょう、仲見世で通りすがりの清次の野郎に、肩を叩かれた。あんな駆け出しの三ン下に、親しくされる覚えはねえ。まったく上下《かみしも》のわからねえ奴だ」

「清次が、何だってんですかい」

親分は縁なし眼鏡の奥の細い目で、じろりと寅弥を睨みつけた。

「あした掛け取りに行くから、寅兄ィによろしく、だとよ」

「おっと、そいつァ話がちがう。金利なんざ要らねえ、有るとき払いの催促なしだってえ約束で」

「証文でもあるのか」

「証文？――向島の旦那博奕に、そんなもんあるわけねえでしょうが。くそ、清次の野郎、何とぼけたこと言っていやがるんだ」

向島一家の初盆でいったい何があったかは知らないが、松蔵にも大方の察しはついた。要するに向島の代貸は、寅兄ィのまっつぐな気性を逆手に取ったということだろう。

人肌に温《ぬく》まった銚子を提げて座敷に上がると、松蔵は気にかかっていたなりを親分に告げた。

「あの、さしでがましいようですけど親分、今の話、お客人の耳には入れねえようにしたっておくんなさい」

二人は同時に顔を向けた。今さら負うた子に教えられたとでもいうふうに、盃を啜りこみながら安吉親分は呟いた。

「それもそうだな。ま、あの客人がどういう素性にせえ、回銭の掛け取りにァ何のかかわりもねえ。いいな、寅」

「へい。承知してます」

神妙な答えとは裏腹に、寅兄ィはうんざりと溜息をついた。

きっと親分も寅兄ィも、客人の口上を信じてはいないのだろう。あのお客人は清水の小政にちげえねえよ、と言いかけて松蔵は口をつぐんだ。

信じろというほうが、どだい無理な話だ。

三

天切り松は話しながら、筋張った細い首をめぐらして看守台の時計を見た。

「さあて――ぼちぼちテレビじゃあ歌合戦も、トリを迎えるころでしょうかい。一年なんてえもんは、過ぎちめえば短《みじけ》えもんだねえ。そんな年月が七十《しちじゅう》年も重なったって、俺にとっちゃまるで昨日のことのようでござんすよ。のう、太郎」

いきなり呼びかけられて、懲役志願の男は肩をすくめた。

「べつに俺ァ、説教たれようてえわけじゃあねえ。つっぱらかって生きようが、のんべんだらりと生きようが、一年は一年。七十年も七十年。生き方なんざ、人の勝手さ。だがよ太郎。おめえも六十二年を生きてきた人間なら、多少は男の見得《みえ》てえもんがあろうがい。男てえのァ苦労なもんで、一日は朝から晩まで、一年は正月から晦日まで、一生はおぎゃあと生まれてからくたばるまで、俺ァ男だ俺ァ男だと、てめえ自身に言いきかせて生きにゃならねえもんさ。そのお題目をいっときでも忘れりゃあ、とたんに楽にゃなるがの」

天切り松は房の内外にぎっしりと聞き耳を立てる男たちの顔を、ひとつひとつ、ゆっくりと見渡した。それから思いたどるような目をしばらく天井に向けて、言葉を探すふうをした。

「署長《おやじ》さんはいらっしゃるかい」

金網ごしに、ベタ金の襟章が答えた。

「ああ、聞いてるよ、とっつぁん。何だね」

「俺ァこれから、お上にとっちゃ聞き捨てならねえ話をするがよ。なあに、べつだんの他意はねえ、要はやくざならやくざらしく、男なら男らしく生きろてえことを、こいつらに聞かしてやりてえだけさ。署長さんも男なら、そこいらあたりどうか了簡しておくんない」

「よし、わかった」

と、署長は肯いた。

天切り松は気合をこめるように頰を両手で叩くと、藍木綿の刺子の肩をせり出して斜に構えた。

ひときわ低い闇がたりの声が、しんと静まり返った雑居房の空気を震わせる。

「向島の掛け取りがこともあろうに鳥越の長屋に凄んできやがったのァ、翌る日の夕刻だった。ごていねいなことにァ、それが仁義だと思ったのか、ピッカピカの自動車を長屋の冠木《かぶき》門《もん》までおっつけて、ギャングそこのけの牛太郎親分と代貸清次の揃い踏みだあな。まずは一家の看板で、十両の何枚目かまで行ったてえ力士くずれの大男が露払い。鴨居にぶつかるてえほどの身丈を門口に屈めて、じじいとガキにゃ用はねえ、寅弥はどこでえと抜かしやがる。あいにく親分と寅兄ィは連れ立って湯屋《ゆうや》に出かけた留守中で、そうと断りァ、なら帰《けえ》るまでここで待つぜと、敷居を跨いで上がりがまちに座りこむ。待つのァそっちの勝手にせえ、人相のよくねえ野郎どもに五、六人もうろつかれたんじゃあ、長屋のかたぎ衆に迷惑だ。湯屋に走ろうてえ俺の腕をむんずと押さえて、客人の政五郎は小声で言った。若ェ衆《わけぇし》、この場は一宿一飯の恩義であっしが話《なし》をつけやしょう。事と次第《しでえ》によっちゃ荒事に及ぶかもしらねえが、ついてはこの匕首じゃあ心許ねえ。ご当家に長刀《ながどす》はござんすかい――」

松蔵が当節売り出しの向島一家の貸元を見るのは、そのときが初めてだった。

まるで洋行帰りのような毛皮の帽子を冠り、同じ黒貂《てん》の外套を着、口髭をぴんと立てた貸元はどこからどう見てもやくざとは思えなかった。

代貸の清次はホームスパンの三ツ揃いにソフト帽を冠り、力士くずれだと噂の高い巨漢の用心棒は印半纏に雪駄がけである。表にはやはり揃い半纏の若い衆が、二、三人控えていた。

「へえ。目細の安吉ともあろうもんが、回銭の掛け取りに怖気づいて、湯屋かい。なら、帰るまでここで待たしてもらうぜ」

葉巻をくわえたままどっかりと上がりがまちに腰を据えると、貸元は色眼鏡を鼻の下までずりおろして、松蔵を睨んだ。

「やい。相手がかたぎじゃあねえと思えばこそ、わざわざこうして向島の鉄造がじかに出張ってきてるんだ。茶の一杯《いっぺえ》も出せねえのかい」

気色《けしき》ばむ松蔵を押しのけて、政五郎は鉄造のかたわらに片膝をつき、ぼそりと言った。

「おかえんなせえ」

鉄造は口髭を歪めて笑った。

「帰《けえ》れ、だと？　誰だてめえは。たいそうな口のききようだの――はは あ、寅の野郎がつっかい棒を買ったあげくに、賭場からしょって帰ったおいぼれてえのァ、おめえだな。よりにもよって客分たァ、目細の安も馬鹿なのか人がいいのか」

「おかえんなせえ」と、政五郎はもういちど声を絞った。

「ふん。てめえみてえな旧弊の風来坊に、帰れと指図されるおぼえはねえよ」

政五郎は畳に片膝をついたまま、しばらく地蔵のように押し黙った。

「それが、あんさんの仁義でござんすかい」

男たちは咎めるふうもなく、声を立てて笑った。

「いかに稼業ちげえたァいえ、よそさんの家の敷居を挨拶もなしに跨いで、勝手に楽についての一服たァ、あんまり行儀が良かねえと思いやすが。ましてやこちらの安吉親分は裏稼業の渡世にござんしょう。ご用がありなさるんなら、人目につかぬよう使いを立てて、お呼び出しになるのが筋てえもんじゃあござんせんか」

「盗ッ人に筋を通す義理はねえよ。こちとら回銭の掛け取りだ。耳揃えて付けてくれりゃ、四の五の言いやしねえ」

「あんさん――」

「何でえ、旧弊。地場の貸元をつかまえて、あんさん呼ばわりはあるめえ」

「親分のお貸元のと呼ぶほどの貫禄にァ見えません。やくざならやくざらしく――」

「ばかやろう。なにわけのわからねえこと言ってやがる。俺ァやくざなんかじゃねえよ。正業をたんと持った、事業家だい」

男たちは声高に笑った。

悔やしさに歯がみをしながら、松蔵は座敷の隅にかしこまって、男たちと政五郎とのやりとりをじっと見つめていた。

奥の縁側から障子ごしに射し入る夕陽が、熊のような鉄造の外套と帽子を輝かせている。土間に立ってぐるりを囲んだ大男たちはどれも金回りの良さそうな身なりで、上等の背広を着、あるいは下ろしたての印半纏の下に、揃いの紬《つむぎ》を着こんでいた。身じろぐたびに、チョッキのポケットや帯から下がった金時計の鎖が眩《まぶ》ゆく光る。

その身なりからすると、いかにも取り巻きの兄貴分たちを引き連れて乗りこんできたというふうである。

立膝のまま、政五郎は居並ぶ男たちを見上げた。

「ただの掛け取りにゃ見えませんが」

鉄造は葉巻をくわえたまま、鼻で嗤《わら》った。

「掛け取りにゃちげえねえが、安吉に言いてえことは山ほどある。掏摸《モサ》にせえ泥棒《ノシ》にせえ、浅草《エンコ》で稼業を張るんなら、この鉄造に挨拶をするのが道理てえもんじゃねえのか」

「そりゃあ、所場代《みかじめ》をよこせてえことですかい」

「ま、早《はえ》え話が、そうだ」

松蔵の腹は怒りに滾《たぎ》った。博徒が盗ッ人に所場代をよこせなどと、よくも言えたものだ。しかも向島一家は、警察《サツ》や役人に賂《まいな》いを摑ませて悪どい銭もうけをしている、成り上がりのやくざ者である。

「せっかくだが、あんさん。こちらの安吉親分は子供の囃《はや》し歌にもなるてえほどの義賊でござんすよ」

「それがどうした。他人様の米櫃《こめびつ》に手をつっこむ、盗ッ人にゃちげえあるめえ」

「いえ、あんさんから上《かみ》の下《しも》のと言われる筋合いのお人じゃあねえってこって」

男たちは笑いを消して、政五郎にきつい目を剝いた。立膝に置いた右手を所在なげに揺らしながら、政五郎は男たちの風体を溜息まじりに見上げる。

「みなさん、けっこうななりでござんすねえ。あっしが若《わけ》え時分にゃあ、やくざ者はどんなに実入りが良くたって、世間の厄介者だてえてめえの分《ぶ》を、ちゃあんとわきまえておりやした。清水の次郎長にせえ、黒駒の勝蔵にせえ、着るもんは冬でも単衣、三度の飯も一汁一菜、お天道様に顔向けできねえ渡世を、いつだって恥じていたものさ。何の取柄もねえやくざ者が、世間様から食わしてもらって生かしてもらって、せめて用心棒なり賭場の開帳なり、どぶさらいなり宿場の掃き掃除なり、かたぎさんに頭を下げてやらしてもらっていたものでござんすよ。あっしの親分てえお人なんざ、往来で行き会う人ごとに、帯の下まで頭を下げて、おかげさんでおかげさんでと、日がなそればっかり言ってらした。この様変わりも、時代《じでえ》の流れてえもんでござんすかい。だとすりゃあ――任俠道も地に落ちたもんだ」

やい、と鉄造は政五郎の脇腹を肘で突いた。

「見てきたようなことぬかしやがって、旧弊の説教はそれだけか。旅に出るんなら、日のあるうちにとっとと行きァがれ」

「あいにくこの手甲脚絆は旅仕度じゃあねえんで。客分は風呂に入《へえ》るときのほかは、こいつを解かねえてえ、軒下の決まりごとでござんす」

大男たちに囲まれた政五郎の体は、人形のように小さく見えた。すり切れた盲縞の襟が寒寒しく、夕陽に倒された枯れ枝の影が、痩せた背中を罅割《ひびわ》っていた。

「若《わけ》ェ衆《し》さん」

と、政五郎は真白な坊主頭を少し振り向けて松蔵を呼んだ。

「はい、何でしょう、お客人」

「どうやらこのあんさんは、話のわからねえお方のようです。安吉親分のお手をわずらわせるほどのこともありますめえ。ちょいとそこいらまで出て、白黒をつけさしてもれえやす」

巨漢の相撲取りが、やいと凄んで政五郎の肩を摑んだ。

「たいげえにしろ、くそじじい」

「へい。そのたいげえをさしていただきやす。——若ェ衆さん。もしご当家にお守り刀があれァ、すまねえがちょいと貸してくんない」

松蔵にはことの成り行きを考える余裕がなかった。ただ、安吉親分を虚仮《こけ》にした向島の鉄造とその子分どもが、憎くてならなかった。

掛け取りは、たちの悪い脅しなのだ。賭場の借金にこと寄せて、この際安吉一家を向島の手下《てか》に直らせ、上納金をはねる。それがいやなら隠れ家のありかを、警察《サツ》にたれこむがどうだ、と言っているのだった。政五郎もむろん、そこまでは見抜いている。

厚い雲が夕空を不吉に被い隠すと、入日も西の廂間《ひあわい》に落ちて、あたりはほの暗くなった。

松蔵は庭づたいに隣りの縁側に回り、ご神前の戸棚から錦袋に納めた安吉の守り刀を持ち出した。

真贋のほどは知らぬが、安吉親分が若い時分に、仕立屋銀次から一家の証しにと授けられた五字忠吉《ごじただよし》の名刀である。白鞘に収まった本身《ほんみ》を確かめてから、松蔵はまた庭づたいに駆け戻った。

政五郎は屈強な男たちに両腕を摑まれて、路地に引き出されようとしていた。

松蔵は上がりがまちに座って、刀を差し出した。

「向島の親分さん。いくら何だって、寄ってたかってこちらの客人を嬲《なぶ》りもんにするのは殺生です。せめておっしゃる通り、こいつを持たしたって下さい」

男たちは荒くれた笑い方をした。代貸の清次が土間に唾を吐いた。

「そりゃあおまえ、やぶに蛇ってもんじゃないのかい。そっちがダンビラ持つのなら、こっちだって懐のものを出すぜ。叩かれりゃ痛いですむところを、何もわざわざ面倒なことにしなくたって――」

「面白《おもしれ》え」

と、鉄造が肯いた。

「命のやりとりてえことになったら、警察《サツ》も黙っちゃいねえ。肚はくくってるのか、じじい」

男たちの手を振り払って、政五郎は手甲の紐を前歯で嚙んで締め直した。

「べつに命のやりとりはいたしませんよ。にいさんのようなくされ外道に、くれてやる命はござんせん」

「何でえ、その言いぐさァ」

白鞘の長刀を受け取ると、政五郎は松蔵に向かって腰を割った。盲縞の尻を端折り、刀を背に回して片手を膝につく。渋い声音《こわね》で、政五郎は暇《いとま》ごいをした。

「ご当家親分さんに、姐さん、ご一党さんに、蔭ながらこれにてごめんこうむりやす。ゆえありまして、これより一宿一飯の義理、果たさせていただきます。したがいまして、道中草鞋、このさきは急ぎ旅の切れ緒に替えさせていただきます。順達の儀、ごめんこうむりやす。どうか若ェ衆《わけ》《し》さん、お控えなしてご当家親分さんにお伝え下さんし。この清水の小政に、任俠道の花道まで敷いていただき、ありがとうさんにござんす。では、向後面態《きようこうめんてい》、相そむけましてよりのちは、ご当家とはいっさい縁ござんせん。ごめんなすって」

敷居を跨ごうとする政五郎の背に、松蔵は古ぼけた道中羽織を被せた。

路地にはたそがれの靄《もや》がかかって、歩き出すそばからちらほらと小雪も舞ってきた。

「お客人――」

どう声をかけてよいものやら、思いつく言葉はみな咽元に凍えついてしまった。かわりに、ならぬ言葉が涙になって、松蔵の頰を伝った。

「客人……」

政五郎は五尺に足らぬ小さな体を精いっぱい冬空に伸ばして、羽織の立襟をかき合わせた。

「若ェ衆《わけ》《し》。おめえさん、いい面構えだの。血を分けた孫なら一言だけこう言ってやる」

「聞かしておくんない」

「男てえのは、理屈じゃあねえ。おぎゃあと生まれてからくたばるまで、俺ァ男だ、俺ァ男だと、てめえに言いきかせて生きるもんだ。よしんばお題目にせえ、それができれァ、理屈は何もいらねえ。さ、言ってみな」

松蔵は手指をまっすぐに伸ばして、唱歌でも唄うように声を出した。

「俺ァ、男だ」

「もういっぺん」

「俺ァ、男だ。俺ァ、男だ」

つらいことがたくさんあった。だが、俺ァ男だと題目のように口にするはしから、死んだ母親のことや、子供を叩き売った父親の顔や、背中で冷たくなってしまった姉の重みが、病気や貧乏や拳固の痛みまでが、嘘のように消えて行った。

松蔵は泣きながら声を張り上げた。

「俺ァ男だ。俺ァ男だ、俺ァ、俺ァ男だ」

清水の小政は、人形のように小さな顎を振ってひとつ肯くと、鉤形の剽悍な眉から力を抜いて、にっかりと笑った。

「そうだ、それでいい。長《なげ》え人生、しっかり男を磨け。世話かけたな、あばよ」

道中羽織の裾を翻して歩み出す小政の体を、男たちの背中が被い隠した。肩を摑み、背を押して、五人の男たちは小さな老人を路地から引き立てて行った。

「くたばりぞこねえの旧弊じじいが、てめえの身丈より長《なげ》えダンビラ引きずって、喧嘩だとよォ！　笑わせるじゃあねえかい」

あの人はどこへ行くのだろうと、松蔵は降りかかる小雪に肩をすくめながら考えた。

わずか一夜の間に、その老いた俠客はさまざまのことを教えてくれたが、理屈は何もなかった。日々の暮らしから不要なものをすべてこそぎ落としてしまえば、男はみなそういう姿になるのだと、夕闇に消えかかる小さな背は言っていた。

あの人はいったいどこへ行くのだろう。誰のために、何をしに行くのだろう。

そんな疑問すらも、理屈にちがいなかった。

男たちの姿が辻を曲がって消えてしまうと、松蔵は後を追うことも、人を呼ぶこともせず、凍った路地に膝をついた。腰が摧《くだ》けてしまった。

それから、降りつのる雪を両手に抱いて、もういちど呟いた。

「俺ァ、男だ」

すると、得体の知れぬ熱い力が腹の底から湧き上がった。

天切り松は話に聞き入る人々をぐるりと見渡すと、闇がたりを張りのある地声に改めた。

「やがて年も明けるてえこんな時に、物騒な話で申しわけねえが――」

娑婆の凩《こがらし》が、窓の外でひょうと鳴った。人々は固唾を呑んで、松蔵のつなぐ言葉を待っていた。

「小雪のちらつく長屋の路地で、俺ァ長《なげ》えことぼんやりと立ちすくんでいたっけ。やがて寅兄ィが湯屋から帰《けえ》って、やい松公、なにボサッとしていやがる、鳥越神社のあたりがいやに騒々しいが、喧嘩でもあったのけえ。我に返《けえ》って、かくかくしかじかとありのまんまを口にすれァ、寅兄ィはみなまで聞かずに血相変えて駆け出した。親分、客人がてえへんだと聞けァ、安吉親分も湯桶をぶん投げて、一目散に走り出す。電車通りに出てみれァ、向こうっかしの鳥居前は黒山の人だかり、喧嘩だ喧嘩だと呼ばわりながら寄ってくる野次馬を右に左にかき分け、境内に上って驚いた。玉砂利の上ァ、つい今しがたの喧嘩のあとで、足の踏み場もねえほどの血の海だ。駆けつけた巡査どもの提灯が、あっちこっちに照らし上げた修羅場のさまァ、忘れようにも忘らんねえ。まずは股倉から顎の先まで真ッ二つに斬り上げられた鉄造。返す刀で袈裟《けさ》がけに斬り倒された代貸の清次。銀杏の根方にゃ匕首《あいくち》を抜き合わせる間もなく、相撲取りが脳天ばっさりと唐竹割り、若ェ衆《わけし》ども一人は手水鉢《ちょうず》に顔をつっこみ、一人は灯籠《とうろう》にすがりつくようにして、真赤な血を噴きながらこと切れていやァがった。どいつもこいつも二つと傷のねえ往生で、死顔せえさして苦しんだふうもねえ。アッと驚いたようなツラのまんま目をひん剝いて、てめえの身の上に今し何が起こったかもわからねえてえふうだった。当の小政は——ご神前の階段に腰かけて、旨そうに煙管を一服つけているじゃあねえか。返り血もなく、五字忠吉のダンビラが手元になけれァ、誰もそのちっちえ年寄りが下手人だなぞたァ思うめえ。巡査どもは小政を遠巻きにして、手にした提灯はどれもガタガタと震えていやがった。おい、これァおめえの仕業か、と一人が聞けァ、小政は煙草をくゆらしながら息も荒らげず、へいたしかに。とんだ渡世上の行きちげえで荒事におよびやした。神妙にせえよ。へい、ご覧の通り神妙でござんす。こいつァ白い着物を着られるかと思いきや、案外といくじのねえ野郎どもで、赤い着物を着るてえことになりやした。鳥越のご神前を、外道《げどう》の血で汚しちまったのァ申し訳ねえ。罪は蒙《こうむ》りやす。今生《こんじょう》の一服、つけおえましたんなら、ご遠慮なく手錠《ワッパ》をおかけ下せえやし。なあに、そんな顔なさんなくたって、まさか南禅寺の五右衛門でもあるめえに、捕方相手に立回りなんぞいたしァしませんよ。ささ、旦那。お縄をお打ちになって――および腰の巡査に手錠をかけられ、腰紐を引かれながら、名前《なめ》ェを訊かれて小政は言った。へい、姓は山本、名は政五郎と申しやす。何でえどこかで聞いた名前ェだな、そうか、清水の次郎長、山本長五郎と一字のちげえか。へい、その通り、お恥ずかしい次第《しでえ》でござんすと、旅姿のまんま歩き出し、小政は野次馬どもをぐるりと見渡して見得を切りァがった。さあて、天保生まれのやくざ者《も》ンの、斬った張ったの渡世の果てに、こんな立派な花道をあつらえて下すった江戸ッ子はさすがに粋だ。旦那さんもご新造さんも、若《わけ》ェ衆《し》さんもおかみさんも、これにてごめんこうむりやす。せめてものご恩返しに、明けの烏《からす》がカアと鳴きゃあ、悪者《わるも》ンのいねえ大川端は、きっといいお日和でござんしょう。なら、みなさん、赤い着物の地獄旅、切れ緒の草鞋を下駄にかえて、これよりとくとくめえりやんす。どなたさんも、ごめんなすって」

天切り松が話をおえても、人々は長いこと身じろぎすらしなかった。凩が鳴り、機嫌の悪い水道の蛇口が、残されたわずかな時を刻むように、滴の音を立てている。

「話ァこれでしめえだ。鳥越の身内に何のお咎めもなかったのァ、小政が一宿一飯の義理を立てて、きつい調べにも黙《だん》まりを通したからにちげえねえ。おそらくはどこぞの監獄で生涯《しょうげえ》をおえたんだろうが、俺の見た清水の小政は、本物にせえ騙《かた》りにせえ、やくざな道を貫き通した、男の中の男だったぜ――やい、食いつめ。てめえ俺の話を聞いているのかい」

節張った指先を向けられて、懲役志願の男は背筋を伸ばした。

「今年ばかりァ勘弁してやる。願いかなわず晴れて放免になったんなら、お天道様に向かって、俺ァ男だと日に三べんも言ってみやがれ。そうすりゃ男はみんな、俺や小政のこの齢まで、背筋のしゃんと伸びた男でいられる――さあて、旧弊の説教なんざたいげえにして、いよいよめでてえ正月だの。おたげえ、いい年にしようじゃあねえかい」

房の内外に居並ぶ男たちは、みなしばらくの間じっと頭《こうべ》を垂れ、凩に乗って聴こえてくる除夜の鐘に耳を澄ませた。

第三夜

目細の安吉

「まったく、情けねえ世の中だなァ……」

署長室のソファに小さな体を沈めて新聞を眺めながら、天切り松は溜息まじりに言った。

「現職の警察官が悪党とつるんで仲間にパクられたあげく、署内のトイレで自殺未遂、と――おい、おめえも桜の代紋しょった身内なら、言いわけのひとつもしたらどうでえ」

老眼鏡をかしげて天切り松が睨みつけると、若い署長はいかにもキャリア組と見える白皙《はくせき》の顔を、気まずそうに振り向けた。

「言いわけ、といわれてもねえ……そりゃあとっつぁん、申し開きのしようもないよ」

婦人警官が茶を運んできた。伝説の怪盗「天切り松」の顔を、まるで憧れのスターでも見るようにしげしげと眺める。

「腐れ縁、というやつじゃないのかね。ほら、昔からあるだろう、そういう関係は」

話しながら署長は婦人警官に向けて、早く出て行けというふうに目くばせを送った。

「何でえ。若い者《も》ンにゃこの俺を見せたかねえのかい」

「いや、そういうわけじゃないが——」

お辞儀をして署長室のドアを閉めかける婦人警官に、天切り松はにっこりと微笑み返して手を振った。やがて笑顔を吹き消し、綿入れ半纏を羽織った体をソファから起こす。

「ま、一服つけろや、若オヤジ」

はい、と思わず素直に答えて、署長は煙草を取り出した。

「てめえで一服つけるときにゃ、人に勧めるのが礼儀だぜ」

あわてて差し向けられたパッケージから一本を抜き取ると、天切り松はフィルターをテーブルに叩きつけて葉を詰めた。傲岸《ごうがん》な唇の端にくわえて火を待つ。体を屈めてライターを向けながら、署長は訊ねた。

「ところで、とっつぁんはいつまでここに？」

「迷惑かい」

「いや——年も明けて、そろそろ留置場も忙しくなるからね」

「そりゃあ結構なことじゃねえか。悪党に説教をたれるのァ、俺の仕事みてえなもんだ。第《でえ》一《いち》、防犯に協力してくれろって頭下げてきたのァ、おめえらじゃねえのかい。警視総監にまで出世した昔なじみの頼み事じゃあ無下《むげ》にもできめえ。ようござんしょう。長《なげ》えことお世話になった世間様への罪ほろぼしだ。給金なんざいりやせん、そのかわりと言っちゃ何だが、今生のなごりに懐かしいモッソウ飯をふるまっちゃあもらえやせんか——」

「まったくなあ……」

と、署長は天井に向けて煙を吐き出した。

「そりゃあたしかに、とっつぁんの経験談は捜査の役に立っているよ。空巣狙いやビル荒しや掏摸《すり》の手口や、ずいぶん勉強もさせてもらった」

「そうかい。お役に立てて嬉しいぜ」

「だがね、あんまり話が面白すぎて、このごろじゃ職務に支障をきたしているんだ。看守たちなんか、明けも非番もなくなっている始末だしな。そこで物は相談なんだが、ぼちぼちよその所轄署に――」

「いやだね」

と、天切り松は意地悪く言った。

「どうして？　ここは建物も古いし、暖房も効かない。丸の内とか麹町《こうじまち》とか新宿とか、新しいビルは住みごこちがいいぞ」

「なにヨタ飛ばしていやがる。こちとら警視総監の旦那から、どこがいいかと訊かれたもんで、ここがいいって言ったんでえ。房《ぼう》は昔のまんまの板敷、壁はセメントの打ちっぱなし、官弁はムッと胸の悪くなるようなモッソウ飯といやァ、警視庁も百の所轄署の中じゃここが一番。いや、きょうびここしかねえと、総監もお勧めだ」

若い署長は苛立たしげに、冬の陽射しが溢れる窓を見た。くわえ煙草で半身を乗り出し、天切り松は孫でも見るように笑いかける。

「不本意かい、旦那」

「ああ。不本意だね」

「なら、旦那だけにとっておきの話を聞かせたろうかい」

ふと、署長の口元が緩んだ。

「とっておき、か？」

「そうよ。こいつァ、あんまり若い者《も》ンには聞かしたくねえんだ。何となれば――」

天切り松は勿体をつけて、うまそうに煙草を吹かした。

「何となれば――今も昔も変わらねえ、サツと悪党との腐れ縁の話だからの」

一

街灯やネオンサインはおろか、公園裏に並ぶ屋台のアーク灯までが、ぼんやりと暈《かさ》を着て見える、霧の晩だった。

見せ物小屋はとうにはねている時間だから、闇に流れるジンタの音色は、たぶん楽団の稽古なのだろう。

足元の濡れた路上に宝石を撒《ま》き散らしたような光が舞って、松蔵はふと顔をもたげた。

「目細の親分、こんばんは」

花屋敷のイルミネーションを映す仕舞屋《しもたや》の二階から、ラメの衣裳をまとった踊子が半身を乗り出していた。ものうげに煙草をくわえ、ひらひらと裸の腕を振るたびに、蛍火のような光が夜を彩る。

安吉親分はインバネスの袖からステッキを振り上げて立ち止まった。

「よう。おすみちゃんかい」

縁なし眼鏡の奥の細い目をいっそう細めて、親分は踊子を見上げる。

「あら、うれしい。お化粧といてなくてもわかるの？」

「あたぼうよ。スッピンだって化粧してたって、女の中味にちがいはあるめえ」

「ちかごろ楽屋に来てくれないって、みんな淋しがってる」

「あいにく正月のかき入れでな。月が改まったらおじゃまするよ」

行くぞ松公、と親分はステッキを振って歩き出した。女は舞台の上からそうするように、親分の後ろ姿に向けて口づけを投げる。

「すてきだよ、親分」

「よせやい、子供の前だ」

「ちょいと小僧さん、親分をちゃんとお守りしなきゃだめだよ」

はい、と松蔵は親分の後を追いながら振り返って、鳥打帽を脱いだ。思わずぺこりと頭を下げた松蔵の様子がよほどおかしかったのか、甲高い笑い声はいつまでも背中を追ってきた。

瓢簞《ひょうたん》池のほとりに出ると、枯れ柳の枝の先に凌雲閣《りょううんかく》がそそり立っていた。十二階の窓々に灯る光が薄氷の張った水面にそっくり映って、まるで池の底から夜空に立ち上がるようだ。

「松公――」

霧の中で白い息を吐きながら、安吉親分は小声で言った。

「おめえ、おしろいを知ってるかい」

おしろいとは、べつに女の化粧のことではない。そんな気味の悪い二ツ名を持つ男を、松蔵はたしかに知っている。

「へい。東京地検の――」

「そうだ。俺ァこれから、その白井《しらい》てえぼんくらに会うんだがな」

「おしろいに?……やばくねえんですか」

闇に潜っているはずの盗ッ人の頭目が、ひそかに東京地検の辣腕《らつわん》検事と会う。てっきり芝居小屋かサーカスの楽屋回りに行くものだとばかり思いこんでいた松蔵は、息の止まるほど愕《おどろ》いた。

「なあに、俺とおしろいとは、おたがい若《わけ》え時分からのつきあいだ。立場はいかに難しくなったって、気心は知れている」

「へえ……」

「俺が仕立屋の親分の下で使いっ走りをしていたころにゃ、あの野郎も帝大出とはいえ見習の公僕でよ、広小路の交番《ハコ》にサーベルさげてつっ立ってたこともあるんだぜ。もっとも、おめえの生まれる前《め》ェの話だがな」

安吉親分の革靴の踵は、濡れた石畳の道に心地よい音をたてた。霧の中に幻のようにそびえる凌雲閣が、一歩ずつ近付いてくる。

「さあて、抜弁天《ぬけべんてん》の屋敷を引き払って以来《いれえ》、とんと音沙汰のなかったおしろいが、わざわざ古毛布《ゲット》の浮浪者に付け文を持たせて俺に会いてえとは、いってえ何の相談だろうか」

「やばいよ、親分」

思わず行き足のすくむ松蔵の肩を、安吉はインバネスの懐に抱きかかえるようにして歩いた。

「やばかねえよ。おしろいの野郎は俺っちのヤサも承知の上だ。捕《と》る気ならとうの昔にどうとかしている。おめえにもおいおいわかるだろうが、官と盗ッ人のかかわりてえのは、法律でどうこう割り切れるほどヤワなもんじゃねえのさ——なんだ、おめえ。ぶるってるのか」

たぶん親分は、自分の知らぬ世の中の仕組みを見物させてやろうというつもりなのだろう。そうとはわかっていても、まるで十二階の展望台から足元を覗くように、松蔵の腰は引けた。

「おいら、おっかねえよ」

「何を言いやがる。盗ッ人がサツを怖がってどうするんだ。いいか、松。サツをお上《かみ》だとァ思うな。そう思うのァ、出来心の五銭盗ッ人《ワッパ》だけだ」

「わかんねえよ、そんなの。パクられて手錠を打たれりゃ、赤いべべ着て懲役に行かなきゃならねえ」

親分は白い息を吹き散らしながら笑う。

「サツは仇《かたき》じゃねえ。おたげえ持ちつ持たれつの身内みてえなものさ」

「身内、って？」

「いまにわかる。ただし、いくら身内だからといって、気を許しちゃならねえ。こっちが一歩ひいたら、向こうは一歩つめてくる。睨み合ったまま飯を食う、油断のならねえ身内だ」

頭上に蝙蝠《こうもり》の羽音がよぎって、松蔵は首をすくめた。

「男同士の達引《たっぴき》がどういうもんか、ようく見ておけ。いいな」

親分の物言いは闇夜をすべる蝙蝠のように、あやうげなく聴こえた。

二

「達引かえ？——達引てのァ、元来が廓《くるわ》言葉で、客とお女郎とが意地の張り合いをするてえことさ。ちょんの間の格子女郎ならいざ知らず、昔ァどこそこの太夫と名の付く華魁《おいらん》ともなれァ、たとえ一夜に千金の銭を積まれたって、いやなものァいやだった。客は客で、男の面子《メンツ》にかけて女を口説く。角海老《かどえび》、稲本、左文字《さもじ》てえ大籬《おおまがき》の太夫ともなれァ、あちきはいやでありんすの一言で、きょうびでいう百万千万の金を袖にしたもんさ。何につけても昔の人間にァ、銭で売り買いのできねえ意地てえもんがあった」

天切り松の話に釣りこまれるように、若い署長は知らず知らず、ソファから身を乗り出している。

「男同士の達引か。それも、検事と盗ッ人の――」

「そうよ。銭まみれのてめえらにァ、付き合いこそあっても達引はあるめえ。だから悪事が露見したしめえにァ、所轄のはばかりで手首を切って死にそこなうなんて、みっともねえことになる。悪党は悪党で、パクられたとたんにぺらぺら自白《うた》って、どうかご勘弁と――そんな野郎どもは男の風上にも置けねえ。どいつもこいつも、片っ端から吊るしちめえってんだ」

「とっつぁん、声が大きいよ」

署長は立ち上がってドアの錠を下ろした。むろん天切り松の饒舌をたしなめたわけではない。ソファの向かいに座り直すと、署長は話の先をせがむように、もう一本煙草を勧めた。

「ちょっとわかりにくいね」

「何がよ」

「いや、とっつぁんが子供のころの、警察と盗ッ人の関係が」

二本目の火を受けて、天切り松は満足そうに笑った。

「おっと、若オヤジ。よくぞ訊いてくれた。さすがは高文合格のエリート、いずれ一国をしょって立ってえ東大出だ。そういやァ、その色白の役者ヅラァ、どことなく白井の旦那に似ているぜ――いいかい、目細の安の親分に当たるのァ、世にも名高え掏摸《すり》盗ッ人の大頭目、仕立屋銀次。明治の末にゃ東京市中に手下《てか》二千人といわれた大親分だった。名前《なめ》ェの通り、元は仕立屋の職人だったが、恋女房が清水熊《しみずくま》てえ掏摸の親分の娘だったとかいう縁で、一家の跡目を継いだのが明治三十三年」

「へえ。かたぎの仕立屋が、掏摸《モサ》の跡目ねえ」

「おおよ。大江戸の昔から、掏摸《モサ》にせえ泥棒《ノシ》にせえ、一本独鈷《いっぽんどっこ》の職人なんぞいやしねえ。親分が縄張内《シマウチ》に職人を抱えて、あがりは現金《ゲンナマ》なら折半、物ならば捌《さば》く手間賃を入れて六分と四分。きちんと台帳まで付けて盗ッ人稼業に励んでいたもんさ」

署長は目を瞠《みは》り、唸るような声を上げた。

「現金は折半、物なら四分六――すごいね、それは」

「さあて、話はそこからだ。ガキの時分から大工《でえく》や左官《しゃかん》と同じように修業を積んだ掏摸《モサ》や泥《ノ》棒《シ》の職人が、なぜ一本で立たねえのか。あまつせえ、なぜ折半の四分六のと、親分に上前をはねられるのか。だが、親分は決して法外な上前をはねているわけじゃねえ。その大方は、警察へのタレになる」

「タレ？――何だい、それは」

天切り松は低く笑って、片手を綿入れ半纏の懐《ふところ》に収めた。

「早《はえ》え話が、サツへの賂《まいな》い。所轄署の署長や盗犯担当の刑事《デカ》たちに毎月届けた賄賂のことを、関東ではタレといい、関西ではデモノ、名古屋ではそのものずばり、義理返しと呼んだ。わかるかい。どこに行ったって、他人様の金品をかすめ取る泥棒が、地の親分の下にまとまっている。物は考えようで、盗《と》られる方が悪いと思や、サツにとっても都合のいい話じゃねえかい」

「とんでもない。ひどい話だ」

と、署長は少し憮然とした。天切り松は声高に笑う。

「そりゃあ、おめえ。家にゃきちんと錠がかかる、店にゃテコでも開かねえ鎧戸《よろいど》がおりる、袂《たもと》も懐もねえ洋服ばかりになっちまったきょうびのサツが言えるこった。その昔ァ、盗ッ人が正業だとまでは言わねえが、盗られるやつァ用心が悪い。のこのこ被害届でも出そうもんなら、逆にサツの旦那から説教をくらったもんさ。だがよ――」

と、天切り松は懐から抜き出した指先を、署長の鼻先に向けた。

「きょうびのサツは、被害届が出たからといって、そうそう始末はつけられめえ。よしんば盗ッ人をパクったところで、盗られたものは返《けえ》せめえ」

「そりゃまあ、そうだけど……」

「その先ァ、てめえで考えろ。いいかい、被害者は犯人なんざどうでもいいんだ。盗られちまった銭やお宝が戻ってくれァそれでいい」

しばらく考えるふうをしたあげく、署長はごくりと咽を鳴らして呟いた。

「返すのか……」

天切り松は目を細めて肯《うなず》いた。

「おうよ。金時計《キンマン》でも飾り物でも、サツから返せといわれた物は返す。そのために台帳は親分がきっちりと付けていた。誰が、どこそこで、どんな風体のやつから掏《す》り取ったか。いつ、どこのお屋敷からかっぱらってきたか。物は一月《ひとつき》の間は捌かずに、親分の手元に置いてあった」

「現金は？」

「そりゃあ相談だ。被害届のまんま、はいそうですかと返すわけにゃ行くめえ。ま、おおかたは半返《げえ》し、ってところか――どうだい旦那。掏られました盗られましたてえ被害届に、物なら戻す、銭なら半返しなんて結構な始末を、おめえさんがたがつけられますかってんだ」

声もなく考えこむ署長をよそに、天切り松は大口を開けて冷えた茶を啜った。

「さあて――話の寄り道ァほどほどに、大正ロマンの匂いたつ浅草《エンコ》の裏町に戻ろうじゃあねえかい。空に囀《さえず》る鳥の声、峰より落つる滝の音、大浪小浪とうとうと、サーカス小屋から流れくるジンタの音色に揺れ揺られて、観音堂から奥山、瓢箪池とそぞろ歩きァ、霧の夜にぬっとおっ立つ十二階。そこの麓は魔窟三百、魔女三千といわれた涯《は》てしもねえ私娼街だ。舶来の背広に水玉の蝶ネクタイ、青いソフトにインバネスてえ洒落者の安吉親分にはどうとも似合わねえそんな場所で、ましてや帝大出のおしろい検事がお待ちかねたあ、一寸八分の観音様も気が付くめえ。風はねえ。寒気ばかりがしんしんと、雪駄のあしうらから臑《すね》へ尻へと這い上がり、小僧めかした鳥打帽の頭の奥が痛《いて》えほどの晩だった。ちょいとにいさん寄ってらっしゃいな、てえ女の手を、右に左にとすり抜けて、路地の魔窟をどう歩いたのかもわからねえ。行き着く果ては十二階を真上に仰ぐ袋小路。引手もいねえ銘酒屋のすりガラスの扉を、銀のステッキの柄でコンと押し開け、安吉親分はうって変わった山の手言葉でこう言った――やあ、ごぶさた。杉本だが、白井さんはおるかね」

三

六畳ばかりの板敷に止まり木の高椅子を並べただけの小さな店だった。

どの店も「銘酒屋」と名乗るからには、舶来のウイスキーやブランデーが置いてあるが、むろんそれらは空壜か、中味を国産の安酒に詰めかえた見せかけである。

「銘酒」の代価を支払った客は、女と梯子段を昇る。私娼はもとよりご法度だが、払った金は酒代で、たまたま狭い二階で客と女がねんごろになったのだと言われれば、取締りは容易ではない。

もとは横浜で「チャブ屋」と呼ばれていたこの商売が、いつのころからか浅草に現れた。十二階は六区の興行街から吉原に抜ける道筋にあり、面倒な手続きもいらず、しきたりも決まりごともなく、廉価で遊べる銘酒屋がはやるのは道理である。

おしろいは止まり木に座って背を向けたまま、洋酒棚の鏡の中で「やあ」と手を上げた。一重瞼の三白眼が、鏡ごしに松蔵を睨む。

「これは杉本さん。子供づれで銘酒屋にいらっしゃるとは、教育上このもしくない」

「おや、お忘れですかな」

安吉親分はインバネスを脱いで松蔵に手渡すと、おしろいに並んで腰をおろした。

「抜弁天の屋敷で、こいつとはお会いになっているはずですが」

「――ああ、あのときの。すっかり大人びてしまって、見ちがえました」

親分に席を勧められて、松蔵はインバネスとソフト帽を抱えたまま、止まり木の端に座った。暗いガラスに映る親分とおしろいの姿は、何とも場所に不似合いな紳士のなりである。

「杉本さんとご一家が抜弁天のお屋敷を引き払われてから、かれこれ四年になります。慣れぬ長屋住いでは、何かとご不自由もおありでしょうな」

「いや、べつに。もとを糺《ただ》せば、みな長屋の煎餅蒲団で生まれ育ったやつらですから」

親分はストーブの熱気でまっしろに曇ってしまった縁なし眼鏡をはずした。ハンカチでレンズを拭いながら、糸を引いたような細い目を、ちらりとおしろいに向ける。

「で、折入ってのご用、とは」

性急な対話から身をかわすように、おしろいは人を呼んだ。暖簾《のれん》の奥から、唇に血の色の紅をさした年増女が現れた。

「マダム。この人をご存じかね」

と、おしろいは拇指《おやゆび》を立てた。女は少し考え、じきに毀《こわ》れるような笑い方をした。

「もしや、目細の親分」

「図星だ」と、おしろいは得意げに肯いた。

「よくわかったな」

「そりゃあ白井の旦那。当節人気の色男といやァ、音羽屋の六代目、目玉の松ちゃん、目細の安――」

娘のようにはしゃぎながら、女は青い切子《きりこ》のコップを客の前に置いた。

「とっておきのブランデーをふるまってくれ。目細の安吉親分に、まがいの銘酒は失礼だ」

「あいよ、わかってます」

女は血の色の爪で、薦《こも》をかけた洋酒の封を切った。

「すまないが、マダム。看板を消してくれるか。今夜は貸切りだ」

おしろいの差し出した十円札に目を丸くして、女はそそくさと店じまいにかかった。

「そんじゃ、ごゆっくり」

看板を下げ、扉に錠をおろすと、女はそう言って梯子段を上がって行った。やがて蓄音機が、藤原義江のアリアを唄い出した。

「こいつのことなら何の遠慮もいりません。見ざる聞かざる言わざる。きちんと躾《しつ》けはしてありますからね」

安吉親分の使う山の手言葉は、唄声に溶け入るほど上品で、心地よかった。

しばらくの間、おしろいは言葉の切り口を探すふうに、ブランデーを舐めていた。中分けになでつけた髪が、天井から下がった青いランプの光を受けている。鼻筋の通った横顔は端整だが、爬虫類のように冷たい。

「抜弁天の屋敷をあなたに預けていたころは、おたがい気楽なものでしたな、杉本さん」

親分は答えずに、内ポケットから葉巻を取り出した。委細かまわずに、おしろいは続ける。

「あの屋敷もいっときは谷町分署などと呼ばれて、人の出入りが絶えなかったものです。所轄の刑事が、毎朝被害届を持参する。新宿、四谷、牛込、神楽坂の縄張内《シマウチ》で出された被害届には、あなたはすべて四の五の言わずに応じてくれた。現金なら翌《あく》る日に半返し、物ならその場で品上《しなあ》げ。いやはや、大助かりでしたよ」

「私は銀次親分のなさっていたことを、そのまま引き継いでいただけです」

鏡の中で安吉はおしろいを睨みつけた。返す言葉は山ほどもある、とでも言いたげに、薄い唇の端が歪んでいる。

「あなたが銀次の跡目を継いでくれれば、苦労は何もなかったんですよ。他の親分衆では、とうてい貫禄が足らない。子分たちはみな勝手な仕事をするから、品上げをしようにも物が見当たらない。現金を戻すにしても、稼ぎの悪い親分衆には金がない。そのうえ月ごとのタレも満足に払えないのでは、所轄の連中も片っ端から手錠をかけるほかはありますまい」

「いったい何の話ですかね」

と、安吉はそらとぼけた。

「警察が盗ッ人を捕まえるのは、当たり前でしょう。ちがうのですか、白井さん」

おしろいは高椅子をぎしりと軋《きし》ませて安吉に向き直った。色白の顔が硬く引き締まっている。

「そんなことを口に出して、いいんですか」

「捕《と》れるものなら捕ってごらんなさい。私の身内は数こそ少いが、くされ手錠《ワッパ》にかかるほどのヘタは売りません。よしんばあてずっぽうに捕ったところで、裁判官が承知いたしませんよ——で、ご用の向きは」

おしろいはやるせない溜息をつきながら、安吉のコップにブランデーを注いだ。

「要するに、杉本さんとしてはもういちど私どもと手を組むつもりはない、と」

「お聞きになるだけ野暮というものでしょう」

「それが警視総監のたっての願いとあっても？」

コップを上げた安吉の手が止まった。

「ほう……傑物の誉れ高い、岡警視総監のたっての願いねえ。いや、それは光栄です」

「そうです。岡閣下は今までの総監とは物がちがいますよ。原首相、床次《とこなみ》内相の懐刀。勅選議員でもありますし、政友会の明日を背負って立つ大物です。その岡喜七郎閣下が、あなたの名声を伝え聞いて、ぜひとも仕立屋の跡目を取れとのご指名です」

ブランデーを一口ぐいとあけて、安吉はふいに甲高い声で笑った。

「何がおかしいのですか、杉本さん」

「いや、これは失敬。官と盗ッ人との大江戸以来の悪習を断ち切ろうとしたのは、あなたがたではないですか。いきなり新しい刑法を作って、とたんに有無を言わさぬ一斉検挙。それが今になって、やはり昔のほうがよかったなどと、都合のよすぎる話じゃないですかね」

「無理は先刻承知の上ですよ。ともあれ今となっては、東京市中に散って勝手な仕事をしている仕立屋の子分どもを何とかしなければならない。このまま掏摸や盗ッ人と現行犯のいたちごっこをくり返してばかりいたのでは、警察の面目も丸つぶれです。ですから岡閣下も考えに考えたあげく――」

「用件はそれだけですか」

と、安吉はおしろいの声を遮った。

「とりあえず、私にどうしろとおっしゃるのです？」

おしろいの硬い表情が和んだ。

「ということは、お引き受け下さる――」

「お返事は岡閣下に直接いたしましょう。お受けするにせよお断りするにせよ、白井さんのお手をわずらわせるのは気が引けます。ことは口で言うほど簡単ではありませんからね」

「やあ、ありがたい」

と、おしろいはたちまち白皙の顔をほころばせた。酒を勧めながら、親しげに安吉の背広の肩に手を置く。

「では、とりあえずの手順をお伝えしておきましょう。明後日の午後一時、総監閣下は大阪での政友会の講演をおえて帰京いたします。そのおり、東京駅頭で仕立屋一門の親分衆が出迎えます」

「はて、明後日とはまたずいぶんと性急な話ですね」

「ですから、早いうちにお会いしたいと何度も申し入れているでしょう。切羽つまっているのですよ、担当検事としては」

「で？――」

「あなたに一門を取りしきってお迎えに出ていただきたい。親分衆はみな熱望しておられます。そして、その足で帝国ホテルにご参集いただき、総監をまじえての防犯会議を開くのです」

安吉はコップを置くと、造りものめいた白くて細い掌を叩いて笑った。

「防犯会議！——つまり、手打ちというわけですな」

「さよう。いかにも豪放磊落《らいらく》をもって鳴る岡喜七郎閣下らしいご提案でしょう」

「びっくりしました。さすがは平民内閣の看板、千両役者の岡喜七郎。そこまでの舞台を調《あつら》えられたのでは、私も一肌脱がぬわけにはまいりますまい」

松蔵は話の成り行きにじっと耳を澄ましていた。

政友会とか平民内閣とか、政治向きのことはわからない。ただ、安吉親分は籠絡《ろうらく》されていると思った。

あるいは、原首相の肝煎《きもい》りという傑物には、いくら安吉親分でも頭が上がらないのだろうか。警察官の親玉が礼を尽くして頼むからには、無下《むげ》に断ることはできないのだろう。

いずれにせよ、抜弁天の屋敷を引き払って闇に潜った親分がそんな形で手打ちをするのは、納得がいかなかった。

高椅子から滑り下りると、松蔵は親分の背広の裾を引いた。

「親分、帰ろうよ」

得体の知れぬ悲しみが咽に詰まって、子供のような情けない声になった。

「ああ、帰ろうな。話はもうおしまいだ――では白井さん、明後日の午後一時、東京駅で」

「いや、こうもすんなりとお聞き入れ下さるとは思ってもいなかった。まことに恐悦至極です。では杉本さん、明後日の午後一時、丸の内の正面車寄せで」

「かしこまりました。必ずお伺いいたします。ではよろしく」

おしろいに送られて歩み出た路地は、一間先《いっけん》の灯りさえおぼろに霞むほどの深い霧だった。

安吉親分はインバネスの肩にステッキを担いで、迷路のように入り組んだ裏道をぶらぶらと歩いた。そんな歩きかたをする親分を、松蔵は見たためしがなかった。もしかしたら、仕立屋の一門とも警察とも縁を切って、一本独鈷で生きてきた支えが、とうとう折れてしまったのかもしれない。そんな親分の後ろ姿が、松蔵は悲しくてならなかった。

「親分――」

冷たい霧に顔を濡らして、松蔵はようやくの思いで言った。

「おいら、親分のこと、大好きです」

歩きながら親分は薄い唇の端を引いて微笑んだ。

「子が親を好きなのは当たりめえだ」

「でも、おいら、生みのおとっちゃんのことは大嫌いです」

親分は松蔵の肩を抱き寄せてくれた。言葉は少いが、いつもこんなふうに手を触れてくれる。そうされるだけで苦しみも悲しみも吸い取ってくれる、親分はふしぎな手をしていた。

「親を恨むなよ、松。どんな親だって、てめえをこの世に生んでくれたんだ。血より濃い水なんてもんは、あるようでねえんだぞ」

「でもおいら、おとっちゃんよりか親分のほうが好きだ」

「何が言いてえんだい。俺が何かしたか」

「しようとしてるじゃねえか。親分は、おいらが嫌いになっちまいそうなことを、しようとしてる」

松蔵は立ち止まって、親分の手を払いのけた。うまくは言えない。ただ、親分が官の言いなりになるのは、二度も親に捨てられるような気がしてならなかった。

「おいら、サツは嫌《きれ》えだ。偉そうなことを言うやつは、みんな大嫌《でえきれ》えだ」

「俺もおめえにはずいぶん偉そうにしているぜ。ああせいの、こうせいのと」

「したっけ、親分はおいらに飯を食わしてくれるもの。常兄ィもおこん姐《ねえ》さんも、寅兄ィや栄治兄ィはおいらをはたくけど、言ってきかしてくれるもの。やさしくしてくれる。世の中の偉いやつらは、おいらに何ひとつしちゃくれなかった。だからおいら、親分や兄貴たちが、サツの手先になるのはいやだ。どうしてもいやだ」

言うだけのことを言ってしまうと、松蔵は単衣《ひとえ》の袖を瞼にあてて泣いた。巡査や役人や、金貸しや大家や掛け取りの商人たちや、自分と家族とを不幸にした偉いやつらの顔がひとつひとつ思いうかんで、松蔵は泣きながら地団駄を踏んだ。

「なに四の五のわけのわからねえことを言ってやがる。てめえも男なら、泣く間《ま》に歩け」

親分の拳がこつんと額を叩いた。背中を押されると、体じゅうの力が脱けて、松蔵はまた濡れた路地を歩き出した。

まるで魔術師のようにふしぎな手だ。少しの力も入れているふうはないのに、こつんと叩かれれば頭の芯まで響く。鳥の羽毛のように背中に触れただけで、体が動いてしまう。

「いいか、松。このことは誰にもしゃべっちゃならねえぞ」

「みんな了簡しねえさ」

「そうだ。だから口に出しちゃならねえ」

「どうすんだよ、親分。おいらだって了簡できねえ」

「了簡しろ」

「いやだ」

「仕様のねえガキだな、まったく」

六区の興行街には、消え残る赤や青のネオン管が霧ににじんでいた。

ひときわ明るい富士館の前で、親分はふと足を止めた。しおたれた幟《のぼり》を縁なし眼鏡の底の細い目で見上げて、親分はもういちど、白い吐息をついた。

「仕様のねえガキだなあ」と、

「なら、おめえに小遣をやろう」

「そんなの、いらねえやい。今さら官に尻尾を振るやつのド腐れ銭なんざ、ビタ一文いるもんか」

「おうおう、言ってくれるじゃねえか。こんなものでも、いらねえかい？」

親分の人形のように白く華奢《きゃしゃ》な手が、松蔵の目の前でゆっくりと開かれた。とたんにまばゆい黄金の光が、魔法のようにはじけとんだ。

「うわ……何だってよォ、親分」

「見りゃわかるだろ。おしろいの金時計《キンマン》だ」

「いつの間に？」

親分は金無垢の懐中時計を松蔵に手渡すと、そのまま白い掌を開いて、富士館のネオンに晒した。

「さあな。俺にも良くはわからねえ。このごろじゃ主人の俺せえ知らん間に、この手が勝手な仕事をしやがる」

「まさか」

「帰《けえ》ったら火鉢に焙《あぶ》って白状さしてやるか」

渡された金時計を胴巻の深くにしまうと、松蔵は親分の粋な後ろ姿が霧の中に消えてしまうまで、ぼんやりと頭上にはためく幟を見上げていた。

四

「署長さん、中抜きってえ掏摸《モサ》の芸を聞いたことァあるかい」

天切り松は夢うつつで話に聞き惚れる署長に向かって訊ねた。

「中抜き？」

「知らざあ教えといてやろうかい。もっともそんな上等な芸は、今じゃあ語りぐさにせえなくなっちまったがよ――いいかい、中抜きてえのは大江戸以来の掏摸の荒技、これを使える職人といやァ、大正もなかばのそのころにゃ、すでに二人といなかった。ほんのすれちがいざまに的《まと》の懐から財布を掏り取り、中味をそっくり抜いて、空財布だけを元の懐に戻す。中だけ抜くから中抜きだてえ、口で言うのは簡単だが、あれァこの目で見た者でなけれァ信じろったって信じられねえ」

若い署長はあんぐりと開けたままの口をようやく噤《つぐ》んで、ごくりと咽を鳴らした。

「見たのか、とっつぁん」

「おお、見た、見た。あれァ奇術でも魔術でもねえ。大江戸以来の掏摸の奥義《おうぎ》、秘伝中の秘伝てえ中抜きの一部始終を、この目でとくと拝ましてもらった俺は果報者だ。今もこうして瞼をとじりゃあ、あの日あの時の一瞬が、スローモーションみてえに目に灼きついて離れねえ」

「……スロー、モーション……かよ」

天切り松は署長を見据えたまま、白い無精髭の立った顎を撫でた。

「聞きてえか、若オヤジ」

「聞かせてくれよ」

「夕飯は伊豆栄《いずえい》の鰻だぜ。池之端までパトを飛ばしてくんない」

「わかった。伊豆栄だな」

「官の銭をケチるなよ。特上だぜ」

「わかったって。わかったから早く話してくれ」

おおし、と天切り松はソファの上に大胡座《あぐら》をかくと、肩をそびやかして斜に構えた。

「さあて——それからの二夜《ふたよ》をいってえ俺がどんな気分で過ごしたか、言ったところで始まるめえ。安吉親分は何を考えていなさるのやら、翌る日はレヴューの踊子を二人連れて、白木屋、三越にお買物、荷物運びをさせられながら、こいつァきっと明日の予定は反古《ほご》になさるおつもりだろうと、高をくくっていた矢先、尾張町のカフェでコーヒーなんぞなめながら、やい松公、明日の一時にゃ総監閣下をお出迎えだ、帰《けえ》ったらおめえもおさがりの一張羅《いっちょうら》に鏝《こて》を当てときやがれ、とこうだ。すっかり畏れ入っちまった俺ァ、しどろもどろで声もねえ。靴はあるか。あるにァあるが、おさがりの十文半《ともんはん》でブカブカですと言やァ、そうかい、背広は身丈に合わんでも、靴が合わずば万がいちずらかるときに具合が悪い、てえわけで、その万がいちの革靴を三越に戻って買ってくれたてえんだ。びっくりするのァまだ早《はえ》え。夕飯時はうかれ上がった踊子を両手に花と抱き添えて、村井銀行の地下のサッパアで蒲団みてえなビフテキを食いながら、いいか松公、ここ一番の仕事の前《め》ェには、肉だぜ肉、なんぞと言われりァ、こちとらすっかりぶるっちまって、その肉せえ咽を通らねえ有様だ。さて、いよいよお出迎えの当日——」

天切り松が勿体をつけて煙草に火を入れると、署長はたまらずにソファから尻を浮かせた。

「どうした、とっつぁん。続きは」

「テレビにだってコマーシャルはあろうがい。一服させろ」

「こっちは国営だ」

煙を吐き出しながら、天切り松は署長の洒落に満足げな笑顔を向けた。

「おめえ、生まれはどこだい」

「新宿だ。牛込の生まれだよ」

「よし、気に入った。江戸ッ子ならその洒落を忘れるな。粋でいなせな江戸前が警視総監になれァ、俺も文句はつけねえ。さて、いよいよ出迎えの朝、安吉親分はみちみち言ったもんさ。首相の原は岩手、内相の床次《とこなみ》は薩摩、警視総監の岡喜七郎は岡山の産で、おまけにおしろいの野郎は信州の生まれだとよ。どうりで粋もいなせもねえもんだの。なら松公、おめかしもしたことだし、ステンショに行く前ェ《め》に昔なじみの京橋のダンスホールで、準備体操でもして行こうじゃあねえか」

「ダンスホール……？」

「まあ、話はみなまで聞きない。安吉親分てえお人は、何から何まで新時代《じでえ》のハイカラ紳士、その日の出で立ちは山高帽に燕尾《えんび》服、襟元にゃ真白な絹のマフラーを下げていた。こんなななりをしたからにゃ、田舎者を東京駅まで出迎えるだけじゃ胸糞悪い、きれいどころとワルツを一曲踊ったついでで良かろうがい、てえわけさ。もとより俺ァ、よもや目細の安吉ともあろうお人が、ダンスなんぞ踊る姿は思いもつかねえ。ところが親分は、午《ひる》に開いたダンスホールに入るやいなや、壁の花に咲いていた目のさめるような別嬪に、あの白くて細い手をすうっと差しのべて、いきなり外国映画のスタアみてえに、ワルツを踊り出しやがった。そのみごとな足さばきときたら、まさに落花流水、春風駘蕩《たいとう》。蝶のごとく鳥のごとく、満場のハイカラどもをいっぺんに立ちすくませちまったほどだ。で、踊りをおえて喝采《かっせえ》にお辞儀を返したその刹那《せつな》、ステッキを抱え、フロックコートを羽織ってさっそうと歩き出した。行くぜ松公、お遊びはしめえだ。ビロードのカーテンをくぐったとたんの親分の面ァ、忘れようにも忘れられねえ。縁なし眼鏡の奥に糸を引いた細い目が、刃物みてえにぎらぎらと光っていやがった。江戸の巾着っ切りは一子相伝、中抜きの荒芸を大正ロマンのまっただなかに咲かせた最後の徒花《あだばな》、人呼んで目細の安。大東京の紳士てえ紳士、傑物てえ傑物を慄え上がらせた名人の仕事っぷりを、俺ァたしかに、この目で見ちまったんだ――」

丸の内の中央改札をぐるりとめぐるステーションホテルの廊下から、松蔵はドームの下の円い広場を見おろしていた。

天窓から射し入る午後の光が、目の高さのシャンデリアを透かして、広場のモザイク床を七色に輝かせている。東京にもこんな美しい場所があったのだと、松蔵は初めて知ったような気がした。

親分のおさがりの背広は上等で、ましてや新品の革靴をはき、チョッキのポケットに金時計の鎖を覗かせていれば、廊下を行き来する客もボーイも、松蔵を訝《いぶか》しむはずはない。

宴会場から走り出た少女が、緋色の絨毯《じゅうたん》の上で手鞠《てまり》をつき始めた。

三社祭の御輿《みこし》の前で
うちの旦那に中抜きかけた
目細の安　みいっけたァ
ひのふのみのよ
いいむうななや

純白のレエスのドレスを着た少女は、貴顕《きけん》の娘だろう。母親らしい上品な婦人が出てきて、叱りながら手鞠を取り上げた。

宴会場に連れ戻されるとき、少女は松蔵にぺろりと舌を出して、小さな掌を振った。松蔵も笑って掌を振り返した。

モザイクのタイルを敷きつめた円い広場には、正装の紳士たちが犇《ひし》めいている。光のかげんで、この二階の窓の内側は見えないのだと親分は言っていたが、警備の巡査が頭上を見上げるたびに、松蔵はひやりと顔をそむけた。

折良く宴会がはねて、廊下に人が出てきた。

「あら、どなたかお偉い方のご到着？」

「警視総監の岡喜七郎閣下をお出迎えだそうですわ」

「さすが政友会の貴族院議員ともなると、威勢がよろしうございますわね」

「そう、もう藩閥がどうの、爵位がどうのという時代ではございませんことよ。政党の時代ですわ」

「はてさて、よいことやら、悪いことやら」

たちまち広場を見下ろす廊下には、紳士淑女の人垣ができ上がった。

それにしても、安吉親分はどこに行ってしまったのだろう。金時計の蓋を開けると、時刻はすでに午後一時を回っていた。仕事をおえたら、市役所前の市電の停車場でおちあう算段なのだが。

出迎えの紳士たちの中には、何人もの見知った顔があった。湯島の清六、深川の辰、駒形の天狗屋、溜池の次郎吉——若い安吉にとっては、いずれもかつては叔父貴分、兄貴分と呼んだ仕立屋一門の錚々《そうそう》たる親分衆である。

しかし、心なしかどの表情にも昔の貫禄は感じられず、精彩を欠いている。子分たちがみな勝手に仕事をし始め、警察との付き合いもうまく行っていないのだろう。

おしろいがいた。人ごみの後ろでしきりに伸び上がって、たぶん安吉親分の姿を探しているのだろう。親分衆のひとりが詰め寄るように近付いて、何ごとかを耳打ちする。どちらの表情も険呑である。

通行人が立ち止まって野次馬になるのを、警備の巡査が追い散らす。

やがて、出迎えの人の輪がいっせいに縮まったと見る間に、改札口から立派な口髭をたくわえた長身の紳士が現れた。意外なことに制服は着ておらず、広場に出るや帽子を取って、出迎えの群衆に軽く頭を下げた。

「わざわざのお出迎え、いたみ入りますな」

よく通る、がさつな濁声《だみごえ》が聴こえた。頭髪は禿げ、顔色は浅黒く、警視総監というよりも平服を着た野戦の将軍のようだと松蔵は思った。

かたわらの窓辺に先ほどの少女が爪先立って、階下を覗きこむ。

「なに見てるの？」

いきなり訊ねられて、松蔵はとまどった。

「偉い人がきてるのさ」

安吉親分の遣う山の手言葉を真似てそう答えると、少女は「ふうん」と納得して、囁くように唄い始めた。

観兵式のタンクの前で
乃木大将に中抜きかけた
目細の安　みいっけたァ
ひのふのみのよ

いいむうななや

松蔵はぎょっと目を瞠《みひら》いた。警視総監の脇をすり抜けて改札口に向かう乗客の列の中に、真白い絹のマフラーが見えた。出迎えの人々は誰も気付いてはいない。フロックコートの襟を立て、山高帽を目深にかぶった安吉親分は、踵を擦るようにゆっくりと的に近付いて行った。いや、ゆっくりと見えたのは固唾を呑んで見守る松蔵の目の錯覚かもしれない。天窓から降り注ぐ午後の陽の中で、群衆はモザイクタイルの上に置かれたジオラマのように、みな止まって見えた。音も消えてしまった。

洲崎女郎衆は見てござる
粋な小僧さんは見てござる
目細の安　みいっけたァ
ひいふうみいよ
いいむうななや

小脇に挟んだステッキの銀の柄が、すれちがいざまに警視総監の腕に触れた。

一瞬、安吉は立ち止まり、これは失敬とでも言ったのか、出迎えの人々から横顔を隠すように左手で山高帽をもたげた。

帽子を脱いだ拍子に、コートの首に巻いた純白のマフラーの端が襟からほどけ落ちた。ポケットに差しこんでいた右手がそれを支えるように抜き出され、ほんの一瞬、総監の胸前でひらりと翻った。

それだけだった。

天切り松はソファの上で斜に構えた肩を揺らしながら話を続ける。

「ステーションホテルから中央停車場《ていしゃば》に駆け出し、すっかり動転した俺ァ右往左往と丸の内のビルヂングの間《あい》さを走り回って、ようよう東ァ鍛冶橋《かじばし》、西ァ馬場先門に挟まれた市役所前《め》ェの市電の停車場に行きついた。するてえと、ステンショの改札をくぐってからいってえどこをどう歩いたんだか、安吉親分はべつだん何をあわてるふうもなく、葉巻をのんびりとゆらしながら、晴れ上がった冬空を見上げていなさるじゃあねえかい。折しもやってきた永《えい》代橋《たいばし》行のボギー車に乗りこめァ、うめえ具合に身動きもままならねえてえほどの混みようで、じきに高架鉄道のガード下をくぐって京橋、桜橋へと走り出す。窓にもたれかかって居眠りをするきれいどころの襟元で、親分は香水にくんと鼻を鳴らし、ねえさん、お疲れのようだが車内混雑、懐中物にァ気を付けなせえよ、なんぞと説教をたれやがる。親分、ねえさんの心配《しんぺえ》もいいが、首尾はどうだったんです、と俺が訊ねりゃあ、親分はフロックコートの内側から、鼠羽二重《ねずみはぶたえ》のハンケチを抜き出し、襟に隠しておっぴろげた。ひいふうみのよと細い指先で器用に算《かぞ》えた十円札が十と五枚。警視総監だか政友会だか知らねえが、しけたもんだの、これっぱかしかえ。だがよ松公、畏《おそ》れ多くもかしこくも、天皇陛下からお墨付きを賜わったてえ勅選議員の面目のために言っておくが、野郎の財布の中味は百五十じゃあねえぞ、三百だった、とこうだ。俺ァとたんに血の気を失って、膝はふるえる腰は抜ける、目の前がまっしろになっちまったもんさ」

署長は冷え切った茶を啜りこむ天切り松の二の腕を、思わず摑んで訊ねた。

「どういうことだ。いったい、どうなってるんだ」

「どうもこうもあるもんかえ。おめえさんが今ふと考えた通りだよ」

「半返し……まさか、な」

天切り松はふんと鼻で嗤って、署長の手を振りほどいた。

「物なら品上げ、現ナマならば半返《げえ》し。それがサッと仕立屋との決めごとだった。安吉親分は面当《つら》てのつもりか意趣返しか、警視総監を中抜きにかけたばかりじゃなく、その場できっちり半分の百五十円だけ抜き取って、財布はもとの懐に返したてえわけさ。やい、わかるか若署長。一丁前にベタ金なぞ貼りつけやがったって、まだまだケツの青い下ッ引のてめえが、いってえどこのどなたさんから何の話を聞いているのか、わかっているのかよ」

「……はい、わかってます」

署長は道場の畳にでも座るように背筋をぴんと伸ばして、天切り松に深々と頭《こうべ》を垂れた。

「おおし、わかりゃあいい。わかったんならてめえがパトを飛ばして、伊豆栄の特上を取ってきやがれ。いいか、決して板前をせかすんじゃあねえぞ。江戸前の鰻は焼きを重ねるほど上等なんだ。こってりと焼き上がるまで渋茶でも飲んでいろ。俺ァそれまで――」

天切り松はソファの袖を枕にごろりと横になると、あくびを嚙み殺しながら睡たげな目を署長に向けた。

「目細の安の夢でも見さしてもらうぜ。さ、とっとと行きゃあがれ」

第四夜

百面相の恋

一

本郷三丁目で市電をおりると、松蔵はしばらく十文字の角に佇んで、赤と青の手旗を持った旗振りの動きを眺めていた。

銀ねずの磨《す》りガラスを張ったような冬のたそがれどきである。

黒い外套を着た旗振りが大仰な動作でふるう赤と青は、色のない季節の中の花のようで、市電も自動車も人力も馬力も荷車も、みなその指図の通りにゴーストップをくり返す。

もし神様が自分の未来を何かしらひとつ叶えてくれるのなら、市電の旗振りがいいと松蔵はひそかに考えていた。電車や自動車の運転手は子供らの憧れの的だけれども、それを手先ひとつで止めたり動かしたりできる旗振りは、どんなに気持ちのいい仕事だろう。

松蔵は石畳に足をふんばって立ち、旗振りの動作を真似て両手を振った。右手の赤旗を挙げて御茶の水の方向からやってくる自動車を止め、左手の青旗をさっと水平に振って、湯島の切通しを抜けてくる市電を招き寄せる。警笛に合わせて口笛を吹く。世界が自分の思い通りに、動いたり止まったりする。

「こらこら、いいかげんにせんか」

肩をすくめて振り返ると、いかめしい髭を立てた巡査が松蔵を見下していた。

こういうときはけっして逃げ出したりしてはいけないと、親分から教わっている。身なりは縞の袷《あわせ》に前掛けをさげ、鳥打帽を冠《かぶ》った商家の小僧である。

「いつまでも道草を食っていると旦那さんに叱られるぞ。使いの途中だろう」

大きなお世話だが、叱言を言うのは巡査の商売だ。

「どこまで行くんだ」

詮議をしているわけではない。仕事はきちんとしなければならないと、見知らぬ小僧を訓《さと》しているだけだ。それはそれで有難い気もするが、巡査の居丈高な態度が松蔵にはたまらなかった。

「菊坂のお客さんへ、お店からの言伝《ことづ》てです」

「だったらさっさと行かんか」

「へい。すんません」

「ちょっと待て」

と、去りかけた背中を摑まれて、松蔵はひやりとした。逃げてはならない。

「おまえ、なぜ叱られたかわかるか」

巡査はサーベルの先で松蔵の臑《すね》をこつんと叩いた。

「道草を食ってたから」

「そうじゃない」

「じゃあ、旗振りのまねをしたから」

「ちがう」

巡査はいかにも訓導するふうに両手を腰に当て、松蔵を見くだして言った。

「日が昏れたら、口笛は吹くもんじゃない」

「へえ……どうしてですか」

「昔からな、夜の口笛は盗ッ人仲間の合図なんだ。やつらは口笛を吹いて合図をする。夜巡りが来たぞとか、そろそろずらかるぞとか」

きょうびの盗ッ人がそんなことをするはずはない。なめちゃいけねえよ旦那、こう見えても俺ァ目細の安吉の身内で、と言いたいところを、松蔵は素直に帽子をとって頭を下げた。

「へい、よく気を付けます」

「よし。行け」

何になっていいと言われても、巡査だけはごめんだと松蔵は思った。

市電通りを帝大の赤門に向かって少し歩き、ハイカラな西洋料理店の角を曲がると、商店の並んだ緩い坂が下っている。

昏れかかる道の先から凩《こがらし》が吹き上がってきて、松蔵はひび割れた頬に両手を当てた。

初めて常兄ィの下宿を訪ねたときはひどく迷った。菊坂の床屋の角を折れて、と教わったのだが、いざ探してみると菊坂にはどういうわけか床屋が四、五軒もあったのだ。帝大生は身ぎれいにしているからだという常兄ィの説明は合点がいかない。本人がいつもぼさぼさの長髪なのである。

目ざす床屋の角を、両手を伸ばせば塀に届いてしまうほどの狭い路地に折れる。二階家の賄《まかない》下宿がぎっしりと廂間《ひあわい》を並べ、香ばしい夕餉《ゆうげ》の煙が流れていた。

隘路《あいろ》はいくども鉤《かぎ》の手に曲がり、西も東もわからなくなったあたりに、腐りかけた銀杏《いちょう》の木がある。幹の育つままにたわみ出た黒塀ごしに、松蔵は二階家の窓を見上げた。

「常兄ィ――」

曇りガラスに灯る電気スタンドの丸い輪が、かすかに動く。

「常兄ィ、松蔵です」

窓が細く開いて、紺絣《こんがすり》に襟巻を巻いた常兄ィが顔だけを覗かせた。

「ばかやろう」と、兄貴は小声で言う。セルロイドの丸眼鏡の奥の目は笑っていた。

「玄関から上がってこい。下宿のおばさんにちゃんと挨拶しろよ。常兄ィじゃないぞ、わかってるな」

そこまでを小さな低い声――目の先六尺にしか聴こえぬ「闇がたり」で呟くと、常兄ィは急に声色を改めた。

「やあ、松ちゃん。よく来たね、上がりたまえ！」

考えてみれば帝大生をつかまえて「兄ィ」はないものだ。

木戸を開け、鳥打帽をとって玄関に立つ。

「ごめん下さいまし。お二階の本多さんにお取次ぎ願えますか」

はあい、と台所から菜箸《さいばし》を持ったまま中年の女が出てきた。肥えた丸顔をにっこりと松蔵に向け、梯子段の下から常兄ィを呼ぶ。

「本多さあん、お客さんですよォ。本屋の小僧さん——さあ、どうぞどうぞお上がりなさい。そろそろ晩ごはんで、お勉強も一段落するでしょうし。ああそうだ、もしよかったらごはん食べてきなさいな」

おばさんの愛想のよさはただごとではない。どうせまた常兄ィが、あることないこと嘘八百を並べているにちがいない。

「へい。でも、ごはんはお店《たな》で……」

「そうおっしゃらず。若いんだから晩ごはんなんて二度食べりゃあいいじゃないの。いえね、死んだ亭主の在所から新巻じゃけを送って来ましてねえ。これがまたおいしいのなんの」

「へい。でも……」

「勝ち戦のはずの青島《チンタオ》攻略で死んじまったっての。一番乗りの名誉の戦死って、そりゃあたいそうなもんだけどね、ここだけの話、そんな度胸のある人じゃなかったんですよ。考えてみりゃ軍人なんて割に合わないやねえ。あんたも軍人なんかにおなりでないよ。ましてやこれからは軍縮の時代で、いいことなんてひとっつもありゃしないんだから」

急な梯子段を昇ると、西向きの下宿部屋が並んでいる。三間あるうちのまん中が常兄ィの四畳半だが、左右は去年の春に空いたまま借り手がいない。

何でも大戦景気にうかれ返った何年か前に、本郷のあたりにもモダンな洋間の学生下宿がたくさんできて、こうした明治以来の古い下宿屋は人気がなくなったそうだ。

もっとも、立襟のシャツに紺絣の重ね着、すりきれた小倉の袴に髪はぼさぼさの伸び放題という常兄ィのいずまいは、大時代な明治の書生そのもので、この下宿にはよく似合う。

「遅いじゃないか、松公。どこで道草食ってたんだ」

常兄ィは時間と金勘定にはやかましい。だからこそ目細の安吉一味の金庫番が務まるのだが。

「いいかい、松公。ほかの兄貴たちの手伝いなら多少の時間の遅れはどうということはないがね、僕と組むときはそれでは困るんだ。一分二分、場合によっては何秒の狂いが命取りになる。ましてやおまえ、人を呼ぶのに常兄ィ、はないだろう。もう少し気配りをしてくれなくちゃ」

常兄ィは火鉢を抱えこむようにして炭をかきながら、眉間に神経質そうな皺を寄せる。

「ま、手を焙《あぶ》れ。寒かったろう――おやおや、ひどい霜焼けだな」

と、常兄ィは医者のように松蔵の手を取り、赤切れた頬や耳たぶに触れた。

「蛋白質が足りないんだ」

「蛋白質、って？」

「人間の体を作っている滋養《じよう》のことさ。肉や魚をたんと食べなけりゃいけない」

贋学生のくせに、常兄ィは何でも知っている。松蔵は難しそうな書物のぎっしりと詰まった本棚を見上げた。英語だかドイツ語だか、横文字のぶ厚い本が目立った。

「下宿のおばさんが、夕飯に呼ばれてけっていうんだけど、いいかな」

ふうん、と常兄ィは火鉢の熾《おき》を見つめながら考え深げに息をついた。

「遠慮しとこうか」

「いや、かまわんよ。呼ばれてけ」

梯子段が軋んで、思いがけぬ若い女の声が障子ごしに言った。

「本多さん、お茶をどうぞ」

松蔵は膝前を揃えてかしこまった。たてつけの悪い障子が引かれ、銘仙《めいせん》の着物を着た娘が、廊下から盆をさし入れた。匂い立つような美しさに松蔵は見惚れた。

「やあ、ありがたい。どうか気を遣わんで下さい――こいつは親類の子で、松蔵といいます。神保町の本屋に奉公しているんです。何かお探しの本があったら、いつでも言って下さい」

「はい、母から聞いております。静子です、どうぞお見知りおきを」

つまり松蔵はそういうことになっているのである。それにしても鳶《とんび》が鷹を生んだというのか、下宿のおばさんとは似ても似つかぬ上品な娘だった。

静子が降りて行ってしまうと、常兄ィは茶を淹《い》れながら言った。

「変に気に入られちゃってねえ。どうも心苦しくてならない。ここの娘は御茶の水の女子高等師範に行ってるんだけど、おたがい学校を出たら一緒になっちゃくれまいかって、おばさんが」

「ひえ。あの人と、常兄ィが……で、どうするんだい、兄貴」

「ばかだなあ」

と、常兄ィはやさしい笑い方をした。

「帝大の学生も奥多摩の山持ちの次男坊だっていうのも、みんな嘘八百で、今さら何て言やいいんだね。当節世間を騒がしている百面相の常次郎は、実は僕のことです、ってかい」

「惚れてんのか、兄貴」

常兄ィの横顔に、そう書いてあったのだ。

「ううん……そんなふうに訊かれると返す言葉もないが、まあ、憎からずは思っているさ。静ちゃんはあの通りのべっぴんだし、気立てもいいし」

「なら、婿にへえっちまえよ。東京中を欺《だま》くらかす常兄ィなら、そんなのわけはあるめえ」

常兄ィは火鉢の火にほてった顔を上げて、松蔵を睨みつけた。たぶん気に障ったのだろう。

だが常兄ィはどんなに怒っても、けっして手を上げたり、声を荒らげたりはしない。

「なあ、松」

「……ごめんよ、兄貴。ちょいと言い過ぎた」

「いや。僕だってそのくらいのことは考えないわけじゃない。だがね、日本中を欺くらかしても、欺していい人といけない人はいるよ」

やさしい笑顔が悲しく翳《かげ》った。まるで身の上を嘆くように、常兄ィはガラスごしの夜空を見上げながら溜息をついた。

「静ちゃんの夫になる人は、本物の帝大生じゃなきゃいけない。少くとも犯罪者でないことは、彼女を愛する男の条件だな。ところで――おまえに手伝ってもらいたい仕事を説明しようか」

いったい常兄ィは善人なのか悪人なのかと、松蔵はいきなり切り出された話にとまどった。百面相の書生常――こと本多常次郎《ほんだつねじろう》の人となりのうちには、善と悪とがふしぎなくらいきちんと、まるで本棚に並んだ書物のように整理されているのだった。

火箸を握ったままぐいと松蔵を睨みつけ、常次郎はうって変わった闇がたりで呟いた。

「いいか松公。この書生常の相方《レツ》ァ、スリ盗ッ人ほど甘かねえぞ。的《まと》の前《め》ェにツラをさらして、しゃべくりながら笑いながら、シェイクハンドで物を盗るてえんだ。そんな肚《はら》はくくれねえ、どうかご勘弁てえなら今のうちだが、さて、どうする。ま、リスキィな分だけ、駄賃ははずむがよ」

二

狭い取調室には捜査二係の刑事たちが、スチール椅子を並べて座っている。

語り始めたのもつかのま、天切り松は老眼鏡をかけて、婦人警官が配達してきた夕刊に目を落とした。

「で、とっつぁん。その事件《ヤマ》ってのは、何だね」

と、講義を聞く学生のようにノートを開いたまま、係長の警部補が話の先をせかせた。

「まあ、あわてるない……ふむふむ。しかしやだねえ、きょうびの事件は。役人の賂《まいな》いにいかさまの株。金まみれの世の中、どちらさんも死にもの狂いってこたァわからんでもねえが、胸のこう、スッとするような事件がひとっつもねえ。二係の旦那方は猫の手も借りてえ忙しさだろうけど……そうでもねえか……」

係長は苦笑する。

「そういう大仕事は検察の特捜がやってるからな。俺たち下ッ引の出る幕じゃない」

「へえ。したっけ、死にもの狂いはちっぽけな会社もやくざ者もおんなしじゃあねえのかい。サギやパクリはさぞ多かろうが」

「もうみんなくたばっちまったよ」

「そうかい。いくじのねえ野郎たちばっかりだなあ」

天切り松は机の上に新聞を投げると、七枚鞐《こはぜ》の長足袋《たび》をはいた足を組んで、小さな椅子の上で胡座《あぐら》をかいた。

「ところでよ、旦那。この話ァたしか大正の十年か十一年、ともかく世界大戦の後《のち》、震災の前《め》ェの冬のこった。俺ァまだ十三、四のガキで、世間のこたァ何もわからねえが、もしやきょうこのごろとよく似ていたんじゃあねえかと思わんでもねえ。長《なげ》え戦で世界中が参《めえ》っちまったところで、日本だけが大戦景気にうかれ返《けえ》り、こいつァ天佑神助《てんゆうしんじょ》だてえ大にぎわいのすぐ後に、株価の暴落、銀行は破産。天国から地獄へと、まっさかさまに転げ落ちた時代《じでえ》だった。世の中の景気が悪くなれァ、悪党だって景気が悪い。さしもの百面相もこの不景気じゃあ出番がねえと、本郷菊坂の学生下宿に穴熊を決めこんでたてえわけさ。その常兄ィが、久々に尻を上げて事件《ヤマ》を踏むてえんだから、使いっ走りたァいえ相方《レツ》をおおせつかった俺が勇み立つのも道理だ。ご勘弁なんて、口がさけても言うもんか」

若い刑事たちは窮屈そうに肩を寄せ合ったまま、ノートに手帳にとメモをとる。そのしぐさをうんざりと見ながら、天切り松は話を続けた。

「おめえら若ェ衆《し》にとっちゃ、それほどためになる話にも思えねえんだがなあ。ま、署長《おやじ》のたっての頼みとあらば仕方がねえ――いいかい。百面相の常次郎が、久方ぶりに尻を上げずばならねえてえのは、こういうわけだった。常兄ィをお気に入りの下宿婆ァてえ人は、いってえどういう星の下に生まれたもんだか、まったく気の毒なぐれえの災難つづきだったんだ。まず大正三年の青島要塞総攻撃で陸軍将校だった亭主が戦死した。何でもそのころは長崎の大村てえところにいたんだそうだが、横浜で戦争景気に乗っかってしこたま金儲けをしていた実の兄貴が不憫《ふびん》な親子を引き取り、本郷に下宿屋を買ってやったてえ、まあそこまではいい。ところが大正九年の大暴落《ガラ》で、頼みの綱の兄貴はあえなく破産、おまけにそのつてで虎の子を預けていた横浜の七十四銀行までがつぶれちまって、婆ァは一文なしだあな。むろん菊坂の下宿は銀行の抵当にへえっている。きょうの明日にでも借金の二千円、耳を揃えて返さなけりゃあ差し押さえだと矢の催促だ。ごたごたがいやで下宿人は出て行く、お気に入りの常兄ィだけが二階《にけえ》の四畳半で、何とかしてやれねえものかと思案六方《ろっぽう》、おつむをひねっていたてえわけさ。さあて——銀行も借金のこげつきで死にもの狂いのそんとき、百面相の書生常がいってえどんなふうにして天下の三菱を的にかけたか。どうでえ、ためにはならんでも、知りたかろう」

刑事たちはメモをとる手を止めて、みな同時に顔を上げた。

「あの、本多さん——」

お櫃《ひつ》の飯を盛りながら、静子は淋しげに言った。

「私ね、学校をよして勤めに出ようと思うんです」

茶碗を受け取ると、常兄ィは箸を置いてしまった。

「どういうことかな」

「師範学校を出て教員になろうなんて、とてもそれどころじゃないんですよ。本多さんには申しわけないんですけれど、いよいよこの家も来月にはあけ渡さなけりゃならないし」

常兄ィはにべもなく答えた。

「僕は反対だね。学問がしたくて師範学校に行った君が、おじさんの不始末でなぜ将来の夢を捨てなければならないんだ」

「でも、銀行が承知してくれないから。景気のよかったときはぺこぺこ頭を下げて、お金ならいくらでも貸すから家をお建てかえなさいな、なんて言ってたくせに、まるで掌を返したみたいに今度は出てけって」

「そんなものだよ。銀行といったって金貸しにはちがいないんだからね」

松蔵をよほど子供だと思っているのだろうか、静子は大きな瞳を潤ませながら、ずいぶんと立ち入った話を始めた。

「この家がなくなったら、もう本多さんとはお会いできないのかしら。家が人手に渡ることよりも、それを考えると何だか切なくって」

「僕は君とお母さんから離れやしないよ」

松蔵は聞こえぬふりをして飯をかきこんだ。胸がどきどきとして、できることならこの場を逃げ出したい気分だが、そうもいくまい。

「ずっと、私と一緒にいて下さるんですか？」

静子がずいと膝を進めると、常兄ィはこころもち後ずさった。

「いや、そういうわけじゃない。早とちりはしないで下さい」

一瞬華やいだ静子の表情が、また不安げに曇る。

「でも、この家がなくなったら、もう一緒にはいられません。学校も中途でよしてしまったら――」

さすがに松蔵をちらりと見、しばらく肩をすくめてから、思い切ったように静子は言った。

「もう帝大出の本多さんの妻には、ふさわしくありませんものね」

松蔵は恥ずかしさで顔を上げることができなかった。常兄ィもうろたえている。恥じらいながらも思うところを堂々と口にする静子は、新時代の女というやつなのだろう。

常兄ィはのっぴきならぬ空気をはぐらかすように、いちど咳払いをした。

「僕らの将来についてはさておくとして、要するにこの家を銀行に取られるようなことがなければ、いいわけだね」

「は？……どういう意味でしょうか。そんなこと、できるはずはないわ」

ごちそうさまでした、と箸を置いて頭を下げると、常兄ィはすっくと立ち上がった。

「あら、これからお出かけですか？」

「散髪に行ってきます。父や兄に相談するにしても、この頭ではねえ」

「そんな……いくら何でも、そこまで御迷惑をおかけするわけには参りませんわ。およしになって」

「好いた人の不幸を見て見ぬふりはできません――松、行こう」

常兄ィは長い襟巻で松蔵の首をくるむと、静子を振り向きもせずに梯子段を駆け降りた。

「どうすんだよ、兄貴」

路地に出ると、松蔵は白い息を吐きながら常兄ィに訊ねた。いきなり仕事が始まってしまったような気がした。

「肚はくくったか、松」

「へい、そりゃあもう」

「だったら俺の言った通りにせえ。仕事はあす一日でしめえだ。セリフは何もいらねえ。おめえは俺が上海《シャンハイ》から拾ってきた支那人のガキで、日本語は何もわからねえんだ。いいな」

「黙ってりゃいいんですかい」

「おうよ。俺が何か訊いたら、ただハオ、ハオと笑い返していりゃいいんだ。まずはその中途はんぱな坊主刈りに鏝《こて》を当てて、と」

路地を抜けて菊坂の通りに出ると、常兄ィはカーテンを閉めかける理髪店に飛びこんだ。

三

「常次郎てえ人は、まったくもって探偵小説から抜け出たような、謎だらけの男だった。闇に潜った事情は何も知らねえ。わかっていることといやァ、没落しちまった御家人の倅で、それも本多様てえ苗字からすれァ、世が世なら旗本の若様だったんじゃあるめえか。役者のような色白の美男子だが、どんなツラだと言われてものっぺりとして摑みどころがねえ。もともと仕立屋銀次の一味に、百面相の詐欺師がいるてえ噂はサツも知ってはいたが、その正体は誰にもわかりァしなかった。それもそのはず、常兄ィには正体がねえ。まるで鵺《ぬえ》かカメレオンみてえに、事件《ヤマ》を踏むたんびツラも声音も姿形も、身丈だってちがうてえんだ。ガキの時分にお家がつぶれて、いってえ何があったのかは知らねえが、嘘でかためた世の中ならば、嘘で世間を渡ってやらあてえ、とんだ若殿様もいたもんさ。だがよ、妙なことにァその大嘘つきの常兄ィは、俺っち身内にァけっして嘘をつかなかった。一家のあがりをそっくり預けて、常兄ィならビタ一文まちげえがねえ。それればかりか余った銭はやれどこそこの銀行だのどこの株だのどこの無尽だのと、大正恐慌のさなかでせえやられもせずに、余禄の金利で一家の飲み食いをはじき出していたてえんだから呆れるじゃあねえかい。常兄ィてえお人は、ともかく銭をいじくりゃ天才だった」

金がらみの知能犯を扱う第二係の刑事たちは、興味ぶかげに天切り松の話に聞き入っている。

茶を啜って息を抜き、係長が訊ねた。

「要するに、アジトにしている下宿屋を救うために、一仕事をしたというわけだな」

「おうよ。その翌《あく》る日、もののみごとに丸の内の三菱をはめちまった」

「ちょっと待ってくれ、とっつぁん。一家の金庫番をして、財テクに励んでいるほどのやつなら、何もわざわざ荒仕事にかからなくたって金なら持っているだろうが」

天切り松は傲岸《ごうがん》な顔をしかめて、係長を睨みつけた。

「きょうびの刑事《デカ》は、不幸だの」

「え？──不幸、か」

「いいかい、旦那。こうして俺が何べん話を聞かせたって、おめえさん方はどうしたってわからんらしい。銭ってもんにァ、ちゃんと名前《なめ》ェが書《け》えてある」

「名前、とは？」

やれやれ、というふうに天切り松は真白な坊主頭を掻いた。

「銀行がせっついている二千円の銭ァ、さしずめ今でいやァ何千万かの大金だろうが、むろん常兄ィにゃヤマを踏まずともどうにかなる金さ。だが、銭にァ名前《なめ》ェが書《け》えてある。景気のいい時分にァ揉み手をしてた銀行が、てのひら返して立ち退きを迫るてえその性根《しょうね》が、常兄ィにゃ許せなかったのさ。で、そこまであこぎな真似をしやがるんなら、てめえの欲しがるその二千両、てめえのお蔵から吐き出さしてやろうかい。それが百面相の常次郎てえ天才の心意気だあな。常兄ィはどうあっても、三菱銀行丸の内本店の帯《おび》封でくった二千円が欲しかったのさ。どうでえ、おめえさん方。きょうび二係のデカをお役ご免まで続けたって、それだけの詐欺師にゃお目にかかれめえ」

天切り松ははるかな時間をたぐるように、しばらく目を閉じた。

「いい時代《じでえ》だった。俺ァそののち、あんなにきれいな東京は知らねえ。明治の赤煉瓦の上に、大正モダンの石造りと真鍮《しんちゅう》とが、すっぽり被いかぶさって、町も人も、みんなきれいだった」

世界大戦の特需景気で美しく完成し、大震災で瓦礫《がれき》と化すまでの一瞬の帝都が、人々の胸に甦る。

天切り松はうっすらと目を開き、向こう六尺にしか届かぬ夜盗の声音で語り始めた。

「菊坂の床屋で俺ァ坊主刈りに鏝を当て、常兄ィはぼさぼさの長髪をばっさり切って七三の横分けにめかしこんだ。本郷三丁目から市電に乗って、目指すところは柳原河岸《やなぎわらがし》。軒を並べる古着屋の、いかにもうさん臭え一軒を叩き起こすと、これまたいかにもうさん臭え歯欠けじじいが顔を出す。やあ常さん、久しぶりにお出かけかい。あたぼうよ、と常兄ィは勝手知ったる店の戸に錠を下ろし、うなぎの寝床みてえに深《ふけ》え店の奥へ中へと歩みこむ。右も左も天井も、胸の悪くなるような古着の山でごった返《げえ》し、あすは何の役者でえとじじいが訊けァ、そうさな、近ごろァ本郷座の出し物も、オペラだ新派だ関西喜劇だで、わけがわからねえ。きょうはひとつ、自由劇場の大出し物、上海帰《げえ》りの道楽貴族で左団次でも気取ってみようじゃあねえか。英国誂《あつら》えの三ツ揃いに山高帽、いやそうじゃあねえ、どうせなら大礼服にフロックコート、洋行帰りに帝国ホテルの宿をとって、あすは大内山に参内《さんだい》、ご学友の皇太子殿下にみやげを献上てえのはどうだ。何たって的は天下の三菱本店、嘘をつくにしたってよほどじゃなけりァ釣り合わねえ。ついでと言っちゃ何だが、この小僧、つぶれちまった清国の親王殿下てえのァどうでえ。緞子《どんす》の支那服に綿入れのチョッキ、ぴかぴかの丸帽を冠らして真黒の色眼鏡。生まれ育ちは車坂の長屋だが、顔立ちはこの通り、見ようによっちゃ愛親覚羅《あいしんかくら》の御曹司でよかろうがい。さあじじい、銭ァてめえの言い値だ。四の五の言わずに洋行帰りの左団次と御曹司、とっとこさえてみやゃがれ——てなわけで、すっかり大嘘ははまりこんだ俺と常兄ィは、どこからどう見たって道楽者の青年華族とわけありの中国人に扮し、その晩はわざわざハイヤーを仕立てて日比谷の帝国ホテルにチェック・インさ。公園の前《め》ェに大谷石を積み上げたそいつは、いまだ建築中の一部開業てえどさくさで、大礼服にフロックコートの常兄ィはフロントにのっそり立つなりこう言った。君々、松平だが、総支配人はおるかね。不意をつかれた番頭は、これァとんでもねえお客が来たと、見る間に青ざめる。あいにく夜間でございますので。さようか、いや連絡には及ばぬ。急な話ですまぬが、明朝こちらにおわす清国親王殿下のお伴をして宮中に参内の予定である。ついては貴賓室を用意してくれ給え。何ぶんお忍びのことゆえ、けっして他言なきようにな。よしなに、ひとつよしなに――」

絹のカーテンから射し入る朝の光が眩《まぼ》ゆい。

ベッドの天蓋をぼんやりと見上げながら、ゆんべのことは夢じゃなかったのだと、松蔵は我に返った。

隣室から聞き覚えのない声がする。誰だろう。

「もしもし。手前、津山松平家の家令を務めおります、山田と申します。さよう、美作《みまさか》津山の松平子爵家でございます。支店長はおられるか」

いかにも忠僕な、老執事の声音だった。松蔵はおそるおそるベッドを脱け出し、隣室の扉を開けた。身仕度を整えた常兄ィが、ソファに深々と体を沈めて受話器を耳に当てていた。

「いや、これは失敬。支店長などとお呼び立ていたしましたが、そちらは本店でございますな。本店営業本部長、と申されますか。はい、さよう。津山《つやま》松平家の家令でございます。実は本日十時、洋行帰りの当主が宮中に参内する予定なのですが、つきましては手持ちの為替《かわせ》を現金に替えていただきたい。額面は二千円でございます。さようでございますか、ご出張下されば大助かりです。何ぶん大金でございますからな。ではこちらは帝国ホテルの貴賓室にてお待ちいたしておりますので、ホテルの者にお取次ぎ下さい。ああ、それから、当主は皇太子裕仁親王殿下のご学友にあらせられまして、このたびの参内は非公式のものでございます。他にも少々よんどころない事情もございますので、逗留と参内の件は、ひとつご内聞に。よろしうございますな」

電話を切ると、常兄ィは大鏡の前に立って大礼服のいずまいを正した。胸にはぎっしりと金モールの刺繍が施され、勲章も飾られている。色白の顔にはとうてい贋《まが》いとは思えぬ細い口髭が貼られていた。口元にほくろ。眉は凜と太く、いったいどういう化粧をしたものか、鼻眼鏡をのせたさまなど、どう見ても若き子爵閣下だ。

「常兄ィ……ゆんべは暗くてよくわからなかったけど、おいら、びっくりしちまって……」

「ああ。ちょいと細工してみたからな。やりすぎか――ま、よかろう。おまえも早く仕度をしろ。いいな、ハオ、ハオ。俺が何を訊いても、ハオ、ハオ、と笑っていりゃあいい」

「大丈夫かな、おいら、小便ちびりそうだ」

「だったら寝たふりでもしていろ」

常兄ィは松蔵を鏡の前に招き寄せると、信玄袋の中から化粧道具を取り出した。

「目をつむってろ。おめえのこの真黒なツラは、どうも親王様には見えねえ」

「くすぐってえよ、兄貴」

「いいからおとなしくしていろ」

額から咽にかけて粉がはたかれ、薄く引き延ばされた。

「ようし、これでいい。あとは支那服に着替えて、色眼鏡を忘れるな。袖から手を出すなよ。殿下の手が霜焼けじゃあうまかねえ」

電話から三十分もたたぬうちに、三人の身なりのいい銀行員がやってきた。

扉を開けた常兄ィの姿をひとめ見たとたん、銀行員たちは室内に入ろうともせずに直立不動になった。

常兄ィの声音は、甲高く高貴なやんごとない声に変わっている。

「やあ、すまんな。入り給え。そのあたりでうちの家令には行き会わなかったかね」

シャンデリアの下の真白な被いをかけた椅子に松蔵は座っていた。室内に入ってその奇異な支那服の少年を見ると、銀行員たちはまた凍りついてしまった。

「少々お待ち願いたい。国表《くにおもて》からの為替の到着が遅れていて、いま家令を中央郵便局まで行かせたのです。お掛けなさい」

円卓を挟んだ対《むか》いの席に、本店営業本部長と覚しき中年の男が座った。ほかの二人は帽子と鞄を携えたまま、窓ぎわに立った。どの顔も緊張で青ざめて見える。

「さきほど家令が電話口で、このことは内密にと申しておったようだが、事情はわかるかね？」

「は……いえ……」

本部長は背筋を伸ばしたまま、松蔵をちらりと見、じきに目をそらした。

「こちらは先年の革命で上海にのがれておられた、清国の愛親覚羅殿下。醇《じゅん》親王家の若きご当主君にあらせられ、宣統皇帝陛下の御《おん》いとこ君にあらせられます。ご挨拶を」

とっさに本部長は卓を揺るがせて立ち上がり、しどろもどろの挨拶をした。

常兄ィが鼻眼鏡を向けて、目くばせを送る。

「ハオ、ハオ」

と、松蔵は肯いて見せた。

「殿下はあいにく日本語をご理解なされません。あしからず。つまり――」

常兄ィは咳払いをすると、銀行員たちの顔をひとつひとつ、きっかりと睨みつけた。

「つまり、本日は宮中にてまこと内々に――よろしいかな。まこと内々に、聖上《おかみ》の拝謁を賜わります。ただし聖上はご健康がことのほかすぐれず、場合によっては東宮殿下のご代謁ということになるやも」

「は、はい……畏《おそ》れ多いことでございます。わたくしどもには、何やら雲を摑むようなお話で……」

「いや。早朝から突然電話で呼びつけて、為替を現金に替えろなどとは、われながら無礼も甚だしい。そのあたりの事情はきちんと説明しておかねば、怪しまれることもあろうか、とね」

「滅相もございません。子爵閣下を怪しむなどと」

「もっと近くの銀行でもかまわなかったのだが、先代がそちらの岩崎さんとは昵懇《じっこん》の仲でね。なに、二千円ばかりの金なら第一銀行の渋沢さんに頼んでも、三井の団さんに頼んでもよかったのだがね。まあとっさのことだから、三菱の本店がよろしかろうと。こんな話が大倉男爵の耳にでも入ったら、何を若様、水臭いと言われるのがおちなのだが……いや、まことにお恥ずかしい話だが実はしばらく上海におって、少々散財をいたしたのですよ。横浜からすぐに電報を打って、為替を送れと言うたのだが……それにしても遅いね。さては家令と配達人が行きちがったかな」

常兄ィはおごそかな身のこなしで立ち上がると、松蔵に向かって頭をさげ、何やら流《りゅう》暢《ちょう》な支那語を口にした。

「ハオ、ハオ」

と、松蔵は肯きながら掌を上げた。

「殿下は少々ご不快のご様子にあらせられます。支那のご家来衆は人目につくといけないので、横浜のグランドホテルに待たせてあるのですが、そのあたりがご不満のようで」

言いながら常兄ィは寝室に入った。扉を開けたまま電話機を取る。いきなり、不愉快そうな金切声が上がった。

「松平だが、二千円の為替はまだ届いておらんかね。まったくどういうことだ。国表からはとうに発信しておるというのに。いや失敬、ホテルに文句をつけても始まらぬ。ともかくこちらには、三菱銀行の丸の内から現金が来ておるのだよ、到着次第、即刻持参するように。よろしいかな」

苛立たしく電話を切ると、常兄ィは派手やかな礼装の帽子を携え、金時計を睨みながら戻ってきた。

「いかん、いかん。拝謁の時間に遅れてしまう。このような為替の不手際は断じてあってはならん。貴族院で糾明《きゆうめい》してやろう」

「ハオ、ハオ」

「申しわけございません、殿下。ほどなく出発しますゆえ、もう少々お待ち下さい」

「ハオ、ハオ、ハオ」

常兄ィは銀行員たちの間を歩き回りながら、思い切ったふうに言った。

「実は、諸君。この二千円には、ある意味が……」

「と、申しますと？」

本部長は肥えた首をめぐらして常兄ィを振り返った。

「それは、言えぬ。国家の機密に属することじゃ」

氷のような沈黙のあとで、常兄ィはやむにやまれぬというふうに口を開いた。

「けっして口外できぬことなのだが、この二千円は……」

「はあ……どのような……」

「宮内大臣に渡さねばならぬ。わかるな、諸君。醇親王殿下は聖上と東宮殿下に謁見し、清国の衷情を縷々《るる》述べ奉る。今日の支那大陸の現状を鑑《かんが》みれば、これは大変なことだ。その無理を通すために、宮内大臣はたいそう努力をしてくれた。ああ、それにしてもこの期《ご》に及んで為替が届かぬとは、いったい何としたことであろう。こんなことならば初めから大倉男爵に話を通しておけばよかった。しかし、しかし、私は皇室の藩屛《はんぺい》として、断じて財閥の力は借りたくない」

「閣下――」

と、本部長は立ち上がって常兄ィに正対した。表情はほころんでいる。

「そのようなお話でしたら、何もお悩みになることはございません。為替はわたくしどもがここで受け取りますので、どうぞ現金をお先にお持ち下さい」

喜ぶかと思いきや、常兄ィは眉をしかめ、顔を苦渋で歪めた。

「いや、それはいかん。資本主義社会において、有価証券は常に現金と対等に扱わねばならぬ。これは私が英国留学中、オクスフォードの恩師、サー・エドワード・マクガバン博士に教えられた経済の大原則だ」

「そう仰せられず、さ、これを」

と、本部長は現金の詰まった革鞄を部下の手から取り、卓の上に置いた。緊張から放たれた表情は善意に満ちていた。

「わたくしも大学では経済学を専攻いたしました。あいにく不勉強で、オクスフォードのマクガバン博士という方は存じ上げませんが、たしかにお説はごもっともです。しかし、事情が事情でございましょう。支那の革命を歓迎するのは財閥ばかりです。わたくしも財閥の禄を食《は》む者ではありますが、それ以前に、一人の帝国臣民として支那の共和制施行を深く憂いておる次第でございます。こちらの醇殿下は、おそらく宣統皇帝陛下のご意思を体して、はるばる来朝なされたのではありませぬか。そうではないのですか」

話すほどに昂ぶる本部長の掌を、常兄ィは固く握りしめた。

「閣下、何をなされます。畏れ多いことを」

「いや……私は感動した。すべては君の言う通りだ。私は銀行もすべて財閥の一味と考えて、内心君らを警戒し、かつ疎《うとん》じてもいた。だが財閥の中にも、君のような憂国の士はいたのだね。私はこの志のためならば、父祖から受け継いだ作州津山松平家十万石を潰してもよいとすら思っている。いや、命さえ惜しまぬ。ああ、いかん。いよいよ参内の刻限だ。ではお言葉に甘えて、現金は一足先に拝借する。何か書きつけは入用か」

「とんでもございません、閣下。手前どもはこちらで、為替の到着を待たせていただきます」

「家令の山田は何ぶん先々代からの老臣であるから足も遅い。まだしばらくの時間がかかるとは思うが、よろしいか」

「かまいません。さ、どうぞお急ぎ下さい」

「では」

常兄ィは革鞄に一礼をして手に取ると、またしても流暢な支那語で松蔵に語りかけた。殿下、用意が整いました、参りましょう、とでも言っているのだろう。

「ハオ、ハオ。ハオ、ハオ」

松蔵は椅子から立ち上がり、いかにも清国皇族らしく鷹揚《おうよう》な態度で歩み出した。後からフロックコートを羽織った常兄ィと銀行員たちがつき従う。

「見送りはここでよろしい。連絡が入るかもしれぬしな」

「いえ、閣下。部下には部下を待たせておきますので、玄関までお見送りを」

「……さようか。では、玄関まで」

松蔵はともすると推《くだ》けてしまいそうな膝頭を震わせながら、長い廊下を歩いた。

「閣下。宮内省の馬車は来ておるのですか」

「馬車！……いや、忍びだよ、忍び」

本部長の声がいくぶん疑心を帯びて聞こえるのは、気のせいだろうか。階段の中途から、松蔵は自然と早足になった。走ってはならない。だが足は意に反して、前へ前へと進んでしまう。

「殿下はお時間をお気になされていらっしゃるようだ。われわれも走りましょう」

ロビーを駆け抜け、車寄せに走り出ると、常兄ィはハイヤーに向かって手を振った。

「ハイヤーで参内なさるのですか。閣下」

「余計なことまで気を回すでない。二重橋で馬車が待っておるのだ」

ボーイの開けたハイヤーのドアから、松蔵は転げこんだ。常兄ィが勲章をがしゃがしゃと音立てながら乗り込む。

「宮城《きゅうじょう》へ」

「は？」と、運転手は振り返った。

「宮城だ。二重橋へ向かえ」

車寄せに走り出て見送る従業員の列が、運転手を勇気づけたようだった。最敬礼の中を、黒塗りのフォードは滑り出た。

「ゆっくり走れ。畏れ多くも清国親王殿下がお乗りだ。ゆっくり、ゆっくり」

車が噴水をめぐって大通りに出るまで、常兄ィはいかにも陪乗を許された者のように背筋を伸ばし、見送りの隊列に挙手を向け続けていた。

シートに沈むと、松蔵はふしぎな気分になった。自分は革命に追われた清国皇族で、これから天皇陛下に謁見するのだ——常兄ィの嘘は魔法のようだった。

目前に二重橋と宮城の森が迫ってくる。

「兄貴」

思わず口が滑った。常兄ィは答えない。かわりに運転手がぎょっと肩をすくめた。

「兄貴、おいら、おっかねえよ。もうよしにしてくれよ」

「これで、しめえだ。安心しろ、まさか二重橋は渡らねえ――運転手さん、駄賃を受け取ってくんない」

言いながら常兄ィは、帯封でくくられたままの札束を、どさりと運転手の肩に置いた。

「お客さん、これは……」

「あって邪魔なもんでもなかろう。てめえのツラも名前《なめ》ェも覚えてるぜ。車の番号はフォードの684。へたにタレこみやがったら、てめえも共犯《レツ》にしてやるからな。わかったか」

「ど、どちらへ」

「宮城はもういい。まっつぐ走って三菱の丸の内本店の回りをぐるりと一周せえ」

「兄貴、何するんだよ。もうよしにしようぜ」

松蔵の手を常兄ィは振り払った。

「いいか松公。一幕をおえたら、立役者は花道から退《ひ》くもんだ。ましてやこんだけの祝儀をポイと投げてよこした菱《ひし》のお大尽にゃ、派手な飛び六方《ろっぽう》でも見せてやらずばなるめえよ。てめえも勧進帳の片棒かついだ九郎判官《くろうはんがん》なら、左団次の大見得ぐれえは、舞台の袖《ぶてえ》で見ていやがれ」

新装なった三菱銀行本店は、ギリシャの神殿もかくやはと思われる豪壮な石造りである。天を衝くほどの円柱の麓を、ハイヤーはゆっくりと通過した。

誰に言うともなく、書生常は建物を睨みながら呟いた。

「勝った勝ったで威勢のいい時分にァ、用もねえ銭をおっつけて高《たけ》え利息をふんだくり、世の中左前になれァ、無理無体《むてえ》に掛け取りをおっぱじめるてえのァてめえら、よその国ならいざ知らず、ちょいと行儀の悪い商売じゃあござんせんかい。こんな無法を、法がどうともできねえてえんだから仕方がねえ。二千両はお天道様の決めた罰金だ。二万両でも高かァねえが、きょうのところは勘弁してやる。そんじゃ邪魔したな、あばよっ！」

四

「ま、話はそれでしめえだ」

刑事たちの肩から、どっと力が脱けた。

「ということは、その金はぐるりと回ってまた三菱の本店に戻った、というわけか」

係長は狐につままれたような顔をして、ボールペンの尻で宙に輪を描いた。

「おうよ。したっけ、きょうびでいうマネー・ロンダリングてえのにァ、おさおさ怠りなかったぜ。あっちこっちの銀行やらデパートやら駅の出札やらで、百円札をこまめに両替してよ、けっこう難儀な仕事だった。おかげで下宿の婆ァに銭を渡すのァ、四日五日もかかったろうかい。二千円の銭をかすめ取られて、じきにおとついの方角から二千円の借金が返済されたって、よもやそいつがぐるりめぐったてめえの銭だなんぞたァ誰も思いやしねえ。ま、めでたし、めでたしってところさ」

若い刑事が学生のように手を挙げて言った。

「とっつぁん。それはたしか、籠脱《かごぬけ》っていう詐欺《さぎ》の手口じゃないかな」

天切り松は思わずわが意を得たりというふうに、ぽんと手を叩いた。

「おめえはなかなか勉強家だな。たしかにこの手口は、籠脱てえ詐欺の手口だ。立派な会社や役所やホテル、そういう信用のできる場に罠を仕掛けて、的を呼びこむ。ただしこの手口は、仕掛けが小せえほどバレやすい。でかけりゃでけえほどバレにくい。でけえ仕掛けをこしらえるのにァ、それ相応の胆力てえもんが要る。まあ、常兄ィてえお人はそのとびっきりのおつむと肝っ玉で、次から次へとでけえ仕掛けを思いつき、とうとうただのいっぺんだってサツに尻尾を摑ませなかった。わかるかい、旦那方。盗ッ人はパクられてから名が上がる。パクられねえ、兇状も回らねえてえ名人は、いくらでもいるってこった。はてさて、けっして正体を現さねえ巨悪てえやつを、挙げられるか、挙げられねえか。サツの威信てえのァ、それにかかってるってことを、忘れるな」

はい、と若い刑事たちはまた学生のように声を揃えた。

「ときに――この話にゃ俺がこの目で見た後日譚《たん》がある。あれァたしか春四月、本郷帝大の三四郎池のほとりで、花も盛りの宵の口に、常兄ィとお静ちゃん、どういうわけかお邪魔虫の俺が、水面《みなも》に映る朧《おぼ》ろ月を、ぼんやり眺めていたと思いねえ。常兄ィは紺《こう》の絣に小倉の袴《はかま》、お静ちゃんは銘仙に海老茶袴てえ、何とも古めかしいランデブーだが、そこは世にも稀なる美男美女、本郷座の芝居で言うんなら、さしずめ井上正夫に花柳章太郎の新派劇てえところだろうかい。奥多摩の山林王だてえおやじから用立ててきた二千円の大金を、下宿の婆ァがどんな思いで受け取ったのか、入婿の持参金にしちゃあその後の本多さんはウンでもねえヒャアでもねえ。いってえどういう了簡なのやらと、業を煮やしたお静ちゃんが、思い切ってのプロポーズ、ときたもんだ。あのう、お静ちゃん、おいらはお邪魔虫だからこれで失礼します、と言やあ、御茶の水女子高等師範のしっかり者は逆に俺の腕をぐいと引き寄せ、松ちゃん、あなたは証人におなんなさい。本多さんは優柔不断で、いまだに手も握っちゃくれない。せめて明日の契りの一言を、きっと言わせてみせるから、あなた証人よ、とこうだ。さてさて、池のほとりに花が散り、月も朧ろに白魚のてえまっしろな手が、こう、するすると紺絣の腕を引き寄せたと思いねえ。本多さん、いえ常次郎さんて呼ばしてもらいます。どうか一言、後生でございますから君を愛していると、その唇でおっしゃって下さいましな。ねえ、お願い……」

「それは……」

と、常兄ィは口ごもった。

「それは、その……」

静子は紺絣の肩に、しどけなく頬を寄せた。

「おっしゃって下さいまし。そのお口で一言、後生ですから」

常兄ィは水面に力なく視線を落とした。言葉に迷い、臆する常兄ィの表情が松蔵には信じられなかった。

誠実で純情な、それはどこから見ても帝大生の横顔だった。

「ねえ、お願い。愛してると言って下さいまし」

松蔵の胸は気が遠くなるほどに高鳴った。こんなセリフは花柳章太郎だってまともには言わない。

「静ちゃん」

と、常兄ィはようやく毒を吐くように、顔をしかめて呟いた。

「僕は、嘘をつかない」

それは大嘘つきの常兄ィの、まさしく毒を吐くような、切実な一言だった。

「はい。お聞きいたしましょう」

「だがね、静ちゃん。何だか本当のことを言おうとすると、唇が寒くなるんだよ」

「どういうことかしら」

「声になる言葉は、ぜんぶ嘘になってしまうような気がしてね。だから、心のうちは何も言いたくないんだ」

「弱虫。常次郎さんの、弱虫」

「いや、僕は弱虫じゃない」

次の瞬間、松蔵はたまらずに二人のかたわらから逃げ出した。池のほとりを走り、しばらく遠ざかってから、おそるおそる桜の大樹の根方を振り返った。

朧ろな月あかりが、ぼんやりと紗《しゃ》をかけたように花の下を照らしていた。

「僕は嘘をつかない」

常兄ィはたぶんもういちどそう呟いて、静子のうなじを抱きすくめた。

もしかしたら、「もう嘘はつきたくない」と言ったのかもしれない。あるいは「君にだけは、嘘をつかない」とでも言ったのだろうか。

満開の花が雪のように散りかかる芝の上で、二人は長い接吻をかわしていた。

何も言わず、身じろぐことすらせず。

第五夜

花と錨

狭苦しい屋内運動場でおしきせの天突き体操をし、おのおの二本ずつの煙草にありついて房《ぼう》に戻ると、留置人たちの退屈な一日が始まる。

素直に自白《うた》って供述調書ができ上がってしまえば、やることは何もない。調書と証拠物件ばかりが刑事訴訟法のベルトコンベアに乗って流れて行き、いずれ運命が定まるまで、犯罪者たちはじっと時を待つ。

監視台を要《かなめ》にして扇形に置かれた五つの雑居房のうち、第四房は未成年者を収監する「少年房」で、四畳半ばかりの板敷に長髪を赤く染めた少年が、膝を抱えて座っていた。

「うざってえんだよな、じじい」

と、少年は膝の間から色白の顔をもたげて言う。

「うざってえ、だと？――そいつァどういうこった。きょうびの若い者《も》ンの使う言葉は、さっぱりわからねえな」

対《むか》いの壁に小さな体を預けて、天切り松は言う。

「じゃまくせえってことだよ。何でじじいが少年房にいるの」

「少年課の旦那が、説教のひとつもしてやれってよ」

少年はあくびをして、裏窓の曇りガラスから射し入る冬の陽に目を細めた。

「おめえ、齢はいくつだい」

「十七」

「親はいるのかい」

「いるよ。じじいもばばあもいるよ。あんたより若いけど」

天切り松は無精髭の生えた大口をあけて、ははっと笑った。

「けっこうな親やじじいがいたって、おめえがこのザマじゃあ手も足も出ねえな。ちったァ親の有難味がわかったかい。どうだ、こうして何日もぶちこまれてみれァ、さぞかしおふくろのおまんまが恋しかろう」

少年はちらりと天切り松を見、あんがい素直に呟いた。

「それもそうだけどよ、俺、何だかむしょうに欲しいものがあるんだ」

「ほう。何でえそいつァ。煙草《エンタ》か？　女か」

ひどく切ない顔をして、少年はかぶりを振った。

「コーヒー。自分でも変だなって思うんだけど、きのうからコーヒーが飲みたくてたまんねえんだ。それもよ、口がひん曲がるくらい苦いやつ。ああ、たまんねえ。俺、コーヒー飲めるんならじじいの説教きいたっていいや」

監視台の上から、看守が笑いかけた。すると天切り松は「あいよ」と気軽に答えて、金網ごしに江戸前の声を張り上げた。

「担当さん。お聞きになった通り、この小僧はコーヒーが欲しいとぬかしやがる。かわいいじゃあねえか、けなげなもんじゃあねえか。どうでえ、今さらブタバコの掟を知らぬ俺じゃあねえが、ここはひとつ粋なはからいで、説教がてらのコーヒーを一杯、この小僧にめぐんでやっておくんない」

年配の巡査長はさして考えるふうもなく監視台から立ち上がると、インターホンに向かってお道化《どけ》た声をかけた。

「第四房にツー・ホット。口のひん曲がるくらい濃いやつ」

うそだろ、と少年は腰を浮かせた。

一

銀座仲通りのカフェ・インペリアルは、日曜の午後だというのに人影もまばらだった。

第一次大戦の特需景気と、漁父の利を占めた戦勝気分もつかのま、このごろでは柳並木を吹きすぎる風さえせちがらい。銀座のあちこちに林立するカフェは客の奪い合いで、あろうことか女給にエロ・サービスをさせ、営業停止となる店もあった。

明治四十四年以来の老舗《しにせ》で、いまだに正統のブラジル・コーヒーとビフテキが売り物のカフェ・インペリアルから、客足が遠のくのも道理だった。マホガニーと真鍮とステンドグラスとででき上がった店内の造作は重厚で、ランデブーの若者たちには敷居が高い。女給たちもみなお揃いの縞の着物に白いエプロンをかけて、からくり人形のように給仕をするばかりである。

そんなふうだから、近頃の過剰な商売のカフェに慣れている客は、名門の看板に憧れて一度は席についても、そののち二度とやってくることはなかった。

大型の蓄音機からは相も変わらず色気のないオーケストラの音楽が流れ、古きよき明治を懐かしむ紳士たちが仏頂面でコーヒーを飲むカフェ・インペリアルは、闇に潜った目細の安吉一味にとって格好の集合場所である。

春風の匂いたつ午後、松蔵は齢より四つ五つも老けて見えるおめかしをして、ぶらりとカフェ・インペリアルに立ち寄った。月の五日と十五日に定められている寄合の日ではないが、銀座に出れば必ずここにはやってくる。

吹き抜けになった桟敷の上から、「やあ」と丸眼鏡をかけた紳士が手を上げた。鳥打帽をとって会釈を返す。

その人のことをよくは知らないが、何でも洋行帰りのインテリで、慶応義塾の先生をしているそうだ。どういうわけか親分はじめ一家のひとりひとりとは仲が良い。

手すりに白い肘をついて、おこん姐《ねえ》さんが何やら相談をしていた。

踊り場に蓄音機の据えられた回り階段を昇って、松蔵は桟敷に上がった。

「こんにちは、永井先生」

「やあ、ごきげんよう、村田松蔵君」

どこで行き会っても、永井先生は必ず松蔵の本名を呼んでくれる。まるで中学校の教室でそう呼ばれるような気がして少し照れ臭いのだけれど。

「子供に聞かせてはまずい話かな、おこんさん」

「いえ、かまやしませんよ。べつにこっちが悪いことをしてるわけじゃないんですから」

まあお掛け、とおこん姐御《あねご》は松蔵に席を勧め、相談事の続きを始めた。

「ともかく、薄気味悪いったらありゃしないんですよ。ゆんべだって、湯屋《ゆうや》に行こうと思ってひょいと戸を開けたら、街灯の下にぼうっと立ってるじゃありませんか。あわてて鍵をかけましたですよ。べつだん何をするってわけじゃないんですがね、なにせこの半月ってもの、影みたいに後をついて回るんです」

ジャーマン・ビーフを頬ばりながら、永井先生は首をかしげた。

「私服刑事じゃないのかね」

「そりゃ先生、私《わ》っちだってお天道に背中《せな》を向ける稼業なんですから、所轄の刑事《デカ》の顔ぐらいは覚えていまさあね。そりゃあちがう。新面《あらめん》にしたって、刑事なんてものは目付きでわかります」

「だからって君、慶応の塾生にちがいないというのは、少々飛躍ではあるまいか」

「いえ、そうに決まってます。あのつるんとした坊っちゃん面で、髪は七三。学生服こそ着ちゃいないが、身なりはいつだってきちんとしてますしね。顔の色が黒いのはたぶん、ラグビーかなにかをやってるんじゃないですか。体もいいし」

「ほう、何だかまんざらでもない口ぶりだね」

「冗談はよしにして下さいよ、先生。怒りますよ。こっちはいつか力ずくで手ごめにでもされるんじゃあないかって、気が気じゃないんですから」

コーヒーを運んできた女給が、物騒なおこんの物言いに、ぎょっと目を吊り上げた。

「ともかく――」

と、おこんは溜息をつきながらステンドグラスの窓ごしに仲通りを見おろした。

「今だって、あのとおり」

松蔵はアーチ窓を振り返った。赤や青のモザイクの間の、飴《あめ》のように歪んだ透明なガラスの中に、午後の往来が嵌《は》まっている。若葉を垂らした柳の下に、海老茶の背広を着た若い男がぼんやりと立っていた。

「あれは、勤め人だろう」

と、永井先生も身を乗り出した。

「勤め人が毎日こんな時間から、女のあとをつけ回すもんですか。閑人《ひまじん》にゃちがいないんですけど」

「ふむ。たしかにきょうびの若い閑人といえば大学生だがね」

「ね、そうでござんしょう。しかも銀座新橋の地理にはめっぽう詳しいみたいなんですよ。ケムに巻こうと思って路地をあちこち回っても、ちゃんとついてきますしね、時には先回りをして、やあ、なんて」

「きちんと白黒をつければいいじゃあないか。君らしく」

「そんなこたァ、いの一番にやりましたですよ。八官《はちかん》神社の路地で待ち伏せして、やい、てめえはどこのどいつだ、って」

話しながらおこん姐御は、粋に着くずした黒繻子《じゅす》の襟元から一通の封書をとり出した。

「ごらん下さいましよ、先生。あいつときたら出会いがしらに、やおらこんなものを押っつけましてね。お返事、待ってます、ときたもんだ」

「ほう……どれどれ。見てもかまわんかね」

「どうぞどうぞ。あたしゃ無学なもんで、難しい本字はよくわからないんだけど、これァどう見たってインテリの文学青年の書いたもんだ。そうでしょ、先生。あいつは慶応の文科の軟派学生にきまってますよ」

「見覚えのない顔なのだがねえ……なになに前略、突然のご無礼をどうかお許し下さい。小生、決して怪しい者ではございませぬ——十分に怪しいがねえ」

永井先生はナフキンで口を拭うと、おかしそうに笑って続けた。

「貴女《あなた》様を初めてお見かけしたのは、いや小生が貴女様を見初《みそ》めましたのは、さる如月《きさらぎ》の朝まだき、銀座尾張町はカフェ・ライオンの角でありました。たまさか朋輩と待ち合わせておりました小生の隣りに、貴女様は木挽《こびき》町のお師匠《し》さんの家へ習い事においでになるところでありましたのでしょうか、三味線を抱えて立っていらっしゃいました。嗚呼《ああ》、思い起こすだに、あの朝の貴女様の面影が瞼に甦って参りまする。耳隠しに結った鬢《びん》の香りも、銘仙《めいせん》に焚きしめた香の匂いも、以来小生の胸から去りがたく、夜々貴女様の面影を恋い慕うておりまする。どうかお笑い下さりませ。そして斯様一途《かよういちず》な恋心を、いささかでも憐み下されますのならば、どうか一言、お声をおかけ下さりませ。小生ゆえあって、ただいま浪々の身ではありますが、ゆめゆめ怪しい者ではござりませぬ——それにしてもまあ、ひどい文章だねえ。とうてい私の教え子とは思えぬが」

「やだやだ」と、おこん姐御は耳隠しの鬢に手を当てた。

「この、なれそめに覚えはあるのかね」

「ええ。たしかに今月初めのそのころに、尾張町の十文字で獲物を探していたことはあります。朝の八時になりますとね、あすこには新橋の芸者や雛《ひな》や下地っ子が集まって、木挽町あたりのお師匠《し》さんのとこへ稽古に出かけるんですよ。私っちはその人ごみに混じって仕事をしようとしてただけで。ほら、たいがいは前の晩の心付けを、ごっそり懐に入れてるんですよ。もっともその日は的《まと》を見つけぬうちに、顔見知りの姐さんに心をかけられちまったんですけどね。あら、おこんさんじゃないの、なんて——ここだけの話ですけどね、私っちァその昔、新橋で下地っ子に上がってたことがあるんですよ」

ことのあらましは松蔵にもよくわかった。「振袖おこん」の異名をとる稀代の女掏摸《すり》おこん姐御が、慶応ボーイと覚しき青年に懸想《けそう》され、つきまとわれているのである。

「ま、もし校内で見かけるようなことがあったら、恋文の書き方を特別に講義してておこう」

「冗談はよしにして下さいな。私っちにとっちゃ営業妨害なんですから」

「営業妨害？――ハハッ、なるほどそういうことかね」

「あったりまえでしょうが。銀座の縄張内《シマウチ》をつかず離れず追っかけられたんじゃ、いかに玄《げん》の前《まえ》のおこんといったって手も足も出ませんよ。ましてや私っちに想いを寄せてる男が見張っていると思や、指先も鈍りまさあね」

言いながらおこんは、まんざらでもなさそうな微笑をステンドグラスに向けた。

おこん姐さんよりいくつも齢は下だろう。顔立ちは精悍だがいかにも不器用な感じのするその青年は、なぜかカフェには入ろうとせず、ぼんやりと柳の木の下に佇んでいた。

二

「ところで聞くところによりゃあ、てめえはきょうびはやりのストーカーてえ変質者だそうだの」

天切り松は細い指を少年の鼻先に向けた。

「そんなんじゃねえよ」

と、少年は思いもかけぬコーヒーを房の小窓《シキテン》から受け取った。

「うへえ。ほんとにコーヒーの出前でやんの。信じらんねえ」

「信じられねえのはてめえのほうだ。女のケツを追っかけ回して、マンションに忍びこんでズロースを盗んだってか」

「でかい声で言うなよ」

「ふん、そんなこたァみんな知ってらあ。いくらファンだからってよ、アイドルてのはおめえ、テレビの中で見るもんだろうがい。しかも間抜けなことにァ、そのアイドルの寝床でぐっすりと寝ちまったてえ、何とも暗《くれ》え性格だの」

房のあちこちから、留置人たちの笑い声が起こった。少年に向けられる天切り松の説教はいつもより穏やかで、いかにも祖父が孫を訓《さと》すような口調だった。声も低い闇がたりではなく、歯切れのよい地声である。

「ストーカーでもいいけどよ。その、変質者ってのはやめてくれ」

「変わったことをやってるんだ、変質者にゃちげえあんめえ」

「そうかな。それほど変なことだとは思えねえんだけど」

「ばかやろう。惚れた女は面と向き合って口説くもんだ。うろうろと後をつけ回し、はばかりの窓から忍びこんでズロースをあさるなんてのがおめえ、ふつうの人間のやることか——ま、さめねえうちに飲め。どのみち懲役はねえ、少年院《ねんしょう》送りもあるめい。いずれ家裁でお目玉をもらって釈放《パイ》だ」

留置場にコーヒーの芳香が満ちると、あちこちから不満げな声が上がった。

「おめえ、砂糖は？」

「いらねえ。いつもブラックなんだ」

「そうかい。なら、もらうぜ。その昔ァ、濃いめのコーヒーに砂糖とミルクをしこたま入れて飲むのがカフェの流儀だった」

「カフェ・オ・レ」

「なんでえそれァ」

天切り松は二人分の砂糖とミルクをコップに入れ、舌なめずりするようにスプーンでかきまぜながら話を続けた。留置場は再びしんと静まった。

「思い起こせァ七十年前《しちじゅうねんぜん》、大戦景気のバブルがあとかたもなくはじけ飛んで、株は大暴落《ガラ》、銀行は倒産、おまけにワシントン会議の大軍縮で、軍人せえ予備役の待命《たいめい》のと、お役ご免になるてえひでえ世の中だった。きょうびの自衛隊にしたって同じこったが、軍人なんてえ商売は因果なもんで、戦の間は肩で風切って歩いても、平和な時代になれァ、星も桜もかたなしだあな。金食い虫だの税金泥棒だのと呼ばれて、この不景気もみんな兵隊が悪いんだと、市電に乗ったって隅のほうにちぢかまっていたもんさ。さあて——慶応ボーイだか何だか知らねえが、こともあろうに先だっては山県《やまがた》元帥の金時計《キンマン》せえみごと掏《す》り取って名を挙げたてえ玄の前の名人、人呼んで振袖おこんの姐さんに、そうとは知らず懸想したてえんだから、いかに春っつぁきたァいえ、めでてえ野郎もいたもんだ。その日も朝っぱらからつかず離れずに後を追っかけ回され、ほうほうのていで逃げこんだところが仲通りのカフェ・インペリアル。折しも変わり者《もん》の永井先生がお定まりの桟敷の上で、赤ワインにジャーマン・ビーフのおそい昼飯を召し上がっていらしたというわけさ。ねえ先生、聞いておくんなさんしと、いつまで愚痴を言ったところで埒《らち》はあかねえ。もとよりおこん姐御にァそれより先の話もねえ。件《くだん》の慶応ボーイは辛抱強えのか閑なのか、柳の下を動こうとはしねえ。まさか永井先生に説教してもらうわけにもいかねえし、松公、ぼちぼち行こうか、とおこん姐御がようよう尻を上げたのァ、小一時間ののちだった――」

少年を上目づかいに睨みながらコーヒーを啜りこむと、天切り松はおもむろに話の続きを始めた。

「さて――こうしていつまでも穴熊を決めこんでいたって始まらない。行こうか、松公」

「すまんね、おこんさん。相談を持ちかけられて何もしてさし上げられんのは無責任なようだが」

「いえいえ。もしや永井先生の教え子なら、叱っていただこうと思っただけですから」

言葉とはうらはらに、立ち上がったおこん姐御の表情は不本意そうだった。

いったい永井先生という人は、いつもそんなふうだった。一家の内輪話を面白おかしく聞くばかりで、べつだん何をしてくれるというわけではない。それを百も承知で誰もがあれこれと相談を持ちかけたり愚痴をこぼしたりするのは、飄々《ひょうひょう》としたその人柄のせいなのだ。いわば永井先生は、目細の安吉一家の芝居をつぶさに傍観している、たったひとりの観客だった。

「いらぬ節介かもしれぬが、くれぐれも悶着は起こさぬようにしたまえよ」

「はいはい、承知しております。警察沙汰になって一等困るのは、他でもない私っちでござんすからねえ」

「では、ごきげんよう」

回り階段を降りて店の外に出るまで、永井先生は桟敷の上からじっと二人を見送っていた。

「かまうんじゃないよ、松公」

おこんの姿を認めると、斜向《はすか》いの人道に佇んでいた男は、柳の幹になかば身を隠した。

「頭隠して尻隠さずだぜ。妙な野郎だな」

「おまえのことが気になってるんだろう。そうだ――」

おこん姐御は思いついたように、歩き出しながらやおら松蔵の腰を引き寄せた。

「何だよ、姉貴。こっぱずかしいや」

「いいから、ちょいと肩に手を回しな」

「やだよ。まるでランデブーじゃあねえか」

「言われた通りにおし」

松蔵はおずおずとおこんの銘仙の肩に手をかけた。なるほど、きょうの松蔵のいで立ちは親分のお下がりの一張羅《いっちょうら》で、見ようによってはおませなモダンボーイである。

「いくらしつこいやつだって、ランデブーの後をつけ回すほど不粋じゃあるまい——おや松公。おまえ、こうしてみると、ずいぶん背が伸びたんだねえ」

おこんと自分との身丈があまり変わらないのは、松蔵にも意外だった。

「ほんに、もうじき追い越されちまう」

甘ずっぱい息を吐きかけるように、おこんは耳元で囁いた。

姐御がすらりとして見えるのは、いつも背筋が伸びているからで、とりわけ背が高いわけではない。肩の丸みも、掌にすっぽりと収まってしまうほど華奢だった。

「なんだい松公。おまえ、あがっちまってるのかい」

「だってよ、おいら女の人とこんなふうにするの、初めてだもの」

「一丁前に色気づきやがって。ものはついでだ、ほっぺたにキスしてやろうか」

「やめてくれよ」

と、松蔵は顔をそむけ、鳥打帽の庇を下げた。胸が高鳴り、足が地につかぬ気がした。つまりこういう気分を、色気づいたというのだろう。

「したっけ姉貴。あの野郎さぞかしがっかりしてるだろうな」

「ああ。とっさのこととはいえ、こいつァ名案だった」

言いながらおこんは、松蔵の背広の肩に頬を預けた。

あいつは変態でも何でもないと松蔵は思った。おこん姐さんはすれちがう男ばかりか、女までも振り返らせるほどの別嬪だ。そんな姐御に一目惚れして、後をつけたり付け文をしたりする男がいたって、ちっともふしぎではない。

表通りを曲がるとき、松蔵はどうとも気になって振り向いた。カフェ・インペリアルの対いの柳の木の下で、男は呆けたように立ちすくんでいた。

湯島梅園町のおこんの家は、天神下の停留所から坂を上がり、路地を分け入った閑静な高台にある。

一見したところ小ぢんまりとした妾宅の風情で、玄関の引戸を開ければ、上がりがまちの向こうに二間続きの四畳半があった。

夕まぐれの路地には天神様の梅の香がほんのりと漂っている。

「お上がりよ」

「へい」

しょっちゅう使いっ走りにはきているが、上がりこむのは初めてである。家の中はおこんの匂いに満ちていた。

「ごくろうさん。台の物でもとろうか。すぐそこに仕出し屋があるんだ。おまえ、ちょいとひとっ走り行って、何でも好きな物を二人前、折にしてもらっといで」

帯を解きながら、姐御は札入れをぽいと松蔵に投げ渡した。

「ごちになっていいんですか」

「ランデブーの駄賃に晩飯ぐらいはごちそうしてやるよ。やれやれ、これでようやく明日から仕事ができる」

神前に灯明をあげ、蓋《ふた》を着せた箱火鉢の向こう前に座ると、おこんは敷島を一本くわえた。着物の裾から腰巻の紅絹《もみ》をこぼして片膝を立て、西陽のさす庭先を眺めながら伝法《でんぽう》に煙を吐き出す。

松蔵は座敷の隅につっ立ったまま、おこんの所作の美しさに見惚れた。

「なにボサッとしてるんだい。私っちの顔に何かついてるのかい」

視線に気付いて、おこんは松蔵に流し目を向けた。色白の顔に三日月形の眉が秀でている。その眉のせいでひどく勝気な表情に見えるのだが、薄笑いをうかべる口元は少女のように愛らしい。

「こうして見ると、姉貴は別嬪だな」

「今ごろ気付いたのかい。はいはい、ありがとうござんす。もっとも子供にほめられたって、ありがたくもないがね」

「あの、姐《あね》さん。おいら前々からどうとも気になって仕様のねえことがあるんだけど、訊いてもいいかな」

「何だね」

本当に気になってしかたのないことを、松蔵は面と向かって訊ねた。

「姐さんは、いい人いないのかい」

「いい人、って？」

「だからよ、その、亭主とか旦那とか恋人とか、そういうの」

おこんはきょとんと大きな目を瞠《みは》り、それから高らかに笑った。

「まったく、何を言い出すかと思ったらこの子は――男ならいないよ。ごらんの通り」

「どうしてさ」

「どうしてって、べつだんふしぎがるほどのことじゃああるまい」

「ふしぎだよ。姐さんは男なら誰でも振り返るほどの別嬪なのに、いい男のひとりもいねえなんて」

「どんなに言い寄ってくる男がいたって、こっちにその気がないんだからしかたないだろ。もっとも、親分に寅兄ィ、栄治、常さん、おまえはまだ頭数には入らないが、こんだけいい男に囲まれていたんじゃ、そこいらの男に目が向くはずもないがね」

それからおこんは、木立ちに落ちかかる夕陽に目を細めて、しばらく考えるふうをした。

「男は、もうこりごりさ……」

煙とともに、おこんは謎めいた言葉を吐いた。

「ところで松公、おまえ近ごろ栄治に物を教わり始めたそうだね」

「へえ。ぼちぼち」

「そりゃあよかった。なにね、親分とも話してたことなんだけど、松公は正直者だから掏摸《モサ》は向くまい、泥棒《ノシ》のほうがよかろうって」

「どうして正直者に掏摸《モサ》はできねえんだい。おいら、何でも教わりてえんだけど」

舌にまとわりつく煙草の葉をぷいと吐き出し、おこんは艶やかな笑いかたをした。

「一生に二つも覚えるほど盗ッ人の道は甘かないよ。いいかい、掏摸にせえ泥棒《ノシ》にせえ強盗《タタキ》にせえ、他人様の物をかすめとろうてえんだから、肚は据わってなきゃいけない。だが、掏摸は正直じゃあ務まらないんだ。なにせ的と向き合うんだからね」

「それじゃあ、親分や姉貴は嘘つきなのかい。おいらにゃとてもそうは思えねえ」

「さあてね――」

おこんは莨盆《たばこ》に喫い殻を押し消すと、両膝を抱え、背中を丸めた。夕陽にくるまれた姿は思いがけぬほど小さかった。

「昔、仕立屋の親分に教わった。掏摸ってのは、いつだって自分《てめえ》を欺してなきゃならない。男に惚れたら、おまんまの食いあげだよって」

「わからねえな」

「好いた惚れたは人間を正直者にさせちまうのさ。的の前でてめえの心が顔に出ちまえば終《しま》いなんだよ。むろん指先も鈍るしね」

「それで姉貴は男に惚れねえんか」

「しつこいねえ、おまえは」

と、おこんは立膝の上に頬をのせてにっこりと笑った。

「好いた惚れたがそうそうあったわけじゃないが、男はもうこりごりだって、そう思うことにしたの」

それからおこんは、白魚のような右手の指を目の前にかざした。

「あたしの恋人は、この五本指さ」

三

留置人たちは固唾《かたず》を呑んで話に耳をそばだてている。

まるで四方の壁に向かって語りかけるように、天切り松の声はよく通った。

「おこん姐御の素性は知らねえ。だが、巾着《きんちゃ》っ切りとしての貫禄はてえしたもんで、銀座の町なかで同じ渡世と行き会っても、おこんのほうから頭を下げるなんてこたァまずなかった。的にかけるのァ決まって、しゃなりしゃなりとすかして歩っているお嬢様か様子のいいご新《しん》造《ぞ》、とりわけ赤坂、新橋、向島の粋なねえさん方は、おこんにとっちゃ格好の的だった。やつらは世の中の酸い甘いを知った玄人《くろうと》だ。その玄人の懐から、すれちがいざまに祝儀のしこたま入《へえ》った紙入れを掏り取るてえから玄の前さ。的にかけるのにァ、男よりか女のほうがずっと難しいのァ道理で、なにせ女の着物にゃすきまがねえ。その一分とすきまのねえ懐に指をすべりこませて、懐中物を失敬するてえんだから驚くじゃあねえかい。そのあざやかな仕事っぷりは、俺もこの目で何度も見さしてもらったが、スリ盗ッ人なんて言葉はこれっぽっちも頭に思いうかばねえ。いつだって華やかな舞台の上を、息を殺して見つめるような気分にさせられたもんさ。人呼んで振袖おこんの玄の前は、大正ロマンのただなかに咲いた大輪の花だったぜ」

少年はコーヒーカップで両掌を温めながら、天切り松に訊ねた。

「どうして難しいことをするんだよ。男の着物のほうがすきまは多いんだろ」

「そりゃあ、おめえ――」

と答えかけて、天切り松は珍しく言い淀んだ。

「俺もそのあたりは、よくは知らねえ。知りゃあしねえが、まあ何とはなしに、わからんでもねえ。要はこうだ。おこん姐御てえお人は、一見して男勝りのふうだが、根は決してそうじゃあねえんだ。その実ァ、人一倍に内気で照れ屋で、好いた惚れたどころかからきし男が苦手だった」

監視台の上で、看守が唸るように呟いた。

「へえ……いい女だなあ。話だけで背中がぞくぞくする」

天切り松は房の金網を振り返り、よくぞ言ったとばかりにぽんと膝を叩いた。

「おっしゃる通り、黙って見ていたって背筋のぞくっとするような、そりゃあいい女でござんしたよ。あれだけの女っぷりなら、きょうびで言うストーカーの一人や二人いたって、ちっともふしぎなことじゃあねえ――ところで、そのストーカーだが、ランデブーの駄賃に仕出しの台《でえ》の物をごちになろうってんで、そんじゃひとっ走り行ってきますと出たとたん、俺ァびっくり仰天した。夕まぐれの路地の電信柱の蔭に、例の男がのっそりとつっ立ってこっちを窺っているじゃあねえか。齢のころなら二十五、六、海老茶の背広を伊達に着流してソフト帽を目深に冠《かぶ》り、慶応ボーイにしちゃちょいと薹《とう》が立っちゃいるが、がっしりとした色黒のいい男だ。この野郎まだ性懲りもなくと、さすがの俺も頭にきてやおらつかつかと男に歩み寄り、やいてめえ、大の男が昼日なかから女の尻を追い回すたァどういう了簡《りょうけん》だ。よっぽどの閑人だの。ちっとァ人の迷惑も考えろ、と凄んでやった。すると男は、いってえ何を考えたんだかぜ。ちっとァ人の迷惑も考えろ、と凄んでやった。すると男は、いってえ何を考えたんだか、ほっと息を抜きやがって、なんだ君はあの人の恋人じゃあなかったんですか――」

「そうですか。弟さんだったのですか。いやはや銀座で仲睦まじいところをお見かけして、ああそういうことなのなら潔くお別れをしようと、お伺いした次第なのです。ちょっと、よろしいですか」

男は親しげに松蔵の背を押しながら、路地を歩き出した。

「何だよ、気味の悪い野郎だな。おいらから何とか言わせようったってそうはいかねえぞ。姉貴はひでえ迷惑をしてるんだ。だいたい、潔くお別れしようたァ何て言いぐさだい。別れるも何も、姉貴はてめえなんかと付き合った覚えはねえんだぜ」

「はい。それは承知しています。十分に、わかっております」

態度も物言いも、妙に律儀な感じのする男だった。まじめ一方の性格が災いして、女の後をつけ回したりするのだろうと松蔵は考えた。

「あんた、いってえ何者なんだよ」

男は答えあぐねるようにしばらく歩き、湯島天神の鳥居のあたりまで来てから、ためらいがちに言った。

「船乗りです」

「え？——船員かよ」

「はい。ですから、決して怪しい者ではありません。お姉さんを銀座の交叉点でお見かけして、そのとたん……」

きちんとした態度は、外国航路の乗組員なのだろうか。潮に灼けた顔を俯けて、男は思いつめたような声で「申しわけありません」と言った。

「そうかあ……次の航海まで間があるから、閑人なんだ」

「ま、そんなところです」

「でもよ、にいさん。おいらみてえなガキが説教たれるのも何だけど、女を口説くのなら、もうちょいとマシなやり方てえもんがあるんじゃねえか」

「なにぶん、色恋のことには不慣れなもので。できることなら妻に迎えたいと考えておるのですが」

こいつはバカじゃねえか、と松蔵は呆れた。うなだれる男の背には紅白の梅が満開で、その絵のような風景の彩《あや》かさも、馥郁《ふくいく》と漂う香りも、男の馬鹿さかげんをいっそう際立たせていた。

「ともかく、やめてくれよな。姉貴は人に見張られてたら、おまんまの食い上げなんだ」

「と、申しますと？」

なぜかと訊かれても困る。

「そりゃ……その……」

「もしや、人妻ですか」

「どなたか決まった男の方がおいで、とか」

「そうじゃねえよ」

「そうじゃねえったら」

「でしたらぜひ、私の妻になっていただけないでしょうか。たしかに唐突ではあります。しかし私は決して怪しい者ではありませんし、収入も人並にはありますし、身体はこの通り強健です。必ず幸せにします」

「おいらを口説いたってしかたねえだろ」

「ですから、なにとぞあなたの口から、私の心情をお伝えいただきたい」

「それにしたって、話が急だろうが」

「はい。わかっています。こういうことはきちんと手順を踏み、仲人なりを立てて正式に申し込むものです。しかしながら、私には時間の余裕がないのです」

「何だい。船が出ちまうのか」

「……まあ、そういうことです」

男はいちど通行人をやり過ごしてから、満開の白梅の下に松蔵をいざなった。内懐からぶ厚い封書を取り出す。

「ここに、私の心情と履歴とが書いてあります。これをぜひおねえさまにお渡し下さい。ご親族のみなさまで重々ご検討下さってもかまいません。ただし、私の休暇はあと一日かぎりで、あさっての朝には勤めに戻らねばなりません。ご返事をお待ちしております」

「そりゃまあ、渡すぐらいはするけどよ。返事はどうすりゃいいのさ」

「あさっての朝八時、尾張町の十文字の、カフェ・ライオンの前でお待ちしております。決して無理強《じ》いはいたしませんが」

「無理強いしてるじゃねえか。行儀はいいくせに、妙に強引なやつだな」

「そういう商売なもので。とりあえずは、よろしく」

「宜《よろ》しく候《そうろう》、ってかい」

「はい。よー、そろー、です」

船乗りらしい洒落を言って、男はそそくさと立ち去ってしまった。

天切り松は高調子で続ける。

「ご検討と言われたって、もとより俺っち盗ッ人渡世に親兄弟なんぞいるもんか。男の封書を開いたとたん、おこん姐御は物も言わずにいそいそと身仕度を始めやがった。姉貴どちらへと訊けァ、変態の横恋慕ならいざしらずこいつァ真面《まじ》だ大真面だと、日ごろの姉貴からは思いもつかぬあわてぶりで、とるものもとりあえずに家を飛び出しやがった。行く先は鳥越の長屋、親はいねえが親がわりと言やァ、目細の安吉親分をおいてほかにはいねえ。てなわけでその夜更け、鳥越の破れ長屋に親分とおこん、寅兄ィと俺とが車座になって、血よりも濃いてえ水もある親族会議を開いていたと思いねえ。ころは弥生《やよい》も三月、うすら暖けえ夜風にのって、梅の香がほんのりと匂ってくる晩のこった。封書を開けたなり親分はむうと唸って、こりゃあおこん、尋常の付け文じゃあねえぞ、男ん中の男が肚をくくった代物だ。嫁に欲しいという申し出を、受けるにせえ断るにせえおめえの胸先三寸だが、これだけの仁義を切られりゃ、いずれにせえきちんとご返答はせずばなるめえよ――」

天切り松は聞き耳を立てる四方の壁を、ぐいと睨み渡して話の先を続けた。

「で、おこん。おめえの肚はどうなんでえ」

安吉親分に真顔で訊かれて、おこんは威勢よく怒鳴り返すかと思いきや、案外と女らしくしおたれてしまった。

「まあ……こんな私っちでも嫁に欲しいなんて、ありがたい話なんですけどねえ……」

思わず松蔵と寅弥は顔を見合わせた。手紙は達筆なうえに難しい漢字だらけで、二人には読めない。

「一生に何度もある話じゃあるめえ。おめえにその気があるのなら、俺が親がわりてえことで段取りはつけてやるぜ」

「でもねえ……どんな人かもよくはわからないし」

「どうもこうもおめえ、玉の輿《こし》にゃちげえなかろう。ましてや相手はおめえに一目惚れで、袖にされたら生涯嫁は貰わんとまでおっしゃっているんだぜ。聞くところによりァ、ずいぶんと不器用なお人のようだが、ま、そういう稼業なんだから無理もねえ」

「足を洗って嫁に行けと、親分はおっしゃるんですか」

「いや、そう言ってるわけじゃねえんだが――もったいねえ話だなと思ってよ」

「もったいないって言やァ……まあ、そんな気もしますがねえ」

「こればかりァ、いくら身内だってどうこう言えるこっちゃねえよ。おめえの胸が決めることった」

見えぬ話に苛立って、寅兄ィが車座の中に片膝を乗り出した。いかにも強盗《タタキ》の寅弥らしく、斜《しゃ》に構えて肘を張り、太い指先を墨痕《ぼっこん》もあざやかな巻紙に向ける。

「ええ、お話し中、申しわけござんせん。申しわけねえたァ思いやすが、親分。あっしァあいにく尋常小学校を一年の半分でよしちまった貧乏人で、おつむも尋常じゃござんせん。はて、このたいそうな手紙にゃ、いってえ何が書《け》えてあるんでしょうか。あっしも振袖おこんのたったひとりの兄貴分として、ことと次第《しでえ》によっちゃ物のひとつも言ってやりてえんですがね」

「ああそうか、そうだったな」

安吉親分は巻紙を手に取ると、まるで免状でも読むように背筋を伸ばし、少しお道化て読み始めた。

「拝啓。春風駘蕩《たいとう》として梅花馥郁《ふくいく》と香り立つ此頃、斯様《かよう》突然の御無礼何卒寛許被下度御願《なにとぞかんきょくだされたくおんねがい》上候《あげそうろう》。過日、銀座尾張町にて貴女様《あなたさま》と邂逅《かいこう》致しましてより此方《このかた》、恋慕の情鬱々《うつうつ》として去り難く、庶幾《こいねが》わくは生涯の伴侶として御身頂戴致度《おんみちょうだいいたしたく》、一筆献上致候《いたしそうろう》。但《ただし》、突然の御無礼には訳有候《わけありそうろう》。小生、去る世界大戦後軍役待命《ぐんえきたいめい》、築地水交社《つきじすいこうしゃ》に於て事務雑用を致居候所《いたしおりそうろうところ》、今般ワシントン軍縮会議に於ける各国保有船舶数批准《ひじゅん》の結果、廃棄の憂目《うきめ》を回避せる戦艦陸奥《むつ》乗組の栄に浴し、来る三月二十日、広島県呉鎮守府《くれちんじゅふ》に向け出立《しゅったつ》致す事と相成り候。何分小生、男女の世事に疎《うと》き一介の武弁、如何にして貴女様に此《この》至情伝うる可《べ》き哉《かな》と日々懊悩《おうのう》逡巡《しゅんじゅん》、不手際にて様々の誤解憶測を生ぜしめましたる事、重々御詫申上候《おわびもうしあげそうろう》。恥かし乍《なが》ら小生の衷情《ちゅうじょう》、寝ては溟海《めいかい》の水底《みなぞこ》の如く、起きては赤道正中に燃ゆる日輪の如く、端緒は偶然の邂逅と雖《いえど》も、今節流行のエログロなる如何《いか》わしさは毛ばかりも無之候《これなくそうろう》。万々が一、貴女様より色良き御返答頂戴致し兼ね候時は、生涯妻を娶《めと》らず、再び人を思慕せずとの誓いを立て、只今靖國招魂社に詣で、斎戒沐浴《さいかいもくよく》して兵舎の机に倚《よ》り、此《この》一状精神一到して認《したた》め居《おり》候。

何々卒《なにとぞ》我胸中御察被下度《おさつしくだされたく》、来る三月十九日午前八時、我生涯に記念せる銀座尾張町交叉点にて御返事御待申居候。末筆乍ら御覚悟の一助と被度《されたく》小生履歴御伝申上候。

一、姓名　峯岸真吾
一、生年月日　明治二十九年元旦
一、出身　岩手県盛岡市
一、家族　郷里に母、兄、兄家族。妹は同県花巻に嫁す。
一、学歴　盛岡中学校を経て、大正五年海軍兵学校水雷科卒業。
一、兵歴　駆逐艦雷《いかずち》、戦艦摂津《せっつ》、横須賀鎮守府付等。海軍中尉――」

読み進むほどに、安吉親分は真顔になった。質朴な文面には峯岸真吾という海軍士官の人となりがあからさまに刻みこまれていた。

「何ともまあ、わかりやすい野郎だな」

と、寅兄ィは溜息まじりに呟いた。

「おうよ。軍縮はけっこうなこったが、こういうわかりやすい男が不景気の元凶みてえに言われ、あげくのはてに変態あつかいされるてえ、いやな世の中だの――さて、どうするおこん」

手紙の文面をしばらく嚙みしめるふうにしてから、おこんは三日月の形に秀でた眉をきりりと上げた。思い切った様子で敷島をくわえ、マッチを束《つか》ねて火をつける。肘を抱えて煙を天井に吐き出しながら、おこんはきっぱりと言った。

「惚れた腫れたは人の勝手だが、しょせん花に錨《いかり》は似合わねえ。そうじゃありませんかい、親分」

四

「わかりやすいといやァ、その中尉殿もわかりやすいやつだが、おこん姐御も負けず劣らずわかりやすいお人だったぜ。てめえの生きざまに一本筋が通っている。どだい男と女のことなんざ、花にせえ錨にせえ人生のおまけみてえなものだから、どうでもよさそうなもんだが、そこはたかが恋、されど恋。同じストーカーと言ったって、てめえのような変態とはそもそも素性がちがわあ。やい少年、てめえそのアイドルとやらに袖にされて、生涯所帯は持たねえ、女に二度と惚れもしねえ、抱きもしねえてえ、そんだけの覚悟はあるかえ」

少年は肩をすくめて天切り松を見上げ、おずおずと答えた。

「そりゃ、オーバーだよ」

「ばかやろう。どこがオーバーなもんか。いいか、たかが恋、されど恋。けして人生を賭けちゃならねえが、さりとて命の懸かるのが恋てえものの正体だぜ。好いた惚れたとけだものごっこのはやる世の中でも、そんだけの覚悟がなけりゃ愛してますの一言は口に出しちゃあならねえ。ましてや薄っぺらな気持ちで女の尻を追っかけ、はばかりの窓から忍びこんでズロースを探すなんざ、おめえ、ただの変態男のするこった」

　留置人たちがいっせいに笑い声を上げた。

「それはもう、やめてくれよ。俺、どうかしてたんだ」

「おおし。家裁に行ったら、もういっぺんそう言うんだぜ。さて——話がこれで終《しめ》えだと言ったら、みなさんさぞかし後生も悪かろう。ガキの説教ならここいらで十分だが、下《さ》げを言わずば了簡《りようけん》するめえ。ようござんしょう、ならば大向こうを唸らせるてえ花と錨の大団円、とくとくお話しいたしやんす。ころは春三月、銀座の柳も若葉を垂らして、そよそよと生ぬるい風に吹かれる朝のこった。尾張町の十文字といやァ、今の銀座四丁目、カフェ・ライオンの玄関前は、今じゃ車屋のショウ・ルームになっていやがる。七十年前《め》ェの人間は何たって早寝早起、朝の八時は新橋の芸者衆がそこいらに集まって、三々五々、木挽町あたりのお師匠《つしよ》さんの家へ、三味線の清元のと稽古に通う時間だあな。おこん姐御と連れ立って尾張町の停留所に降り立ってみれァ、待ち合わせの芸者衆の中にぽつんとひとり、まったく錨でもおろしたみてえに軍服姿の中尉殿がつっ立っているじゃあねえか。姉貴、あんまし無体な物言いはおよしなせえよ、あの野郎は根っからの軍人で、よっぽど思いつめてのこった。かけひきなんざ何もねえ、と俺が言やァ、おこん姐御はふんと鼻で嗤《わら》ってこう言った。いいかい松公、ありがとうのかたじけねえのもったいねえのと、四の五の言やあ未練も残る。あいつはどうしようもない朴念仁《ぼくねんじん》だが、痩せても枯れても醜《しこ》の御楯《みたて》の海軍士官、巾着っ切りの女なんぞに心を残しちゃならないんだ。私《わ》っちがそんな女だと知ったら、さぞかし驚くだろう嘆くだろう。それにしたってへたな未練を残すより、花と錨のしがらみを、あの腰に吊るした短剣で、ばっさりと断ち切ってもらおうじゃあねえかい。さ、泣いても笑っても恋の道行《みちゆき》はこれにて幕だ。行くよ、松公――」

停留所におこんの姿を認めると、軍服姿の峯岸中尉は白手袋を嵌めた右手を小さく挙げて、軍帽の前庇を叩くような海軍ふうの敬礼をした。

「あらまあ、こうして見るとまんざらじゃあないねえ。おっと、いけないいけない――」

おこんは笑顔を吹き消していねいにお辞儀を返すと、花曇りの朝空に向けてレエスの日傘をさした。まるで中尉の面影を胸に刻みこむように、しばらくの間日傘をゆっくりと回しながら、停留所に佇んでいた。

「かっこいいな。あいつ、軍艦に乗るんだってさ」

ワシントン会議の結果かろうじて廃棄を免れた戦艦陸奥《むつ》は、同型の戦艦長門《ながと》とともに世界最大の四十センチ主砲を装備した最新鋭艦だ。あいつは戦になったら水雷戦を指揮して、戦艦陸奥の横っ腹から魚雷をぶっ放すのだろうと思うと、松蔵の胸は高鳴った。

挙手をおろしてからも、峯岸中尉は藍色の軍服の背筋を凛と伸ばし、不動の姿勢でおこんを見つめていた。

押し殺した男の呟きが、春風に乗って聴こえてくるような気がした。

おこんさん。どうか行きずりの恋だなどとは思わんで下さい。たとえ行きずりの恋でも、私があなたを心から愛したことに変わりはないのですから。私は決して至誠に悖《もと》ることではないと信じて、あなたを愛しました。心から愛しました。

あなたがどこの誰で、いったいどんな人なのか、そんなことはどうでもいいのです。

おかしいでしょう？　でも軍人の恋なんて、しょせんはそうしたものなのですよ。なぜかって、私たちは戦をするのが仕事ですから。敵の立場をあれこれと斟酌《しんしゃく》していたら、戦はできませんからね。

変態のような真似をして申しわけありません。兵学校では女の口説きかたを教えてはくれませんでした。

艦隊勤務が一段落したら、必ずあなたを迎えにきます。しばらくは呉の官舎ずまいで淋しい思いをなさるでしょうが、航海中は毎日手紙を書きます。洋上の生活で何も話題のないときは、帝国海軍の青い便箋に、Ｉ　ＬＯＶＥ　ＹＯＵとたくさん書きます。長い航海でその手紙すら出せぬときには、人目につかぬ艫《とも》に立って、あなたの名前を呼びます。声を限りに叫びます。

おこんさん、愛しています。私の愛する平和な大海原にもまして、南洋の青空や、風や雲や光にもまして、あなたのことを心から愛しています――。

「松公。おまえはここで見といで」

おこんはそう言い残すと、レエスの日傘をくるくると回しながら通りを渡って行った。

まっすぐ峯岸に近付き、一言二言お愛想のような言葉をかわす。一瞬、市電が松蔵の視界を被った。青い火花が頭上にはぜた。

市電が通り過ぎてしまうと、おこんはもう通りを戻りかけていた。歩きながら日傘をとじる。カフェ・ライオンの前には、峯岸が青ざめた顔を天に向けていた。

「さ、仕事は終わったよ。帰ろうか」

折良く新橋の方向からやってきた市電に、おこんは松蔵の背中を押しこんだ。交叉点の角に立ちすくむ峯岸の姿が遠のいて行く。窓の外に消え入る刹那、峯岸は軍帽の庇に白手袋をかざして、もういちどきちんと敬礼を返した。

「いさぎよい男だねえ。敬礼をしてる」

振り返ったおこんの瞳にみるみる思いがけぬ涙が溢れた。

「姉貴……仕事は終わったって、いってえどういうこった」

まさか峯岸を玄の前にかけたわけではあるまい。だが日傘をくるくると回すのは、的の視線をそらす細工であることを、松蔵は知っている。

「あいつを、的にかけちまった」

おこんは涙を嚙みつぶすように唇を嚙んだ。

「冗談はよしてくれよ」

「でも、安心おし。あいつのよこした手紙をね、ごっそり内ポケットにつっこんでやった。まだ気が付いちゃいないだろうけど」

それがおこんの返事だった。

「姉貴は、名人だな」

「軍服のホックをはずすのは難しいね。手紙を放りこんでからまた留めるのはさすがにできなかったが、そのほうが気付くのも早いだろう。それにしても、男を的にかけるのはいやだね。どきどきした」

おこんは窓辺に寄り添って、銘仙の胸に白い手を当てた。息を整えているわけではあるまい。おこん姐さんは手紙を返したかわりに、あいつの未練を掏り取ってきたのだろうと松蔵は思った。

「男なんて、もうこりごりさ……」

扇のような睫毛をとじると、眦《まなじり》からぽろりと涙がこぼれた。

「あいつに、何て言ったんだよ」

「ないしょ」

「教《おせ》えてくれろ。姉貴はたしかに何かを言ってたじゃねえか」

「二度言うのはつらいよ」

市電が京橋の街並にさしかかるころになって、おこんは独りごつようにぽつりと呟いた。

それは満開の梅の花が春の風に囁きかけるような、真昼の闇がたりだった。

「世の中に女房という女はたんとおりますけど、この振袖おこんは、あいにく一人きりなんですよ。ごめんこうむります、ってね——」

第六夜

黄不動見参

刑事室《デカべや》から雑居房に戻ったなり、天切り松は腕組みをして仁王立ちのまま、新入りを見下ろした。

「結婚詐欺の常習犯てえぶざまな野郎は、てめえか」

いかにも女好きのする細面の男は、びくりと肩をすくめて向き直ったが、荒くれた声には不似合いな老人の姿に安心したのか、じきに息を抜いて壁に背を預けた。

「後家殺しの武勇伝なんざ、たいがいにしとけ。ここじゃ暇にあかせてみんな面白おかしく聞くが、あんまり格好のいいもんじゃあねえぞ」

「誰だよ、あんた」

と、男は不本意そうに天切り松を睨みつけた。女を食い物にする自慢話は佳境に入っていたのだろう。ヤニ下がった表情の留置人たちが、話の続きを待つように男を囲んでいる。

長い勾留のやくざ者が天切り松の袖を引いて宥《なだ》めた。

「まあ、そう堅いことは言いなさんな。結婚詐欺なんてのは、銭カネのからんだ別れ話みてえなもんじゃねえか。たまたま被害届が出たからサツもしぶしぶこいつをパクッたようなもんで、どうせ一晩で釈放《バイ》、あとは民事にお任せってところさ」

「そいつが始末に負えねえ」

と、天切り松は板敷に腰を下ろし、半身を乗り出して色男の顔をしげしげと眺めた。

「なんだてめえ、このなりは。葬式の帰《けえ》りか」

え、と男は上着の袖を拡げた。

「そうじゃねえよ、とっつぁん。上から下まで黒ずくめってのが、近ごろ流行のブランド・ファッションってやつだ」

と、やくざ者が解説をした。

「へえ……妙な流行もあったもんだの。黒ずくめといやァ、終戦直後はギャング、その昔ァ盗ッ人装束と決まってたもんだ。そんななりで女をこますたァ、どうとも合点《がてん》がいかねえ。世の中、変わっちまった」

房内はひとしきり笑い声に満ちた。留置人たちとともに大口を開けて笑ったあと、天切り松はやや言葉づかいを和らげて説教を続けた。

「今さっき刑事室《デカべや》で二係の旦那に聞いたんだが、おめえさん、ホストだってな。ホストって稼業はよくは知らねえが、つまりホステスの逆だろうがい。で、ホステスが何だかんだと客から銭をムシるみてえに、おめえさんも金持ちの有閑マダムや行かず後家のOLに金を貢がせた、と。ま、そんなところだろう。惚れもせんで惚れたと言い、いずれは所帯を持とうだの一緒になろうだの、口から出まかせのホラを吹いて銭をムシリ取る。悪かねえよ。てめえが悪い人間じゃあねえってこたァ、そのうらなりの色男ヅラを見りゃ、よおくわかる、だがな――」

と、天切り松は笑顔を真顔に改めて、ぐいと男を睨みつけた。

「だが、格好が悪い。いいか、スケコマシ。黒ずくめのなりってえもんは、とうの昔からギャングにせえ盗ッ人にせえ大臣《でえじん》にせえ、ここ一番の男の正装だ。そういう身なりをするときにゃ、肝を据えて、背筋もぴんと伸ばしていなけりゃサマにゃならねえ。わかるかえ。てめえは何ともぶざまな野郎だ」

男は気色《けしき》ばむふうもなく、天切り松の説教から身をかわして高笑いをした。

「あんたからカッコ悪いとかぶざまだとか言われてもよォ、困るんだよな」

「なりばかりじゃねえぞ。女の情を銭に替えるてえ、その生き方が薄汚ねえ」

さすがにチッと舌打ちをして、男は顔をそむけた。

「薄汚ねえ、かよ。女にそう言われるのは仕方ないけど、あんたには言われたくないね」

「俺ァ、おめえひとりに説教たれてるわけじゃねえ。今の若い者《も》ンはどいつもこいつも、格好が悪すぎらあ。いいか――」

天切り松が先を続ける前に、話の気配を感じた留置人たちがいっせいに身を乗り出した。

「おっと――こいつァ参《めえ》った。このごろじゃあみなさん、話のとっかかりがわかっていなさるようで。なら、このスケコマシの一泊二日のみやげ話に、格好のいい男のことを、ひとつお聞かせいたしやしょうかい」

「待て、とっつぁん！」

と、若い看守が監視台から駆け下りてインターホンを押した。

「集合、集合。とっつぁんの闇がたりが始まるぞォ！」

鉄扉が開かれ、控えの看守や手の空いた刑事や巡査が、われさきに留置場へとなだれこんできた。

「なんだよ、おい……」

色男は腰を浮かせて雑居房の壁づたいににじりさがる。にっかりと笑みをうかべ、天切り松は男を睨みつけながら歯切れのいい声を上げた。

「この話ァ、何べんしたって飽きやしねえ。語るにつくせぬ格好のいい男てえのは――人呼んで黄不動の栄治」

おお、と観客の声がひとつになった。

「な、なんだよそれ。気持ちの悪いじじいだな」

雑居房の扉の前も、金網を張った裏窓も、刑事と巡査で埋まっている。並びの房からは、留置人たちの聞き耳をたてる気配が伝わってきた。

「黙って聞きァがれ。てめえひとりに話すわけじゃあねえ――黄不動の栄治は明治三十年の酉《とり》の生まれ、身の丈は六尺、きょうびでいうなら一メーター八十は優にあろうかてえ偉丈夫で、色は浅黒く、目鼻は秀《ひい》で、ちょいと見には外人みてえな男前だった。口数は妙に少ねえ。

そのかわり、白目の勝った三白眼が、口にかわって物を言った。役者にしたって一枚看板を背負《しょ》いそうなその男前が、よりにもよって二ツ名を持つ盗ッ人渡世に身を沈めたのにァわけがある。おっと――ここいらは先《せん》にも話したっけが、ご用とお急ぎでない方はまあ聞きない。栄治の父親《てておや》は根岸の名人と呼ばれた大工の棟梁《とうりょう》。だが、この親子の縁にァ、ちょいとした因果があって、血を分けた実の親はほかにいた。よりにもよって生みの母親が今し息が上がろうてえいまわのきわに、かくかくしかじかと出生の秘密をバラしちまったてえんだからたまらねえ。以来《いれえ》、栄治は家を飛び出ての放蕩三昧、斬った張ったの無頼の果てに、仕立屋銀次の片腕といわれた目細の安吉にその侠気《おとこぎ》を見こまれて、手下《てか》に直ったのが十七の春。六尺ののっぽは掏摸《モサ》にァ向かねえ。そこで身につけた技が――忍び返《げえ》しに見越しの松、唐破風《からはふ》の車寄せに入母屋《いりもや》の大屋根をどんと乗っけたお屋敷の、その天板をぶち抜いて忍びこむてえ夜《ノ》盗《シ》の荒芸。鼠小僧のそのまた昔、富蔵藤十郎が大内山の御金蔵からからめ取ったる四千両《しせんりょう》。江戸の華てえ天切りの技を、大正ロマンのまっただ中にバッと咲かした黄不動の栄治は、男にせえ女にせえ誰もがほうと溜息をつくような男前だったぜ。俺ァ、あんなに格好のいい男を、二人とは知らねえ――」

一

山手線を駒込で降り、北に向かって妙義坂を越えれば、郊外の新興邸宅街として名高い北豊島郡滝野川町である。

西は染井の墓地、北は飛鳥山につらなるこの高台のあたりは、江戸の昔から春の桜、秋の紅葉の名所として知られていた。かつては華族の別荘や財閥の邸宅が点在するばかりだったが、大正の初めから雑木林を伐り開いて、瀟洒《しょうしゃ》な洋館が建ち始めた。

駒込と田端駅は徒歩圏内、外廓には大塚から飛鳥山を経て三ノ輪《みのわ》に至る王子電気軌道がめぐっており、郊外とはいえ交通は至便だった。近年このあたりに建てられた住宅はどれもモダンな西洋館で、価格も大枚二万円はくだらない。

住いはどこだと訊かれて、さりげなく滝野川と答えるのは、昨今「サラリーマン」と横文字で呼ばれるようになった勤め人たちの夢だった。

滝野川の夏空を、欅《けやき》と桜の青葉が涼やかに蓋《おお》っている。

「しかしまあ、どれもすげえお屋敷だなあ。森があって芝生があって、まるで外国みてえだ」

松蔵は栄治兄ィのお伴をして、的《まと》の下見にやってきた。石畳の並木道を歩きながら、栄治兄ィはときおりパナマの庇を上げて、木《こ》の間《ま》がくれの洋館に目を止める。

「たしかに、どいつもこいつも大《てえ》した造作だ。だが、大戦景気に浮かれ上がってここいらに越してきた成金どもは、今じゃみんなくすぶっちまって、大方は借金のカタに取られちまったんだとよ。そんで新品同様の豪邸を、安い値段でサラリーマンどもが買った、と」

街路樹を透かして降り落ちる夏の陽ざしが、真白な麻背広の背中を斑《まだら》に染めていた。栄治兄ィは一軒ごとに足を止めて目を凝らし、また歩き始める。

たとえ巡査が通りすがっても怪しむまい。誰がどう見たってその身なりは、新居を探しにきた安田銀行の行員だ。

「サラリーマンって、そんなに給金がいいのかい」

「そりゃあそうさ。大学出の三井三菱のサラリーマンといやァ、小金持ちの商人《あきんど》なんざ較べもんにならねえブルジョアだ。第一《でえいち》、不景気だ何だと言ったたって、馘《くび》になるわけでもなし、給金が下がるわけでもねえ」

そう言えば、しっかり勉強をして丸の内のお堅い勤め人になれというのが、死んだ姉の口癖だった。給金が高くて日曜が休み、おまけに土曜が半ドンならば、そんなに堅くて幸せな人生はあるまい。

ひときわ鮮やかな赤い屋根に目を据えて、栄治兄ィは歩道に足を止めた。

「へえ。こいつァ立派なもんだ。赤煉瓦にスレート葺《ぶ》きの屋根、か」

「スレート、って？」

「薄い粘板岩の板だな。瓦のかわりに石の板で屋根を葺いてやがる。高《たけ》えぞ、この家は。工費だけだって一万四、五千円はくだるめえ」

垣根の先は青々とした芝生の庭で、お伽話のような赤い家を、欅《けやき》の大樹が囲んでいた。外壁は窓の高さまでが煉瓦積みで、その上は白の漆喰《しっくい》、手斧《ちょうな》仕上げの梁《はり》の上に急勾配の赤いスレート屋根がそびえている。

「留守みたいだな、兄貴」

「ああ。亭主はご出勤、子供らは学校、奥方と女中は三越にお買物てえところか。どれ、ちょいと覗いてみようぜ」

ひとけのない石畳の道を横切って青銅の門扉の前に立つ。脇の通用口に鍵はかかっていなかった。

「びくびくすんな。なに、人に咎められたら、ここいらに空家を探してるもんでとでも言やいいさ。もっとも——下見にゃちげえねえがの」

細い砂利道が玄関の車寄せまで続いている。きれいに刈り揃えられた芝の上に、枝を大きく張った欅が影を落としていた。

忍び入るどころか革靴の踵をかつかつと音立てて、栄治兄ィは車寄せに立った。

「ごめんくださいまし」

二度呼んでも答えはなかった。木組みの鎧戸《よろいど》は左右に開け放ったままだが、それぞれの窓にはレエスのカーテンが引かれている。

「何とも用心の足らねえ家だの。窓を破ってへえるのは簡単だが、あいにく俺ァ空巣狙いじゃあねえ」

栄治兄ィは小砂利を掃き付けた家の周囲を歩き始めた。

「やばいよ、兄貴。雨戸が閉まってねえのは、おつかいにしたって近所なんだ。早いとこ帰ろうぜ」

「いや、せっかく挨拶までしたんだから、ちょいと窓ごしに、家具でも拝ましてもらおう」

栄治兄ィの表情には、まったく悪気のないうすら笑いさえうかんでいる。

玄関から南に回ると、庭に面して日除けの藤棚の張り出したテラスがあった。レエスのカーテンのすきまに顔を並べて、二人は居間を覗きこんだ。

「すげえや。これがほんとにサラリーマンの家かい」

「な、世の中不公平だろう。家具は舶来だな。椅子もテーブルも丈が高い。床は圧搾コルクに花筵《はなむしろ》敷、と――」

松蔵が石造りの暖炉の意匠に見とれている間に、栄治兄ィはテラスから下り、芝生の上に立って二階を見上げた。

「ふうむ、こいつは具合がいいや。来てみろ、松公」

屋根を見上げたまま栄治兄ィは松蔵を手招いた。

「室内の材料は杉と栂《つが》。外側の地組は米松《べいまつ》。いっけん地味に見えるが、金のかけようは半端じゃねえ。壁も天井もどっしりと厚い」

「仕事は無理かい」

「いや」と、栄治兄ィは歩き出しながら顎を振った。

「立派な造作ほど仕事はしやすいもんだ」

「え、どうして？」

「薄っぺらな家は音が響く。床は軋むし、戸の滑りは悪い。その点こんだけの材料を使っている家ならおとなしいもんだ。それに、あの屋根を見ろ」

白樺の若木が植えられた西側の庭に回って二階を見上げる。

「この急勾配の屋根じゃあ、二階の部屋に天板はねえの。西洋館にァよくある造作だが、たぶん梁も垂木《たるき》も剝き出しの舟底天井だろうぜ。野地板にそのまんま漆喰を打ってる。おまけにあの天窓は、さぞかしロマンチックな月明りを呼びこむんだろうが、まったくおあつらえ向きだな」

「おあつらえ向きって、何が？」

「ばか」と、栄治兄ィは真白な歯を見せて微笑んだ。

「決まっとろうがい。このお屋敷は瓦をひっぺがす手間も、野地板を切る必要もねえ。あの天窓から、こんばんはとお邪魔するだけでいいのさ」

松蔵は生唾を呑みこんだ。栄治兄ィはこの家を、天切りの的にかけるつもりだろうか。

軒下に戻って西向きの窓を覗く。

「寝室はリノリウム張りにペルシャ絨毯。ドアは蠟拭《ろうぶ》き仕上げの楢《なら》の一枚板、と。寝間をこんなにがっちりとこさえたんじゃ、そりゃガキの教育にはよろしかろうがよ。ここでお休みの夫婦にゃ、物音ひとつ届かねえ。ところで厄介なのは——」

北側はうっそうと繁る竹藪である。斜めに煙突の立つ小窓は風呂場だろう。勝手口の脇にカーテンのない窓があった。

「女の部屋だな。見てみろ、松公。ここが問題の部屋だ」

「問題って？」

「二階は階段の降り口を挟んで振り分けの子供部屋。下の西側に音のへえらねえ主人夫婦の寝室。だとすると、問題はここの住人だろうがい」

松蔵は背伸びをして、北向きの窓を覗きこんだ。取り片付けられた三畳の座敷である。

「ばあさんかじいさん、かな」

「いいや、ちがう。たしか表の庭にブランコがあったから、二階の子供はまだ小せえ。だとすると、小うるせえ舅《しゅうと》や姑《しゅうとめ》が同居してたってふしぎはねえが、よもや北向きの三畳をご隠居様にあてがうはずはあるめえよ。ここは、女中部屋だ。さて——物音に耳ざとい年寄りはいねえ、使用人は女中だけ、ここまではまことにおあつらえ向きだが、その女中にもいろいろある」

栄治兄ィは両手で光をかばいながら、じっくりと窓の中を覗きこんだ。

「よおし。齢の頃なら十九かはたち、田舎からぽっと出の、若《わけ》え女中と見た。仏壇もねえお札《ふだ》もねえ、かわりにほれ、宝塚少女歌劇のブロマイドなんぞ貼っていやがる」

「なんで若いほうがいいんだよ」

「さっきも言ったろう。人間は齢を食うほど物音に耳ざとくなるのさ。十九やはたちの娘なら、夜中にちょっとやそっと音がしたって、目が覚めやしねえ。さて、退散するか。下見はこれで十分だ」

栄治兄ィは窓辺から離れると、早足で歩き出した。

表に回り、敷石づたいに門の前まで戻ったとき、ふいに並木道を下駄の音と人声が近付いてきた。

「やれやれ、ひと汗かいちゃった。行水《ぎょうずい》でもして、お紅茶でもいれましょう」

「さいですねえ。坊っちゃんがたもそろそろ学校からお戻りになる時間です」

垣根の上に白い日傘の先が見えた。とっさに身を翻して逃げ出そうとする松蔵の腕を摑んで、栄治兄ィは母屋に向き直った。

「涼しい顔をしてろよ」

背広のポケットから手帳と万年筆を取り出し、何やら書きこむふうをする。

青銅の門扉の向こうで二つの小さな悲鳴が上がった。

「どなたですか!」

と、若い女中が唐草の紋様を象《かたど》った透かし扉にしがみつくようにして声をあららげる。奥方は日傘を取り落として顔を被っていた。

「おや……これは失敬。空家ではなかったのですか、こちらは」

栄治兄ィはパナマの庇に指先を当てて、上品な山の手言葉で言った。

「いや、たいへん失礼をいたしました。べつだん怪しい者ではございません。実はこのあたりに出物の家があると聞いて、足で探しておるところなのです——ほうらみろ、だから空家じゃないと言ったろう——いえね、こいつはこの春から店に雇った小僧なのですが、田舎者だものですからご立派な家をひとめ見てすっかり浮かれてしまいまして。いやはや何とも、面目ございません」

奥方と女中は顔を見かわして、ほうっと息をついた。

「さいでございますか。私はまた、昼日中の空巣狙いかと思って」

胸を撫でおろしながら、若い女中の視線は栄治兄ィの端正な顔に注がれていた。

「これこれ、おしげさん。空巣狙いだなんて、そんな失礼なことお言いでないよ」

そういう奥方も、心もちうっとりと栄治兄ィの姿に見とれていた。

「ごめんなさい。若旦那がそうじゃないっていうのを、おいらが空家にちげえねえって、門の中に引っぱりこんじまったんです」

と、松蔵も調子をくれた。

通用口をくぐり出ると、栄治兄ィはパナマを取って深々と頭を下げた。

「ごらんの通り、空巣狙いではありません」

「とんでもございませんわ。大店《おおだな》の若旦那を空巣だなんて。あらあら、ひどい汗。さぞお暑うございましょう、よろしかったらテラスで冷たいものでも」

「いえ、めっそうもございません。これで失礼させていただきます」

入れ替わりに門の中に入ると、奥方は少しなごり惜しげに透かし紋様の間から若旦那を見つめた。

「主人が洋行中で、心細く思っておりますのよ。またお近くまでお越しの節は、どうぞお気兼ねなくお立寄り下さいまし。あの、汗を――」

と、奥方は藤色のハンカチを栄治兄ィに差し出した。

「これはどうも。ではいずれ、お返しに上がりましょう」

「……若旦那、ダグラス・フェアバンクスに似てらっしゃいますわね。つい今しがた、浅草で『三銃士』を見てまいりましたのよ」

「ああ、それなら僕も見ました。そういえば奥様は、相手役のマーガレット・ド・ラ・モットにそっくりだ。とてもお美しい」

「あら、お上手な……」

もういちどていねいにお辞儀をして、栄治兄ィと松蔵は門前をあとにした。

奥方の香水の匂いが、いつまでも松蔵の鼻にこびりついていた。

本郷通りに出て、古河邸のうっそうとした森をめぐる大炊介《おおいのすけ》坂を下りながら、栄治兄ィは石垣に繋る熊笹を引き抜いて口にくわえた。

「たしかに、空巣じゃあねえよな」

何で栄治兄ィは盗ッ人なんぞになったのだろうと松蔵は思った。言われてみれば秀でた眉といい、勁《つよ》く通った鼻筋といい、いつも刃物でもくわえたようにきつく結んだ口元といい、ダグラス・フェアバンクスにそっくりだ。

「兄貴は、どうして活動の俳優にならなかったんだい」

ちっとも冗談ではなく松蔵が訊ねると、栄治兄ィも木洩れ日に眉をしかめながら、真顔で答えた。

「そりゃあおめえ、聞くだけ野暮だろうがい。役者よりも俳優よりも、盗ッ人はよっぽど格好がいい」

二

大見得を切るようにあたりを見渡し、天切り松はよく通る地声で話を続ける。

「映画スタアそこのけの男前でありながら、栄治兄ィはふしぎなぐれえ身ぎれいな、浮いた噂せえひとっつも立たねえ硬派なお人だった。震災前《め》ェのそのときにゃ、年のころなら二十と五、六。栄治のやつはよもや男好きの変態じゃああるめえの、と寅兄ィはまじめな顔で訊いたもんさ。だが、そうじゃあねえ。週に一度、それも客の少ねえ月曜の晩に、決まって洲崎の遊廓にくり出して、一晩に五人の女郎をとっかえひっかえ、お天道様が真黄色に見えるほど遊びに遊び、帰りがてらに湯屋《ゆうや》に寄って、あくる朝まで高鼾てえのが判で捺《お》したような栄治兄ィのならわしだった。決まった女は持たねえ。決して情は移さねえ。たとい週に一ぺんだって、足腰の立たねえほどやるだけやりゃ、残る五日はまるで鉄のかたまりが着物を着たような、乙にすました石部《いしべ》の金吉《きんきち》だあな。女なんざ不浄なもの、色恋沙汰なんざまっぴらごめんこうむりやすと、ダグラス・フェアバンクスそこのけのツラに書《け》えてあるんだから、女にとっちゃそういう男はたまらねえ。しかもその正体は、週に一ぺん洲崎女郎の五人ころがし極楽往生だってんだから、六尺の体から言わでも立ちのぼる男の色気は並じゃあねえ。田舎からぽっと出の、十九はたちの女中ならば、あらいい男と見とれるぐれえだろうが、女ざかりの奥方にとっちゃまるで闇討ちにでも出食わしたようなもんさ。さあて——山手線に揺られながら、栄治兄ィは帰るみちみちこう言った。やい松公、親分がおっしゃるにァ、的とまっこう向き合う掏摸《モサ》の仕事は、正直者のおめえにゃ務まらねえ。強盗《タタキ》も詐欺《ペテン》も同じこった。ならば教《おせ》える芸は闇に紛れて忍びこむてえ、夜盗《ノシ》しかあるめえ。やる気はあるか。そいつァ聞くだけ野暮なこった。先《せん》にも話した通り、本《もと》郷本富士《ふじ》の加賀百万石のお屋敷の大屋根をぶち抜いて、仁清《にんせい》の雉子香炉《きじこうろ》をかっぱらった栄治兄ィの晴れ姿を拝んでよりこのかた、俺の夢は天切りの技を教わることとさ。頼んます、兄ィ。おおし、だが天切りの荒芸は、富蔵藤十郎の昔から八百八町の大向こうを唸らせるてえ夜盗の華、身につけるにァてめえがよしんば鼠小僧の生まれ変わりにせえ十年かかる。まずは手始めに、天切りたァどういうもんか、そのあらましの逐一を、わかりやすく見せてやらずばなるめえの。思い立ったが吉日で、ほんに今夜は新月でえ。一丁やるか——てなわけで、真黒に風の沈んだ夏の夜更け、神田三河町は仕舞屋《しもたや》の二階《にけえ》の栄治の隠れ家。裸電灯がぎらぎらと燿《かがや》く六畳間に、あれこれと大工道具をおっぴろげて、天下の怪盗、人呼んで黄不動の栄治が、天切りの仕込みにかかっていたと思いねえ。固唾《かたず》を呑んで見守る俺の目の下にァ、玉の汗がびっしりと浮いた不動明王の彫物が、宝珠をかかげ剣を握って、じいっと俺を見上げていたっけ——」

天切り松は大あぐらをかいた尻をずらし、座り茣蓙《ござ》を膝前に拡げると、骨張った指先を左から右へ、つうと引いた。

「いいか松公。俺ァ大工《でえく》の倅だが、ここにある道具は家を建てるためのもんじゃあねえ。どれもこれも、大工の作った造作をぶち壊すための道具だ、いいな」

栄治は使いこまれた飴色の箱の中から道具を取り出して、畳の上にひとつずつ、おごそかな手付きで並べた。

油を含ませた布をそれぞれの刃からはずす。ぴかぴかに砥ぎ上げられた鋼が、裸電球のあかりをはじき返した。

大工道具にはちがいないが、どれも異形《いぎょう》である。その似て非なる奇妙な形は、いかにも闇の道具を感じさせた。

「まずは鋸《のこぎり》——」

それはまるで飯篦《めしべら》か小さな軍配のような形の両歯の鋸である。

「こいつは畔挽鋸《あぜひきのこ》。縦挽の歯が十二、横挽が二十二。こいつは木口や稜《そば》の端からじゃあなく、板の途中から挽く。わかるけえ、つまり瓦をおっぺがしたあと、こいつを使って野地板を切り抜くんだ」

どうしても想像のつかなかった天切りの謎はこれで解けた。屋根に登って瓦をはがしても、その下には厚い野地板がある。奇妙な形の鋸は、野地板を切り取る道具なのだ。

「次に釘抜《かじや》。近ごろの大工《でえく》は横文字でバールなんぞと呼びやがる。瓦をはがしたところが運よく野地板の継ぎ目なら、こいつで釘を抜きゃあいい。それに、こっちの薄い尻《けっ》ぺたを瓦や板の間に挟みこんで、ぐいとひっぺがすこともできる」

このバールは普請《ふしん》の現場で見かけるものより丈が短く、形も小ぶりだった。

「小玄翁《こげんのう》。釘を打つことァねえから、大きさはこれで十分だ。もっぱら追入鑿《おいれのみ》を叩くときに使う。その鑿だが――一寸四分の追入鑿と切り出しの向町鑿《むこうまち》。この向町てえのは建具の枘《ほぞ》穴《あな》を掘る道具だが、物音を立てずに時間をかけて仕事をするときにァ何かと重宝だ。あとは使い勝手のいい八分の平鑿。もうひとつ、穂先の長《なげ》え四方錐《しほうぎり》。こいつァ天切りの荒仕事には無用だが、簞笥《たんす》や金庫をこじ開けるときに使う。これが天切りの七つ道具だ。あとは何もいらねえ。曲尺《さしがね》も鉋《かんな》も墨壺も、何もいらねえ。どうでえ、身軽な稼業だろう。だが肝心かなめの道具があとひとつ――」

栄治は白目の勝った三白眼で、ぎろりと松蔵を睨みつけた。

「あとひとつって、何だい兄貴」

「心意気だ」

栄治は唇だけで言った。

心意気という江戸ッ子の合言葉の意味が、松蔵にはまだわからない。うすぼんやりと、それがときには命よりも大事な、かけがえのない徳目だということはわかっているのだが。

膝を揃えて、松蔵は栄治の目に向き合った。

「兄貴、おいら学校も行っちゃいねえし、親もねえし、難しいこたァよくわからねえんだ。教《おせ》えてくれろ。心意気って、何だい」

栄治はがっしりと太い首をめぐらせて、漆黒の闇に目を向けた。三河町の甍《いらか》の上に、糸のような月がかかっていた。

「さあな。俺も学校なんぞ行っちゃいねえから、よくはわからねえ。わかりゃしねえが、体は知っている。こうと決めたらとことんやれ。星勘定も銭勘定もするな。盗ッ人にせえ大臣《でえじん》にせえ、それが男の心意気ってもんじゃあねえのかい」

考える間もなく、松蔵の胸に得体の知れぬ力がつき上がってきた。

勝ち負けも損得もないのだ。信じた道をまっすぐにつっ走るのが心意気なのだ。心意気は男の魂そのものだ。

「やい、黄不動」

ふいに梯子《はしご》段の下から大家の爺《じじ》いが叫んだ。

「やれやれ、出っぱなに気の抜けた声出しやがって——あいよ、何でえとっつぁん。西郷征伐で桐野利秋《きりのとしあき》の首を挙げたの挙げねえのてえホラ話なら、もう百ぺんも聞いたぞ」

「桐野利秋じゃあねえ、別府晋介《べっぷしんすけ》だ」

「そんなものァどっちだっていいんだ。用事を言え、クソじじい」

階下に独り住いの大家は、何でも御一新の前は八丁堀の同心で、西南の役に従軍した折にはたいそうな手柄を立てたそうだ。別府晋介の首を挙げたの挙げねえのという話は、松蔵もたしかに十ぺんは聞かされている。

「ああ、ああ、盗ッ人にクソよばわりされちまって、齢はとりたくねえもんだ――宵っぱなに根岸の棟梁がいらしてよォ」

「おやじが？」

栄治は褌《ふんどし》一枚の半身を障子から乗り出して訊ねた。

「また飲んだくれてたんか」

「ああ、ここんところの不景気で仕事がねえもんだから、真昼間から飲んだくれてよ。人恋しいんだか酒代がねえんだか、ついさっきまでここで飲んでった」

「そうかい。そりゃあ済まなかったな。酒代は払うよ」

「なに、そんなこっちゃねえよ。棟梁はおめえの自慢話ばっかしてたぜ。栄治のやつァいい腕をしてる、まともになりァ今からだって、日本一の棟梁になれる男なんだがなあってよ――どうでえ、ここいらで黄不動の二ツ名なんぞ返上して、かたぎになる気はねえか」

「大きなお世話だ」

障子を荒々しく閉めると、栄治は窓辺に寄って、いるはずもない父の姿を探した。

「不景気で建前もねえんか……」

溜息まじりに栄治は呟いた。

名人の誉れ高い根岸の棟梁を、松蔵はよく知っている。つい先だっても鳥越《とりごえ》の長屋に大八車を引いてやってきて、雨漏りや破れ戸の修繕をしてくれた。安吉親分が大家にかわって手間賃を払おうとするのを、筋が違うと言って受け取ろうとはしなかった。

栄治兄ィとは似ても似つかぬ猿のような小男で、それもそのはず血を分けた実の親子ではない。

墨流《すなが》しの空を見つめたまま、栄治は誰に言うともなく呟いた。

「まっぴらごめんだ。俺ァ建前なんざ性に合わねえ」

黄不動の栄治の口ぶりを真似て見得を切ると、天切り松はうって変わった名調子で話を続けた。

「赤ランプをつけた終電車が、石畳に青い火花を爆《は》ざして行っちまったあと、栄治兄ィはやおら気合をこめて立ち上がった。やい松公、いったん頼んますとおつむを下げたからにァ、てめえに心意気があろうがなかろうがもう四の五のは言わせねえ。盗ッ人の相棒《レツ》は屋根に登れァ一蓮托生《いちれんたくしょう》、いやさそこは極楽浄土の池じゃあねえ、血の池地獄のただ中に咲いた、真黒な蓮華の上だと思いねえ。闇がたりに言いながら、押入れから取りいだしましたる大江戸以来《いれえ》の盗ッ人装束。黒筒袖に黒の股引、博多の平ぐけを貝の口にきりりと締めて、墨染《すみぞめ》手拭の頬かむり。俺も兄貴のおさがりを拝借して、いよいよ盗ッ人渡世の初陣だ。栄治兄ィは七つ道具を革袋に納め、爺い、下足《ゲソ》を出しァがれと呼ばわりながら、急な梯子段をダダッと駆け降りる。薹《とう》のたった八丁堀はべつに驚くふうもなく、地下足袋ならとうのさっきに塩まで振って出してあらあ、それより黄不動、きょうは手下《てか》まで連れて、いってえどこのご金蔵を的にかけるつもりでえ、三越かい日銀かい、よもや富蔵藤十郎でもあるめえに、畏れ多くもかしこくも、大内山の御物《ぎょぶつ》でもかっぱらおうてえつもりじゃあるめえの。下足の鞐《こはぜ》を留めながら栄治兄ィはからからと高笑い、ばかやろう、そんな目と鼻の先でヤマを踏むてえ横着者《も》ンがどこにいる。今夜の的は駒込くんだり滝野川、男爵古河虎之助がお屋敷——と言いてえところだが、足手まといの小僧が相棒《レツ》じゃあ、いかに俺でも背中が寒《さぶ》い。ま、きょうのところは軍隊で言うなら実弾演習。したっけ待っていたって手みやげはねえぞ。泥棒に入られねえように、しんばり棒をしっかりかけてとっとと寝やがれ。あいよ、この親不孝者《も》ンが、と八丁堀は上がりがまちで火打ちを叩き、南無不動明王、商売繁盛災厄退散と、わけのわからねえ題目を唱えやがる。路地に出てみれァ驚くじゃあねえかい、神田鍛冶町、角《かど》の俥屋《くるまや》、栄治兄ィの親友《マブダチ》で車力の太郎てえ相撲《すもう》あがりの怪力俥夫が、梶棒摑んで待ってやがる。何でえ太郎。へい兄ィ、折からの不景気風にあおられて、きょうは一晩お茶っぴき、電車通りを流すうちに空を見上げて思いついたんで。月に一度の闇夜の晩は、黄不動の兄貴がご出勤だ。ね、兄ィ、図星でしょうが。なに、滝野川。それァ遠さも遠いが、駿河台から駒込妙義坂まで、本郷通りは息もつげねえ坂ばかりだ。ようござんしょう、フォードも市電も青息吐息の滝野川まで、二人乗っけて、十円でどうだ。高《たけ》え。そうですかい、なら走んなせえお駆けなせえ。俥を引いたあっしが一緒に走って、みごと兄貴が先に着いたんなら、こっちが十円の駄賃を払おうじゃあねえか――てなわけで俺と兄ィは太郎の力車に乗って、豪気なもんさ、まるでつむじ風みてえに駒込は滝野川の丘の下、霜降橋まで送られちまった。降りしなに、栄治兄ィは俥代《くるまでえ》のほか手間まではずみ、やい太郎、速《はえ》え速えたァ聞いていたが、てめえは日本一の俥引きだの。帰《けえ》りも頼むぜ。あいよ、合点だ――さあて、こうしてじっとりと湿った夏の晩、兄ィと俺は昼間にたんと下見をした、お屋敷の門前に立った。月はねえ。夏虫のすだく森ン中に、赤いスレート屋根の西洋館は、まるで三ツ指ついて男を待つおぼこな娘みてえに、ちんまりと身を固くしていやがったぜ」

三

垣根のすきまをくぐり抜けると、栄治は漆《うるし》を撒いたような闇の中を迷いもせずに南の庭先へと回った。

「おめえは口をきくなよ」

唇をわずかに動かして、栄治は向こう六尺にしか届かぬ闇がたりで言った。

「無用心なお屋敷で、どこからへえるのも造作はねえが、これァおめえの手習いだ。まずァこの藤棚を伝って屋根に上がるぜ、こい」

足場には格好の藤の幹を、栄治は鳶《とび》職人のように軽い身のこなしですするすると登る。

「俺の踏んだあとを歩け」

細い藤棚の桟を、栄治の足どりの通りに歩く。

「ふつうのお屋敷なら、ここからは鉤縄《かぎなわ》を使わにゃならねえが——英国調だか何だか知らねえけど、イギリスにゃ天切り職人はいねえらしい。屋根の勾配は急だが軒が浅《あせ》え」

言うが早いか、栄治は脆《もろ》そうな雨樋《あまどい》を指先で軽くつまむと、翔《はばた》くようにひらりと軒の上に飛び上がった。急勾配の屋根に尻をつき、片手を藤棚の上の松蔵にさし伸べる。

「大丈夫《でえじょうぶ》だ。一緒に落ちるようなヘマはしねえ。飛べば引っぱり上げてやる」

足場を蹴ると、強い力が松蔵の体を引き上げた。屋根の上からは本郷通りの街灯のあかりや家々の灯が、黄色い砂子を撒いたように望まれた。

すぐかたわらに、二階の天窓があった。

「まったくおあつらえ向きの天窓だが、あすこからはへえらねえ。せっかく七つ道具を揃えてきたんだから、天切りをやらにゃ嘘だの」

腰にくくりつけた革袋を開ける。まず玄翁《げんのう》を取り出して、栄治は腹這いになりながら、スレートのあちこちをこつこつと叩いて回った。

「寄棟《よせむね》と切妻《きりづま》の屋根は、こうしてあらかじめ梁の場所を確かめにゃならねえ。入母屋のお屋敷は妻に回って、破風《はふ》を破りゃあいい。よし、ここいらでよかろう」

栄治は釘抜《かじや》を取り出すと、薄い尻の部分をスレートのすきまにさし入れた。

「おっと、膠《にかわ》で留めていやがる。こういうときは力ずくでおっぺがしちゃならねえぞ。平鑿で膠を突き切るか、追入鑿を玄翁で追いこむんだ」

二本の鑿を使って膠を切り、改めて釘抜の尻を押しこむと、スレート板は簡単に屋根からはずれた。

「余分にはがしちゃならねえぞ。銭金が目当てなら体がへえる分だけ、絵や骨董を盗る気なら、その大きさだけだ。穴がでかけりゃそれだけ手間もかかるし、音も出る」

四枚のスレートをはずした下には野地板があった。頰を寄せ、室内の様子に聴き耳をたてる。

「坊っちゃん、ぐっすりお休みだ」

それから栄治は野地板に畔挽鋸の歯をあてがうと、ていねいに挽き始めた。何種類もの目立て鑢《やすり》で仕上げられた歯は、面白いようによく切れた。

「ふつうの家なら野地板の下は天井だが、モダン建築のここは天板のねえ舟形の化粧屋根裏になっている。おかげで手間はかからねえが、その分、物音と削り屑に気をつけにゃならねえ」

栄治兄ィに訊きたいことは山ほどもあった。どうして野地板に耳を当てただけで中の様子がわかるのか。瓦葺きの場合はどう違うのか。玄翁の音で、なぜ梁の位置が知れるのか。

闇がたりのできぬ松蔵は、ただ目を瞠《みは》って栄治の仕事を見守るばかりだった。
四角に切り取られた野地板が屋根の上に引き出された。室内は新月の戸外よりなお暗い、洞々《とうとう》たる闇である。

「あわててへえろうとするな。まず中の暗闇をじっと覗いて、目を慣らす。二、三分もたてァ、井戸の中みてえに何もかもが見えてくる」

なるほど一心に闇を見据えているうちに床の木地が見えてきた。天窓の下の寝台で、夏掛蒲団をはだけた子供が眠っている。

「飛び降りるんじゃあねえぞ。いったんそこの梁に降りてぶら下がる。あとは爪先からだ。薄氷の上に降りなきゃならねえと思いな」

栄治は天井の穴から身をくぐらせて、横に渡した太い梁に降りた。体をちぢかまらせ、両手でぶら下がってから、すとんと床に降りる。ふだんはそれほど手間のかかることはしないだろう。松蔵に手本を見せているのだ。

とうとう見知らぬ家に忍びこむ。松蔵の胸は高鳴った。

梁から床へ。あやうく尻餅をつきそうになるところを、栄治の腕が抱き止めてくれた。子供はぐっすりと眠っている。

部屋から出る。階段を挟んで振り分けになった向こうの部屋には、子供がもうひとり寝ているのだろう。

階段の降り口で栄治は足を止め、床板に指を触れて釘を読んだ。釘の上か枘嚙《ほぞが》みの上を歩けば床は軋まない。一段ずつ息を殺して階下に降りる。

松蔵は昼間に下見をした、この家の平面図を頭に描いた。たしか、テラスから覗いた居間の奥に階段が見えた。ということは、これを降りれば左手が居間、居間の西続きが寝室である。右手はたぶん食堂、そこから玄関に向かって廊下があり、台所、風呂場、女中部屋の順に並ぶ。

階段を降りきると、栄治は居間の長椅子の蔭にいちど身を屈めた。松蔵の耳に顔を寄せ、息の洩れぬ闇がたりの声をいっそうひそめる。

「さて、いよいよ山場だ。いいか、見よう見まねで天切りの名を騙《かた》る素人でもここまではできる。本家本元の真骨頂はこのさきだ。まず寝間にへえったら、奥方を起こす」

（起こす？）

松蔵は目を剝いた。

「夜盗の極意、息合わせ、てえやつを拝ましてやらあ。どんなもんかじっくりと見とけ。ただし、けっして声を上げたり、逃げ出したりしちゃならねえぞ。どうとも辛抱ならなくなったら、頭を抱えて目をつむっていろ」

栄治はすっくと立ち上がった。壁づたいに歩く。ぬかるみをもがきながら行くようなふしぎな歩様だった。踵を粘っこく抜き、爪先を延ばして床に差し入れる。栄治の体は上下に動かず、まるで影のように闇をすべって行く。抜き足、差し足はただの譬《たと》えではない夜盗の歩様なのだった。

真鍮の把手を回す。蠟拭き仕上げの樒の一枚板の立派な扉が、わずかな軋みを残して開いた。

リノリウム張りの床。十畳ほどの広い寝室である。ペルシャ絨毯の上を栄治は忍びながら歩く。大きな寝台の中央には、美しい奥方が死人のように仰向いていた。

と、突然、栄治が寝台の枕元に躍り上がった。紫檀《したん》の宮に足を拡げて立ち、腕組みをして奥方の寝顔を真上から睨みつける。

松蔵は壁ぎわまで後ずさった。栄治兄ィはいったい何をする気なのだろう。

息合わせ、と言っていた。

奥方は目覚めない。栄治は枕元に立ったまま、安らかな奥方の寝息におのれの呼吸を合わせているのだった。

どこかで聞いたことがある。家のあるじの寝息と寸分たがわぬ呼吸を続ければ、家探しの物音を立てても、家族は誰ひとり目覚めない。

そんな伝説のような話が本当にあるのだろうか。

やがて栄治は口を半開きにして、やや大仰に唇を震わせるほどの呼吸を始めた。

息がぴたりと合った。すると栄治は松蔵に目を向け、同じ早さの息をしろと手ぶりで言った。栄治と向き合い、松蔵も呼吸を真似た。

奥方の寝顔に目を戻したとたん、栄治はいきなり、どんと片足を踏んだ。

仰向いたまま、奥方ははっきりと目覚めた。いや、びくりと瞼を上げただけかもしれない。

栄治はくわっと目を剝き、仁王立ちにつっ立ったまま息を合わせ続ける。すると、奥方はじきに瞼をおろしてしまった。

栄治はようやく寝台の枕元から飛び降りた。同じ呼吸を続けながら、どうだ見たかというように片頰を吊り上げて笑う。

これでもう誰も起きやしないと、栄治の勝ち誇ったまなざしは言っていた。

テーブルの上に、蝦蟇口《がまぐち》と腕時計が置かれていた。松蔵が目配せをすると、栄治はかぶりを振って笑った。

どういう意味なのだろう。きょうはおめえの手習いなんだから、物は盗《と》るんじゃねえ、とでも言っているのだろうか。

闇の中に真白な歯を浮き立たせながら、栄治は胴巻の底から何かを取り出した。

「行くぜ、松公」

奥方の寝息を寸分たがわずつなぎながら、栄治は思いがけぬ地声で言った。

「てめえの筆おろしァ、これでしめえだ」

テーブルの蝦蟇口の下に、栄治は胴巻から取り出した手みやげを置いた。

「おら、行くぞ。息を忘れんな」

栄治兄ィは、どうしてこんなに格好がいいのだろう。

大理石のテーブルの上には、きちんと鏝《こて》を当てて折り畳んだ藤色のハンカチが置かれていたのだった。

兄貴は腹黒いお大尽のご金蔵を破るときには、こんなやさしい手みやげのかわりに、「黄不動見参」と書かれた目赤《めあか》不動のお札を、太柱に貼りつけてくる。

日本一の棟梁にはなりそこねたけれど、黄不動の栄治は日本一の盗ッ人だと、松蔵は思った。

「やい女たらし。てめえみてえな男の屑が、何で一泊二日で釈放《パイ》になるんか、教《おせ》えてやろう」

結婚詐欺のホストは話の終わりに息を抜きながら、上目づかいに天切り松を見た。

「とどのつまりァ、心意気もくそもねえてめえのような野郎に、モッソウ飯はもったいねえんだ」

房のあちこちから、拍手と喝采が沸き起こった。

「てめえのそのなりァ、どこから見たって葬式帰《げえ》りだ。いやさその股倉の中味だって、欺した女は有難がったかもしらねえが、俺に言わせりゃ大根《でえこん》も人参も変わりゃしねえ。今夜一晩、そこのはばかりの脇で頭を冷やして、どうすりゃこのさきまっとうな男になれるんか、よおく考えてみやがれってんだ。ところで——」

と、天切り松は房の内外に群がった男たちを、ぐるりと睨《ね》めた。

「話のしめえに、ちょいと後味のいい下げをつけようかい」

天切りの手習いを済ませた数日後、栄治と松蔵は吾妻橋《あづまばし》のなかばでばったり根岸の棟梁と行き遭った。

川風の吹き抜ける、日ざかりの午後である。

「なんだと？——おいおい、おとっつぁん。いくら暇だからって、一文の得にもならねえ長屋の修繕なんて、たいげえにしておけ」

「欲も得もねえ。道楽にケチをつけるな」

棟梁は黒ずんだ小指の爪で朝日の封を切り栄治に勧める。さし向けられたマッチの火をパナマでかばって受けながら、栄治は溜息まじりの煙を吐き出した。

「腕は確かなんだからよ、仕事のえり好みなんざせずに、ビルヂングでも建売でも受けりゃよかろうがい。ちゃんとおまんま食ってるんか」

「くそったれが。親に説教なんぞたれやがって。へいへい、ご説ごもっともでござんす」

「一服つけるときぐれえ、道具箱をおろしたらどうでえ。もう若かねえんだぞ」

「人が唾吐いたり立小便したりする往来に、大工《でえく》道具はおろすもんじゃあねえ。第一《でえいち》、盗ッ人と立ち話をしてる暇はねえよ」

棟梁は朝日を唇の端に嚙みながら橋の上を歩き出した。

「暇がねえって、どうせ電気ブランでもひっかけに行くんだろう」

「何をしようと勝手だろうが。てめえの銭で飲んでるんだ」

栄治は棟梁に並びかけて、分厚い札入れを法被《はっぴ》の懐《ふところ》にねじこんだ。

「酒ばっかりくらってねえで、前川《まえかわ》の鰻でも食えって」

「俺ァ鰻と盗ッ人は嫌えだ」

言ったとたん、棟梁は懐の札入れを鷲摑みにして、止める間もなく大川に放り捨てた。わあっ、と叫んで松蔵は欄干《らんかん》に駆け寄った。十円札のぎっしりと詰まった革財布は、ダルマ船の蹴立てる波に揉まれながら、ひとたまりもなく川底に消えてしまった。

「何べん言ったって同じこった。俺ァはなっから売値の決まった建売なんざ、千金積まれたって建てねえ。盗ッ人の腐れ銭にしたって同じだ」

おとっつぁん、と栄治は背広の肩を陽に灼いて、子供のようにうなだれてしまった。言葉の刺《とげ》に気付いたのか、棟梁は道具箱を担いだまま、栄治の前に戻ってきた。頭ひとつもちがう倅の顔を見上げ、黒目がちのおどけた瞳を向ける。

「栄治、おめえはいい男だなあ」

「何言ってやがる」

「こうと決めたら、星勘定も銭勘定もしねえ心意気は、死んだかかあにそっくりだ」

「そうじゃねえよ、俺ァ――」

ふと言いかけて、栄治はいちど唇を嚙んだ。

「俺ァ、おとっつぁんに似たんだ」

棟梁は逃れるように、大きな目を川面に向けた。返す言葉が思いつかず、やおら伸び上がって栄治のパナマを奪い、かわりに坊主刈りのねじり鉢巻を倅の頭に載せた。

「このほうが似合うんだがなあ、おめえにァ――さて、まだ日は高《たけ》えが神谷《かみや》バーで電気ブランでもおごってくれ。やい小僧、おめえもこい」

足早に歩き出す棟梁の後を追いながら、栄治は麻背広の腕を松蔵の肩に回し、場ちがいな日ざかりの闇がたりで呟いた。

「見ろよ、松公。俺のおやじは格好がいいだろう。あれァ、心意気の化物だ――」

第七夜

星の契り

一

吉原江戸町の大籬《おおまがき》、左文字《さもんじ》楼の裏手には、おはぐろどぶに張り出す西洋ふうの露台があった。

いったい大理石造りの豪壮なバルコニーが、三階の高みにどのようにして組みこまれているのかはわからない。ともかく明治四十四年の大火で江戸以来の廓《くるわ》が灰燼《かいじん》に帰したあと、ハイカラ趣味の楼主が大正モダンの怪物のような三層の楼を建てた。中庭をぐるりとめぐる客室の半分はベッドを据えた洋間で、階下の引き付けも石床に絨毯敷き、新時代にはふさわしかろうと自信満々に開業はしたものの、客にはすこぶる評判が悪く、古いなじみはみな他の楼に移ってしまった。

折しも大戦景気の反動で吉原への客足も鈍い。夏の夜の露台は、お茶を挽いた華魁《おいらん》や芸者衆の格好の夕涼みの場所になっていた。

引け四《よ》つといわれる真夜中になると、塩豆をかじりながら愚痴を言い合っていた女たちの姿も消え、昼をあざむく窓まどの灯も落ちる。

その時刻を見計らって、康太郎と松蔵はご内証《ないしょう》の勉強部屋を脱け出すと、月かげに照らし出された三階の露台に上がった。

月に一度か二度、泊まりがけの勉強だと偽ってここに遊びにくる。松蔵を府立一中の生徒だと信じて疑わぬ楼主と女将は、一人息子の親友を歓待してくれた。

その両親も、引け四つの前には俥《くるま》を立てて上野桜木町の自宅へと帰ってしまう。

提灯の消えた露台は満天の星だった。

「なあ、康《こう》の字。おまえのおやじとおふくろ、本当に俺のことを一中生だと思ってるんかな」

偽りも日を重ねれば、いささか心苦しい。第一、倅がばんたび厄介になっているというのに、親からお愛想のひとつもないのはおかしい、と思う。

「どうなんだかね。もしかしたら一中生は嘘だろうって思ってるかもしれない」

「ひえ。そいつァまずいや」

「だって、学校のこととか、松ちゃんのおうちのこととか、てんで聞こうとしないだろ。おとうさんもおかあさんも。そんなこと、関係ないんだよ」

「関係ねえって？」

「僕は友達がいないからね。廓《くるわ》の子って、案外嫌われるんだ。小学校のころから、左文字《さもじ》の康ちゃんとは遊《あす》んじゃいけないよってわけで、いつも仲間はずれだったからね」

「そりゃあおまえ、小学生のガキの時分のこったろう」

「いやいや、中学に入ったらもっとたちが悪いんだ。慶応はやかましい学校だからね、うちのおとうさんは鴻池《こうのいけ》銀行に勤めてることになってる」

「廓の子は慶応に入れてもらえねえのか」

「いや、学校はたぶん承知してると思うよ。でも友達にはそう言っとけってこと。名簿にもね、保護者の職業は鴻池銀行ってことになってるんだ。実は同じ学級に本物の鴻池銀行がいてさ、君のおとうさんはどこの支店にいるのって聞かれて、往生してる」

「ふうん。嘘つきでも何でもいいから、親友ができればいいってことか」

「まあ、そんなとこだね。でも、おとうさんもおかあさんも、松ちゃんのことをとても気に入ってるんだよ。しばらく顔が見えないと、村田君はどうしてるって聞くもの」

康太郎の父親は、廓の楼主というよりむしろ銀行員といったほうがふさわしい、謹厳で誠実な感じの人だ。それもそのはずで、慶応大学を出て鴻池銀行の横浜支店に勤めているとき、請《こ》われて左文字楼の養子になった。銀行員の倅というのも、まんざら嘘ではない。

「みんなあのおじさんのせいさ」

星あかりの中でにっこりと笑いながら、康太郎は廊下ごしの小座敷を振り返った。

康太郎にとっては母の兄――つまり本来なら左文字楼を継ぐべき人であった伯父が、三味線をつまびきながら小唄を唸っている。

「星にィなりィたやァ七夜の星にィ、橋はもみじィのォ色深ァくゥ――」

元禄《げんろく》の昔から続く左文字楼の八代目を継がずに、四代目中村燕蔵《えんぞう》を名乗る伯父は、浅草宮戸座の立女形《たておやま》である。正月には猿之助の助六の向こうを張って、堂々と揚巻《あげまき》の大役を演じた。

芝居三昧のあげくに先代から勘当されたのだが、婿養子の当代とは仲が良く、しばしば実家に戻っては華魁に唄や踊りの稽古をつけているのだった。廓の人々はこの風変わりな役者を「親方」と呼ぶ。勘当の解けぬまま先代が亡くなり、生家の左文字楼に出入りするようになった伯父には、他に適当な呼びようもないのだろう。

「橋はもみじィのォ色深ァくゥ、懸けてェ願ァいいのォ糸の縁――」

たどたどしい撥《ばち》さばきで親方のあとを続けるのは、藍の浴衣に島田も初々しい娘だった。

「そうじゃあないよ。いいかい、初菊」

と、親方は向き合ったまま三味線の棹を立てて、大げさな節回しをした。

「懸けてェ、ええええ、願ァいいィのォ」

「懸けてェ、ええ、願ァいいのォ」

「そう、それでいい――おや、もうこんな時間かい」

親方は懐から取り出した懐中時計をやや遠目に眺めて、ようやく撥《ばち》を置いた。

「遅くまで有難うございました、親方」

松蔵は指をついてお辞儀をする初菊という娘の、横顔の愛らしさに見惚れた。

「あいよ、ご苦労さま。おまえも大変だろうが、この不景気で華魁が色ばかりを売る時代じゃないんだ。初見世まではもう間がないけど、毎日気を入れて稽古をすりゃあ何とかなる」

「よろしくお願いします」

親方が立ち上がって座敷から出ても、初菊は肩をすぼめてうなじを垂れていた。

「何だい康の字。やや、松坊も一緒かい。こんな夜中に中学生が二人して、まさかたちの悪い覗きじゃあるまいね」

廊下ごしの露台に二人がいたのは先刻承知だろうが、親方は大仰に愕くふりをした。いかにも女形らしい細面が、康太郎によく似ている。

「こんばんは、親方」

と、松蔵は手すりから身を起こして頭を下げた。この親方だけは松蔵の正体を知っている。だが、親方は以来何べん顔を合わせても、松蔵の身の上に深くは触れようとしない。あくまで甥っ子の親友の一中生として、松蔵を迎えてくれる。

「たんと勉強しなくちゃいけないよ。きょうび読み書きがまっとうにできなけりゃ、役者にもなれない」

ちらりと色気のある流し目をし、上草履をぺたぺたと鳴らしながら親方は行ってしまった。いなせな人だ。長いこと座敷に座っていたはずなのに、薄闇の中を去って行く絽《ろ》の着物はまるで切絵細工のように角張っている。

「ぼっちゃん、こんばんは」

親方が去ってしまうと、初菊は康太郎に向かって二度頭を下げた。

「やあ、遅くまで大変だね」

「じきに初見世なもんで、頑張らなくちゃ」

スペイン風邪で死んでしまった姉も、こんなふうに小唄の稽古をしたのだろうかと思うと、松蔵は切なくなった。初菊というその名の通りに初々しいこの娘も、やがて男たちに買われるのだろう。

「ぼっちゃんのお友達、ですか」

初菊は眦《まなじり》に薄く紅をさした丸い目を、松蔵に向けた。

「ああ。村田松蔵君。府立一中の二年生だ」

「府立一中――わあ、すごい。きっと一高に行って帝大に行って、学者先生か大臣におなりになるんでしょうね」

その先の対話を避けるように、康太郎は松蔵を引き寄せて後ろを向いた。露台の下は外界とを隔てるおはぐろどぶで、向こう岸には牛太郎や廓の使用人たちの住む棟割長屋が並んでいた。

「初菊さん。べっぴんだろう。まだ十六なんだけど、二十歳《はたち》ってことにして、もうじき初見世に出るんだ」

「初見世って、客をとるんか」

「もちろんさ。まだ禿《かむろ》の時分にうちにきて、ようやく一本立ちの華魁になるんだよ」

廓育ちの康太郎はしごく当たり前のように言ったが、松蔵は言葉の酷《むご》さに顔をしかめた。

「どうしたの、松ちゃん」

そっぽうを向いた松蔵の肩に手を置いて、康太郎は失言に気付いたように溜息をついた。

「ごめん。おねえさんのこと、思い出させちゃったね」

「なに言ってやんでえ。そんなんじゃあねえよ。あいつがあんまりべっぴんだから、何だかもったいねえなあって思ったんだ」

「もったいない？」

「だってよ。近いうちにやられちまうんだろ。それも左文字楼の初見世の客なら、きっと金持ちのひひじじいにちげえねえ。ああ、もったいねえ」

何がもったいないのか、自分にもよくはわからない。だが高価な揚代を払う年寄りに初菊が穢《けが》されるのだと思うと、かけがえのないものが壊されてしまうような気がしてならなかった。

背中にほのかな匂いを感じて振り返ると、初菊が三味線を抱いて立っていた。

「きれいなお星さま。もうじき七夕ですね」

数えの十六なら、自分よりひとつ齢上になる。そう思ったとたん、松蔵の胸は熱くなった。

「なあ、康の字。ちょいと話してもいいか」

と、松蔵は康太郎の首を引き寄せて囁いた。

「べつにかまわないけど。だったら僕は遠慮しとくよ。お女郎さんとねんごろに話をしたら叱られるんだ」

それは廓の子の躾《しつ》けなのだろう。

「十分、いや五分でいいや。おいら何だか胸がどきどきしちまって、このまんまじゃあ眠らんねえ」

「あんまり近寄ったり、触ったりしちゃだめだよ」

「そんなことするわけねえだろ」

「じゃあ、五分ね。僕はご内証に降りてるから」

松蔵の手をすり抜けると、康太郎は黒子のような早足で廊下を去って行った。

満天の星の下で、松蔵と初菊は二人きりになった。

「ぼっちゃん、どうかなすったんですか」

不安げに康太郎を見送ってから、初菊は囁くように言った。

「勉強をするって。あいつ、親がやかましいから」

夜半《よわ》の月は大籬の庇の上に隠れて、群青《ぐんじょう》の空には砂子を撒いたような星ぼしがちりばめられていた。

思いついたようにいちど小座敷に戻ると、初菊は灯りを消してまた戻ってきた。あたりは闇に返った。大理石の露台は夏の夜のなかぞらに浮かぶ舟のようだった。

松蔵に並んで手すりに身をもたせかけ、初菊はやおら思いもかけぬ星座の話を始めた。

「あれが織姫星。夏の夜空では一番明るいから、すぐにわかるの。一年じゅうの全部のお星さまの中でも、五番目に明るいんですって」

「へえ。詳しいんだな」

「学校で習わなかったですか」

「習ったかもしらねえけど……忘れちまった」

「里の小学校の先生が、天文のことが好きで、ときどき子供らを夜の校庭に集めて教えて下すったんです。卒業もせずに売られてきたからほかのことは何も覚えてないんだけど、変ですね、星の話ばかりちゃんと忘れずにいるの」

「里って、どこだよ」

「信州。松本の町なかなんですけど、星はとてもきれいに見えます」

横顔のいい娘だった。色白で顎が小さく、やや受け口の唇と秀でた鼻梁が、外国の女優のようだった。正面から見たときは丸い目ばかりがきわだって幼い顔に見えたが、横顔はいやに大人びていた。口ぶりのはしばしに、わずかな里の訛りが残っていた。

初菊の指さす織姫星は、二人の頭上に高々と輝いていた。

「一中生にこんなこと言うのは、何だか口はばったいようだけど」

「教《おせ》えてくれよ」

「織姫様の隣りに四つの星があって、ほら、見えるでしょ。あれは竪琴《たてごと》なの。西洋の琴の形をしているから、琴座」

初菊は頭上の星座に小さな顎を向けながら、美しい星の伝説を語り始めた。

気の遠くなるほどの遠い昔のこと、竪琴の名手オルフェウスは、亡くなった妻を恋いしたうあまり、黄泉《よみ》の国へと旅立つ。オルフェウスの奏でる竪琴の調べの美しさに、地獄の番犬も三途の川の渡し守もみな酔いしれ、生きて通れるはずもない冥土への道はやすやすと開かれる。

やがてオルフェウスは、冥界の王ハデスの前で、亡き妻をしのぶ歌を心をこめて唄う。ハデスは感動のあまり涙を流し、オルフェウスに妻を返すと約束をする。

「――ただし、現《うつ》し世に戻るまでは、けっして後ろを振り返ってはならぬ」

オルフェウスと妻はめでたく地上への道をたどるが、遥か彼方にほのかな日の光が見えたとき、オルフェウスは嬉しさのあまり、あとからつき従ってくる妻を振り返ってしまう。

そのとたん、妻は冥界へと引き戻され、ひとり現世に戻されたオルフェウスは、夜ごと竪琴をつまびきつつ、ついには悲しみに耐えかねて息絶えてしまう。

音楽の神アポロンはオルフェウスを偲《しの》び、遺された彼の竪琴を夏の夜空に上げて永遠の星座にした。

「――私ね、織姫と彦星の話よりも、このギリシャ神話のほうが好きなんです」

その話は悲しすぎると松蔵は思った。

七夕の夜に雨が降れば、天の川の水かさが増して年に一度の逢瀬は叶わない。だが、織姫が嘆き悲しんでいると、かささぎの群が翼を広げて橋をこしらえ、織姫を向こう岸の彦星のもとへと渡してくれる、ともいう。

「おまえ、初見世はいつなんだ」

初菊は夜空から瞳をすべらせて、俯くように素足を見つめた。

「どうせなら、七夕の晩がよかろうって……」

「水揚げのお客は、もう決まってるのか」

かぶりを振ってから、なぜそんなことを訊くのだというふうに、初菊は松蔵を見つめた。

「ここんとこの不景気で、昔みたいに総花《そうばな》をはずんで水揚げをするようないいお客さんがいないんですって」

「総花って、何だよ」

「お女郎の水揚げのときは、先輩の華魁やら引手茶屋のご新造やら、廓の遣手《やりて》やら牛太郎やら下足番まで、祝儀をつけるのが作法だって。楼主さんも女将さんも、いいお客さんを探して下すってるようなんですけど、なかなか」

松蔵は胸苦しくなって星空を見上げた。

この娘をひとめ見たとたん、まるで仏にでも出くわしたように心がどよめいた。天上の星のように手の届かぬものだということはわかっているが、そのとき松蔵はたとえ命とひきかえてでも、初菊が欲しいと思った。

消灯とはいっても、留置場は天井の金網の中に仕込まれた蛍光灯の光を、半分に落とすだけである。

二

身の幅ほどの小さな敷蒲団に仰向き、同房の留置人にしか届かぬ闇がたりで、天切り松は遠い日のロマンスをとつとつと語った。

「ブタバコの暇つぶしァ、エロ話に食い物談議と昔から相場がきまっちゃあいるが、たまにァこういうご愛嬌も悪くはあるめえ。さて——不憫《ふびん》な姉貴のこたァ、せんにも重々話して聞かせたがの、一見《いちげん》さん新面《あらめん》さんにァもいちど耳に入れておかずば話は見えめえ。安寿《あんじゅ》と厨子《ずし》王《おう》の昔話でもあるめえに、たった二人の姉弟《あねおとうと》が生き別れたのァ俺が数えの九つ、姉貴が十三の春だった。袂《たもと》を分かってのち三年がたち四年がたち、姉貴をしたう一念を観音様がお聞き届け下すったかどうかはしらねえが、たまさか上野の花見で知り合った慶応義塾のおぼっちゃんが吉原左文字楼の一人息子の康太郎。かくかくしかじかと身の上話をするうちに、人の好い康太郎はわがことのように心を痛め、一所けんめい姉貴の所在を探してくれた。ところが愕くじゃあねえかい。器量良しの姉貴は同じ吉原角海老《かどえび》楼で、太夫道中せえ務めるてえ華魁に出世していやがった。むろん稼ぎも稼ぐが、博奕打ちの父親《てておや》と女衒《ぜげん》とで、次から次と追借《おいがり》を重ねるから始末におえねえ。姉貴は稼ぐそばから借金が増えるてえ生き地獄の中で、とうとう流行《はや》りのスペイン風邪にかかって、十七の冬を先途にあの世へと行っちまったてえんだ。悪いのは娘を食い物にした父親にちげえねえが、康太郎の奴ァてめえが廓の子だから申しわけねえと、同い年の俺の前に手ェついて土下座したもんさ。そうよ——だからあんときも、康太郎はせめてもの罪ほろぼしにと、妙なことを考えたにちげえねえ。なにせ二人はさかりのついた年ごろで、お勉強だと偽って廓のご内証に泊まりこみ、引け四つの柝《き》が鳴りァいそいそと夜回りのふりをして、客部屋の覗きや盗み聞きをして夜明ししちまったものさ。あの晩、左文字の露台ですっかり初菊に惚れちまった俺ァ、約束の五分が十分たってご内証に戻るやいなや、康太郎に訊ねた。やい、康の字。俺ァ何が何でも七夕の晩に、あの初菊を水揚げするぜ。ついちゃあ揚代《あげでえ》と総花でいくらのもんか、ご楼主のおやじに訊いてくれ。大引けの鐘もご愛嬌にしか聴こえねえこの不景気で、銭さえ払やおめえのおやじもよもや四の五のは言うめえ。と、俺の物言いに康太郎はさぞかし仰天するかと思いきや、まるでてめえの筆おろしみてえに浮かれ上がってこう言った。わかったよ、松ちゃん——」

「わかったよ、松ちゃん。だけどね、この件についちゃお金以外の問題が二つある」

康太郎はご内証の障子を閉めると、坊主頭を松蔵の耳元に寄せた。

「何だよ、問題って」

「うん。ひとつはね、水揚げの代金がしめていくらかなんて、とてもおとうさんには訊けない。もうひとつは、僕らのような齢の子供を筆おろしさせるってのはよくあることなんだけど、そういうときには必ず後見人の大人が付いてこなくちゃいけない。さて、どうする？」

まるで用意していたようにすらすらと康太郎が口にした問題点を、松蔵は考えてもいなかった。

金は寅兄ィが何とかしてくれると思う。近いうちに筆おろしをさしてやると言ったのは、寅兄ィのほうなのだ。そう言ったからにはたとえ初見世の水揚げで大金がかかっても、いやとは言うまい。

「後見人は、寅兄ィに頼んでみる」

「寅弥さん？　大丈夫かな」

康太郎は見栄っ張りの寅兄ィをよほど堅物だと思っているのだろう。たまに康太郎が鳥越の長屋を訪ねると、寅兄ィは急に居ずまいを正して、左文字の坊ちゃん、ここはあんたのような御曹司が遊びにくるところじゃありやせんぜ、お友達は選びなせえよ、分《ぶ》をわきまえなせえよ——などと説教をたれるのだ。

「だとすると残る問題は——」

と、康太郎が賢そうな顔をかしげたとたん、ご内証の先の引き付けから一杯機嫌の浄瑠璃が聴こえてきた。

(嘆く心は曇れども、曇らぬ夜の星月夜、あらまほしやという星も、年に一度の契りぞや)

二人は同時にぽんと手を叩き、廊下に転げ出た。

（たとえば雲の上とても、天の河原を隔てなば、人のつらさに変わらじな）

灯の落ちた引き付けの長椅子にちょこんと座って、四代目中村燕蔵は太棹《ふとざお》をたぐっている。テーブルの上には空の銚子が何本も転がっているが、とても酔っているとは思えぬいい声だった。

（糸かけ星のほそぼそと、付き添い星や妬むらん、ええ、べべん、べん、と）

しめくくりを口三味線《くちじゃみせん》でお道化て、燕蔵親方は甥っ子を振り返った。

「おっと、お勉強の邪魔をしちまったかい。いやね、きょうはどういうわけか引け四つのあとに声色《こわいろ》屋も新内《しんない》もこねえ。そんなんじゃあお客さんも退屈すると思うから、あたしがひとつ義太夫でも唸ってやろうかと――何だい、康の字。神妙な面《つら》ァしやがって。まあ座りない。朴念仁《ぼくねんじん》のおとっつぁんに言えねえ悩みなら、たったひとりの伯父貴が何なりと聞いてやろうじゃあないか」

康太郎と松蔵は、色白の顔を茹蛸《うでだこ》のようにほてらせた親方の向かいに、膝を揃えてかしこまった。

「あのね、おじさん。おとうさんやおかあさんには本当に内緒にしてよ。言いっこなしだよ」

「あいよ、わかった。何だって言ってみな」

康太郎はかたわらの松蔵をちらりと見、常夜灯の丸い光の中に顔をつき出すようにして声をひそめた。

「初見世の総花とかご祝儀とか、ぜんぶでいくらぐらいかかるの？」

糸巻を握っていた親方の指が緩み、海老尾《えびお》を支えながらゆっくりと太棹を膝の上におろした。

「何でまたそんなことを訊くんだい」

赤ら顔のまま、親方の目ばかりが据わった。

「初菊さんに、まだお客がつかないっていうから」

「子供の知ったこっちゃあるまい」

康太郎はその先を言い淀んでしまった。

「何なりと聞いてやるって言ったくせに」

「聞いてやるたァ言ったが、返事をするたァ言ってない。いいかい、康の字。どだい初見世の揚代なんてえものは、興味本位でどうこう口にするものじゃあないんだ。楼主にしてみりゃあおまい、禿《かむろ》のころから育てた娘をようよう嫁に出すようなことなんだよ。それとも何かい、客がつかないてえんなら、お友達の松坊が筆おろしも兼ねて、ひとつ初菊の水揚げでもしてやろうなんてえ――ハハッ、いや冗談、冗談」

高笑いをしかけて、親方の口はあんぐりと開いたままになった。

「おい松坊。そいつァ本気《マブ》かい。まさかからかい半分じゃああるまいね」

二人が真顔でこっくりと肯くと、親方は唸るような溜息をつきながらあたりを窺い、身を乗り出した。

「ま、そこいらのお大尽の倅ならいざ知らず、おまいさんならあながちやりかねないね。なにせいまだ使いっ走りの半玉たァ言え、あの目細の親分の身内だ」

「声が大きいよ、親方」

と、松蔵はたしなめた。

「で、どうなのおじさん。もし松ちゃんが初菊さんを水揚げするとしたら」

「そうさな。まあこのご時世だから、そうそう大盤振舞をすることもあるまいが、まず揚代が泊まりで四十円」

「四十円！」

松蔵と康太郎は思わず声を揃えた。

「おいおい、驚くのァまだ早いよ。お女郎の水揚げは廓のみなさんに、これから宜しくとお披露目をするんだから、まず先輩の華魁にも同じだけの祝儀をはずむのが仁義ってもんだ。ええと、左文字の華魁はいまのところ三十二人。二四が八、三四が十二で、しめて千二百八十円。まあこういうときに細かな勘定は下衆《げす》だから、楼主にまとめて千五百円をつけるのが当たり前さ。これが総花」

二人はもう声も出せなくなった。時間の揚代が角海老や稲本の大籬でも三円、小店《こだな》なら一円というこのごろ、それは想像もつかぬ大金だった。

「あとは、そうさね。引手茶屋のご新造、牛太郎やら仲居、下足番への祝儀。仕出しの台の物だって、水揚げとなれァそれ相応のものはあつらえにゃ笑われる。そうそう、めでたく一本立ちする華魁に、白木屋かどこかで裲襠《うちかけ》を一揃い付けるのもしきたりだが、面倒ならそのぶん金に包んで楼主に渡したってかまわない。あれこれひっくるめて、まあ二千円ってところかねえ……おや、どうしたい二人とも」

二千円といえば、小体《こてい》な家が一軒建つほどの金である。

もっとも、左文字楼ほどの大籬でも一年に一度あるかないかの吉事で、ましてや華魁にとっては一生に一度の儀式なのだから、当たり前といえばそんな気もする。

「どうする、松ちゃん。二千円だってさ」

康太郎はうんざりと息をついた。

「したっけ松坊。そいつァいわゆるお定《き》まりてえやつで、きょうびそのお定まりの金を投げて下さるお大尽がいたら、華魁はよっぽどの果報者だ。あくる日からは金看板の御職《おしょく》とはいかぬまでも、いきなり二番三番の上《かみ》を張ることができる。そうすりゃあじきに馴染《なじみ》の上客もついて、いずれ身請けの話も出れァ年季の明けも早い。しかしいくらお定まりと言ったって、そんなお大尽はそうそういやしないよ。だからまあ、世も不景気だし、無理をすることはないんだ。要は交渉さ。親分か兄貴分によおく相談して、だいたいここいらでと報せてくれりゃあ、あたしが楼主に交渉してやろう。ここだけの話だが、廓にしたって何々楼でございと、突っ張った商売をしている時代じゃあないんだ。不景気の上に、近ごろじゃ洲崎や玉の井のお手軽な遊びにすっかり押されちまって、できることなら元禄から八代も続いた格式なんてないほうがいいと、楼主も女将もこぼしているんだからねえ」

「てことは、いくらぐらいならいいの」

康太郎が訊ねると、親方は困ったふうに首をかしげて見せた。

「そりゃあ康の字。九代目のおまいさんに、あたしの口から言えることじゃあるまい」

「だって、金の算段をするにしたって目安ってもんがなけりゃ、算段のしようもないじゃないか」

やれやれ、と親方は顔をしかめた。

「それじゃ、ちなみにきょうびの相場てえのを教えといてやろう。ただし、あたしがこんなことを言ったなんて、口がさけても言われちゃ困るよ——まず、揚代の四十円は仕方がない。総花はほんの心付けの祝儀でかまわない。台の物なんて取らなくていいさ。つまり、揚代に多少の色をつけて交渉すれば、楼主は時節柄ようござんしょうと引き受けるか、それじゃあんまり殺生だから、せめてこれこれと言ってくる——ああ、ああ、勘当も解けぬまま敷居をまたいじまったうえに、家を売るようなこんなまねをしちまって、あたしァ地獄に落ちたら二度勘当だよ」

親方は左文字の定紋《じょうもん》が入った漆《うるし》の盃をぐいとあけ、三味線に撥を当てると、廓じゅうに響き渡る澄んだ声で清元を唸った。

「銀河と聞けば白々と、白帷子《しろかたびら》の袖口そよそよ、三下《さんさが》りィ——」

三

「三下りィ、はや八朔《はっさく》の白無垢の、ええ、べべん、べん——」

闇がたりのまま器用に清元の一節を唸り、天切り松は口三味線を添えた。

「さあて、大火よりも不景気よりも、大正もなかばを過ぎたそのころにァ、世の中すっかりモダンになっちまって、デモクラシイというんですかい、吉原《なか》の格式なんてものはまるきりお題目になっちまっていたんだ。考えてもみない、格子女郎とのちょんの間が一円なら、二千円の銭ァどうしたって二千のあとに万の付く大金だろうがい。いかに大籬の初見世だろうが、格式通りに二千万の銭を投げるお大尽がきょうびの世間を見渡したってどこにいるてえんだ。早《はえ》え話が、その値段は元禄から大正まで、八代続いた左文字楼のお題目で、要は初見世の華魁に多少なりとも門出の花を添えてやっておくんなせえと言っているだけだった。だが、四世中村燕蔵は勘当の身たァいえ左文字の倅。宮戸座の大向こうからは『春駒屋』の屋号よりも『いよっ、左文字！』なんてえ掛け声のかかる役者さ。初見世の揚代《あげでえ》はいくらだと訊かれりァ、とにもかくにも、お題目の二千両を口にせずば面子が立たねえ。さあて——まんじりともせずに明けた日曜の朝、フライパンをかむった慶応ボーイと、白線帽の偽一中生が連れ立ってああだこうだと揚代の議論をしながら六区から仲見世、雷門から駒形の電車通りを抜けて、鳥越の長屋までのしてきたと思いねえ。その年はたしか空《から》ッ梅雨《つゆ》で、朝っぱらから上機嫌のお天道様が、ああだこうだの開襟シャツの背中を、さてどうするどうするとせかすように照りつけていやがった。長屋の破《や》れ戸をがらりと開けりゃ、寅弥兄ィは褌一枚の股倉をおっぴろげて、いまだ朝寝の高鼾。俺っちァまずその枕元にかしこまって、寅兄ィ、夢見の邪魔をしてすまねえが、ちょいと話を聞いたっておくんなせえ。ねえ兄貴。後生だから、おいらの話を聞いたっておくんない――」

「寅兄ィ。朝っぱらからすんませんけど、ちょいと話を聞いちゃもらえませんか。ねえ、兄貴」

青々と彫物の入った肩を揺すると、寅弥はいちど薄目を開けて枕元の二人を見、また面倒くさそうに瞼をおろしてしまった。

「何だァ、松公……この寅兄ィをてめえが叩き起こすからにァ、よっぽど仰天の事件なんだろうなあ……鳥越神社が丸焼けかァ？　それとも親分がかたぎになって、議会にでもお立ちになるんかあ？……さもなくば、お釈迦様とキリスト様が、手ェつないで電車通りを歩ってたのかあ……やい、松。それよりかつまらねえ話だったらてめえ、ぶち殺すぞ」

松蔵がつなぐ言葉を失ううちに、寅弥はまた大鼾をかき始めてしまった。しばらくしてふと鼾が止まったと思うと、寅弥はいきなり二人がぎょっと腰を浮かすほどの屁を放った。

「あ、いけねえ。てめえの屁で目が覚めちまったい」

やおら起き上がって、ずんぐりした体をつっ張り、奴凧《やっこだこ》のような伸びをする。

「そんで、話てえのは何でえ」

「べつにお釈迦様が電車通りを歩ってたわけじゃねえんだけど、聞いてくれますか」

「ああ、聞いてやるともよ。煙草《エンタ》をくれ」

朝日の吸い口を嚙んで火をつけ、煙をうまそうに吐き出すと、寅兄ィは汗の浮かんだ坊主頭を手拭でくるりと拭いた。

「おいらが何を言ってもびっくりしねえで下さい、兄貴」

「ぐだぐだと前置きの長《なげ》え野郎だな。いっそ盗ッ人はやめて噺家《はなしか》にでもなれ」

「へい。なら、きっぱり話さしてもらいやす。おいら、左文字楼の初菊てえ女に一目惚れしやして、ついては七月七日の七夕に水揚げをしてえんですけど」

寅弥はびっくりこそしなかったが、かわりに振り向きざまの拳固を松蔵の頰に見舞った。

「やい松公！　いまだ部屋住みの分際で、ヨタ飛ばすのもたいげえにしやがれ。おうよ、たしかに俺ァてめえに、筆おろしの水を向けた。そうは言ったが初見世女郎の水揚げをせえなんぞたァ、言った覚えはねえ。第一《でえいち》が考えてもみろ、野郎の筆おろしに女郎の水揚げ、きょうびで言やァ処女と童貞のかけあいなんざ、ついぞ聞いたためしはねえぞ。とうの昔っから、筆おろしの敵娼《あいかた》は年増女郎、水揚げの客は馴染のお大尽と、相場はきまってるんでえ」

寅弥はまくし立てながら、まるで釘の頭を玄翁《げんのう》で叩くように、松蔵の頭を拳固の角でこつこつと打ち続けた。

「やい康の字。てめえもてめえだ。俺ァその初菊だか雛菊だかてえ女についちゃ影も形も知らねえが、いずれにせえそいつァ、おめえのおやじが後生大事《でえじ》に育ててきた左文字の女だろうがい。松の野郎は面食いだから、おぼこたァいえ相応の上玉にゃちげえねえ。だったらおめえ、左文字ほどの大籬なら、水揚げに千両二千両の銭をぽんと投げる上客に不自由はしてねえはずだ。それを言うに事欠いて、この悪たれ仲間に周旋しようたァ、いってえどういう了簡なんでえ。親不孝もそこまでくれァ、あきれけえって物も言えねえ。てめえなんざ早《はえ》えとこ勘当されて、宮戸座の下足番にでも雇ってもらえてえんだ。春駒屋の親方もいい跡目ができたと、さぞ喜ぶこったろうぜ」

頭ごなしに悪態を浴びせかけられて引きさがるかと思いきや、康太郎は松蔵を押しのけるようにして寅弥と向き合った。

ぐいと膝の上につっ張った両肘には力がこもっていて、後ろ姿はとうてい日ごろの、気弱で温厚な康太郎とは思えない。むしろうろたえたのは松蔵のほうだった。

「康の字、もういいよ、やめとくれ」

松蔵と寅弥の間に割り込んだ康太郎は、背筋を伸ばしてなかば振り返った。横顔は別人のように剣呑である。

「松ちゃんはちょいと外に出ていな。僕は寅弥さんと話がある」

「な、なんだよ、話って」

「僕だって八代続いた左文字の跡取りだ。ここまで虚仮《こけ》にされたんじゃあ、江戸ッ子の名がすたる。寅弥さんを男と見こんで頭を下げたことの、いったいどこが了簡ちがいなんだか、この場できっちりと話をつけさしてもらうよ」

ほう、と寅弥は改まった康太郎の顔を斜《はす》かいに睨みつけたまま、松蔵に顎を振った。

「……この野郎、ただのうらなりかと思ったら、あんがい侠気《おとこぎ》がありそうじゃあねえか。俺とサシで話をつけてえってわけだな。よおっし、てめえの言い分はしっかりと聞いてやる。松、表に出てな」

寅弥は立ち上がって蒲団を柏餅に畳み上げると、衣桁《いこう》に吊るしてあった芝翫縞《しかんじま》の浴衣を着、錆納戸《さびなんど》の兵児帯《へこおび》をきりきりと巻いた。

「さあて、康の字。いやさ男と男のサシの話に、そんな横柄な呼び方はうまかねえな。ならば左文字の康太郎さんよ。いってえそちらさんがどういうお考えで、こんなご無体をおっしゃるのか、その了簡とやらをとくと聞かしてもれえやしょう。やい、松公。出てけったら、出てけ！」

「やい松、出てけって言ってるのがわからねえのかっ、と寅兄ィは芝翫縞の裾をからげて俺を土間へと蹴り落とした。まあ何てったって、寅兄ィてえお人は口もうるせえが手も早《はえ》え。叱るか殴るかの、どっちかができねえてえ性分だった。よく考えてみれァ、初菊の水揚げとてめえの筆おろしをいっぺんにしてえなんてのは俺のわがままで、その片棒かつぐ康太郎がよもや寅兄ィに半殺しにされやしねえかと、俺は長屋の路地を右往左往したものさ。朝っぱらからお天道様がじりじりとうなじを灼くような、風のねえ暑い日だった」

いつの間にか、雑居房の留置人たちは寝床に腹這って、天切り松の周囲に頭を集めている。

「おいおい、あんまり動き回ると居眠り看守が目を覚ますぜ――さて、どなたさんも初めて知った女てえのは、よもやおぼこ娘じゃあありますめえ。筆おろしてえのァ昔っから年増の役得だ。ましてや花の吉原大籬の水揚げに、筆おろしの小僧が宛《あてが》われるなんて話ァあるわけもねえ。ところが、だ――」

声を出すわけに行かぬ留置人たちは、一斉に固唾《かたず》を呑んで天切り松との間合いを詰める。

闇がたりは静まり返った房の中で、正確に留置人たちの耳だけに届いた。

仰向いたまま、天切り松は続ける。

「寅兄ィが長屋の破れ戸を開けて出てきたのァ、小一時間ののちだった。兵児帯を茄子紺《なすこん》の博多に締めかえ、絽の夏羽織を着てパナマを粋に冠ったなりァ、どう見たって大貫目《だいかんもく》のお貸元で、やい松公、俺ァこれから宮戸座の楽屋に春駒屋の親方を訪ねてくる。どういう次第《しでえ》になろうとも、後見のすることに文句は言うな、とこうだ。いってえ何がどうなっちまったんだかわからねえ。康太郎もにっこりと笑い返《けえ》したなり、松ちゃん、うまく段取ってくるからね、と行っちまう。さあて、のちに康太郎から聞いた話だが、寅兄ィは宮戸座の楽屋から春駒屋の親方を先達に、贔屓《ひいき》の旦那てえことで左文字楼に行ったそうだ。ええ、ご楼主さんへ。

女将さんへ。さても縁は奇なもの乙《おつ》なものでござんすね。あたしァ長《なげ》えこと春駒屋の親方を贔屓にさしていただいてるものでござんすが、何でもうちの甥ッ子が、親方の甥御さんとお友達だっていうじゃあありやせんか。ご存じでしょう、村田松蔵てえ、いくらか品のねえ一中生のこってすよ。まああいつも家庭の事情てえのがいろいろありやしてね、今じゃうちの厄介者なんですが、ちかごろめっぽう色気づきやがって、それもそのはず数えの十五といやァ、御一新の前《め》ェなら元服だ。で、ぼちぼち筆おろしでもさしてやるかと思い立ちやしてね。そういうことは年増女郎に限るが、どっこい松蔵のやつァ一丁前に注文をつけやがるんで。左文字楼に初菊てえ女がいる。俺ァその女にひとめ惚れをしちまったから、筆おろしの敵娼《あいかた》はぜひともその初菊にしてもれえてえ。どうです、ご楼主。なに、水揚げ前。ようござんしょう、ならば話は早《はえ》え。筆おろしと水揚げを一緒くたにやっちまうてえのはどうです。そりゃあご楼主、あたしだってそんな酔狂を言うからにァ肚はくくってまさあ。なに、新時代《しんじでえ》の不景気だのと、そんなものは大門の外の話さ。左文字、角海老、稲本てえ大籬で、水揚げの代金をけちろうなんてこれっぽっちも思っちゃいません。総花、揚代、祝儀、台の物と、しめて二千もありゃようござんしょう。なら七月七日の七夕の晩てえことで、宜しくお引き回し下さいまし——」

留置人たちの溜息がひとつの声になった。天切り松は灯りをなかば落とした蛍光灯に目をしばたたかせ、仰向いた顔を覗きこむ男たちの顔を満足げに見渡した。

「吉原《なか》で大引けといやァ午前の二時。どちらさんもその時刻になれァ、二階の本部屋に上がってお床入りだ。さてその晩、俺が時ならぬ物音に目を覚ましたのが吉原でいうなら大引けの午前二時。破れ長屋の縁側からさし入る月あかりの中で、寅兄ィはしゃりしゃりと包丁を研いでいた。その包丁てえのが刃渡り一尺五寸はあろうてえ菊一文字の出刃。蚊帳《かや》をめくってみれァ、兄ィは黒半纏に黒股引、墨染の手拭を泥棒冠りに鼻の下でねじ切って、そいつァ言わずと知れた大江戸以来《いれえ》の盗ッ人装束。兄貴、お出かけで、と俺が寝呆けまなこをこすって訊けァ、寅兄ィは菊一文字を革鞘《かわざや》に収め、貝の口に締めた羅紗《らしゃ》帯の背に差しこんで立ち上がる。やい松公、左文字のご楼主は欲のねえお方で、お定まりの罷《まか》り通る世の中じゃあござんせんとおっしゃるがの、やれ時代《じでえ》がどうの景気がどうのなんて理屈は、俺っち江戸ッ子の心意気たァ関わりねえ。その初菊てえ華魁がどれほどのものかは知らねえが、このさき五年十年、どっぷりと沈まずばならねえ苦海の出船に、二千両の花を撒《ま》くのァあったりめえだ。ましてやひとめ惚れたァ言え、おめえの好いた女ならおぼこな肌と引きかえに、その背にしょった苦労な荷物をいくらかだって軽くしてやるのが男の務めさ。いいか松、俺ァこれからおめえのかわりに二千の銭をこさえに行くが、女に惚れるてえのァこういうこった。惚れた女は抱く。だが抱いたからにァ、てめえの命は女のもんだ。したっけてめえも男になったなら金輪際、蓮っ葉な気持ちで惚れた腫れたなんぞと口にするんじゃあねえぞ。わかったか」

四

引け四つの柝《き》が入ると、申し合わせたように窓などの灯が消え、三層の楼が建ち並ぶ吉原江戸町はしんと静まり返る。

左文字の向かいにある宵っぱりの煙草屋も、それを合図に雨戸を閉めた。

太鼓を鳴らして声色流しがやってくる。

「ええ、お二階、いかがさん。高島屋ァ、音羽屋ァ、いかがです」

客を呼びながら声色屋は、左団次の丸橋忠弥と菊五郎の弁天小僧のほんのさわりを口ずさむ。着物は成田屋格子の浴衣に三升《みます》の帯という凝りようだが客のつく様子もなく、また太鼓を鳴らしながら去って行く。

ほんの形ばかりの酒宴のあとで三階の本部屋に上がると、初菊は二つ枕を並べた床のかたわらに指をついて、「よろしくおねがいします」と言った。

四畳半の部屋には立派な鏡台と箪笥《たんす》があった。

「きのう日本橋の白木屋さんから届いたんです。ずいぶん上等なもので、ありがたくちょうだいしときます。ほら、お人形さんまで」

箪笥の上には市松人形が微笑んでいた。

「おまえ、これからずっとこの部屋で――」

お客をとるんか、と言いかけて松蔵は口をつぐんだ。このさきの仕事の話はするんじゃねえぞと、寅兄ィが言っていた。それは水揚げの敵娼《あいかた》への心配りなのだろう。

「ずっと、この部屋で暮らすんか」

「暮らすっていやァ、まあそうですけど」

初菊は立ち上がって灯りを消した。軒端《のきば》を切って、七夕の星明りがしらじらと闇を染める。

「きれいなお星さま。今夜はかささぎのお世話にならなくたって、天の川は渡れますね」

さりげないしぐさで初菊は真新しい裲襠《うちかけ》を脱ぎ、結い上げた髪から飾りものをはずした。着丈の長襦袢《じゅばん》は燃え立つような赤で、初菊の体は痛ましいほど白く細く見えた。

窓辺の欄干に並んで、二人は星を眺めた。

「さっき、ぼっちゃんがご内証から顔を出してね。初菊さん、松ちゃんのことよろしくねって――そう言われても、私だって何も知らないし」

「何とかなるだろ」

「何とかしなきゃ」

肩が触れ合うと、薄物を通してたがいの胸の鼓動が通い合うようだった。松蔵はずっと、顎が痛むほど奥歯を嚙みしめていた。

「こないだは織姫様の話を聞いたけど、彦星様は？」

松蔵が星の物語をせがむと、初菊は小さな顔を夜空に向けて、むかし里で聞いた西洋の神話を語ってくれた。

トロイの国の羊飼いに、それはそれは美しい少年がおりました。まるで体じゅうが、金色に光り輝いて見えるほどの美少年でした。オリンポスの神殿から下界を見渡していた大神ゼウスは、どうしてもその少年をお側ちかくに召したいと思い、みずから鷲になって夜空を翔《か》け、少年を連れさらったのです――。

「彦星様は、ほら、ちょうど鷲が翼を広げて見える、その首のところの一等星。アルタイル、っていうの。西洋では、織姫様は琴座のベガで、彦星様は鷲座のアルタイル」

そうして肩を寄せ合っているうちに、松蔵はふしぎな気分になった。初菊が死んだ姉に思えてきたのだった。子供のころ、下谷車坂の長屋の縁先で、よくこうして星を眺めた。

それからじきに、大変なことに気付いた。いつまでもぐずぐずと姉を忘れられずにいる自分のために、康太郎も寅兄ィも、春駒屋の親方も、こんなことをしてくれたのではなかろうか、と。

そう思いついたとたん胸が詰まって、松蔵は身を慄わせた。

「あら、どうしたんです？」

初菊はふいのことに困り果てて、松蔵の肩を抱き寄せてくれた。そのしぐさも手触りも、姉に似ていた。

「おいら、もう嘘はいやだ」

初菊は松蔵を窓辺から引き離すと、新床に座って、泣き崩れる顔を胸に抱えこんだ。思いがけずに豊かな胸だった。

「どんな嘘なんです？　おっしゃって下さいな。けっして誰にも言いませんから」

松蔵は初菊の腰を引き寄せ、初菊は松蔵の背を、しっかりと抱いた。そうでもしなければ、たちの悪い嘘のせいで体がばらばらに砕けてしまいそうな気がした。

「おいら、嘘は嫌いなんだけど、そうせにゃねえちゃんに会えなかったから、仕様がなかったんだよ。一中生のふりをせにゃ、ねえちゃんに会えなかったんだよ。閻魔《えんま》様なんて怖かねえやい。けど、おいら、ねえちゃんを欺した。欺したまんまてめえの背中にしょって、投げ込み寺にうっちゃったんだ。おいら、鬼だ。大嘘をついてねえちゃんを殺しちまったうえに、同《おん》なじ身の上のおまえを抱こうなんて、おいらは人の皮をかむった鬼だ」

話の見えぬままに、初菊はいっそう松蔵を抱きしめ、小さな顎の先からはらはらと涙をこぼした。

それからたぶん、見も知らぬ姉の口ぶりを真似て、松蔵を叱ってくれた。

「しゃんとしない。男なら、男らしく」

初菊は松蔵を抱いたまま襦袢をむしり取るように脱ぐと、生まれたままの姿を星明りに晒した。

二人は長い時間をかけて、ひと夜かぎりの彦星と織姫になった。

やがて、疲れ果ててまどろむ耳に、新内流しの二挺《にちょう》三味線が聴こえた。

「あ、文弥《ぶんや》さんだ」

松蔵の腕から起き上がると、初菊は江戸町の辻を流れてくる三味の音《ね》に耳を澄ました。

「天神下の文弥さん。とてもいい声なの」

二人は裸のまま三階の高みから辻を見おろした。

「文弥さあん」

初菊が白い手を挙げると、新内流しは相方の上調子の三味線はそのままに、目の下で立ち止まった。

「おや、これァ初菊さん。夏たァ言えずいぶん寒《さぶ》い格好で」

「あたし、女になったよ」

あどけない少女の声で、初菊は嬉しそうに言った。

「へえ、そいつァおめでとうさん。ならばご祝儀に何をうかがいましょう」

「じゃあ、明烏《あけがらす》を」

「かしこまりやした」

新内流しは星空に抜けるような澄んだ声で、明烏を語り始めた。

〽春雨の　眠ればそよと起こされて
乱れそめにし浦里は
どうした縁で彼の人に　逢うた初手《しょて》から
可愛さが　身にしみじみと惚れぬいて
こらえ情《じょう》なき　なつかしさ

人目の関の夜着のうち　あけてくやしき鬢《びん》の髪
なで上げ　なで上げ　ノウ松蔵さん――

「あれ、松蔵さん、だって。おいらと同じ名前だ」

松蔵の頭を愛おしげに抱き寄せて、初菊はくすっと笑った。

「ほんとはね――ノウ、時次郎さん」

「なんだ、シャレか。段取りがよすぎるけど、誰に聞いたんだろ。おいらの名前」

「さあ……」

と、初菊もふしぎそうに小首をかしげた。

思いあぐねて、二人は満天の星を見上げた。粋なはからいをしたのが誰なのか、左文字の楼主なのか、寅兄ィなのか、春駒屋の親方なのかはわからない。

だがひとつだけ、松蔵ははっきりと思った。江戸ッ子のいなせっぷりは、どんな苦しみも悲しみも、たちまち天に昇《のぼ》せてきらめく星座に変えてくれる。

窓辺の欄干に並んで初菊の汗ばんだ腰を抱きながら、男になったのだと松蔵は思った。

群青の空に輝く、男という星になった。

「きょうのところは毒にも薬にもならねえ話だがよ」

天切り松は新内のひと節を唸ってから、睡たげな瞼をもたげた。

「夜も白むころ、俺っちァ素裸のまんまで、七夕の短冊に字を書いた。字といったって、おたげえ満足に知らねえ。願いごとだって、なあんにもなかった。ただ、赤や黄色の短冊に、まつぞう、りん、と二人の名前《なめえ》を並べただけだ。そうよ——初菊の名は、おりんといった。おりん、か……あれァいい女だったなあ。もっとも、初めての女なんてえもんは、誰だって一生そう思い続けるんだろうが……」

呟きながらの闇がたりは尻すぼみになって、天切り松はじきに静かな寝息を立て始めた。

第八夜

春のかたみに

一

灰色のセメントに囲まれた霊安室で、松蔵は小一時間もぼんやりと立ちつくしていた。

ふと見上げれば半地下の窓の上には、うとましいほどの桜が溢れていた。花を彩る日本堤の空は青い。

線香の煙はわだかまったまま、ほんの少しずつ窓に向かって流れ、やがて花に招き寄せられるかのように、空に吸い上げられて行く。

今年の春は何の前ぶれもなく、いきなりやってきた。

「松公――」

栄治兄ィがようやく刑事室《デカべや》から降りてきた。どう見ても安田銀行の行員か丸の内のお堅い勤め人といったふうの地味な背広を着て、栄治兄ィは松蔵の悲しみを宥《なだ》めるように、そっと肩を抱いてくれた。

「やれやれ……苦労なこったな、おめえも」

日本堤の警察からお呼び出しだと言われたときには、背筋が凍った。だが吉原界隈を所轄とするそのあたりで、お咎めを受けるような悪さをした覚えはない。栄治兄ィに付き添われて出頭したとたん、霊安室に通された。

「お呼び出しのわけってのァ、つまりこういうこった。俺もみちみちどう言やァいいのかと考えあぐねちまってよ。気を揉んだことだろうが、悪く思うな」

言いわけのように呟きながら、栄治は煙草をつけた。

「すっぱり言ってくれりゃあいいじゃねえか。おいら、いってえどんな悪さをしたんだろうって、ふるえっぱなしだったんだぜ」

「しかし、それにしてもなあ――」

と、栄治は煙草をくわえたまま祭壇に歩み寄り、ぞんざいな仕草で線香を上げた。二つの骨箱は父と母のものだという。案内してくれた刑事にいきなりそんなことを言われても、松蔵にはにわかに信じられなかった。

「今さっき、事情を聞いてきたんだがよ。おとついまでは焼かずにおいたんだが、急に暖かくなったんで、あわてて焼いちまったんだと」

「そんな事情なぞどうだっていいよ。なんで骨箱が二つもあるんだい」

「そりゃあおめえ、とうに死んじまったおふくろの骨をだな、おやじが持ってたってこった。おやじがくたばりゃあ、骨は二つになろうがい」

ふしぎは何もない。ふしぎというなら、あの人でなしの父親が、後生大事に母の骨箱を持ち歩いていたということだけだ。

「おめえのおとっつぁん、山谷の木賃宿をおん出されて、待乳山《まっちやま》の聖天《しょうてん》さんのあたりの野宿場《おかんば》にいたんだとよ」

「おっかちゃんの骨箱を持ってかい」

「ああ。ほかにゃ何ひとつなかったと。お仲間さんが倅の自慢話を聞いてたそうだ」

「自慢話って、何だい」

「恋女房にゃ先立たれやしたが、出来のいい子供が二人おりやんす。娘は吉原の角海老楼に出ておりやしてね、白縫《しらぬい》って売れっ妓の華魁でさあ。そんで倅は、目細の安吉親分のところに弟子入りしておりやして。ご存じでしょう、あの仕立屋銀次の片腕といわれる、目細の親分さんですよ。今じゃしがねえ野宿場ぐらしだが、あいつが一人前になれァあんた、左うちわの楽隠居でさあ——てなことをしゃべってたらしい」

「ばかやろう」

と、松蔵は吐き棄てるように言った。

栄治兄ィの言うことに誇張はあるまい。落ちるところまで落ちた父親が、浮浪者を相手に言わでもの自慢話をする姿が目にうかんだ。

「で、どんなザマでくたばったんだい」

「刑事の言うことにゃ、土管の中で血まみれ糞まみれだったそうだ。そんな肺病やみの行き倒れは、ふつうならとっとと無縁墓に入れちまうんだが、倅が目細の身内だと聞いちゃ無下《むげ》にもできねえ。で、親分とは古い付き合いの旦那がよ、こっそり俺に伝えてくれたってわけさ」

廊下を革靴の軋みが近付いてきた。鳥打帽をあみだに冠った初老の刑事が、顔を覗かせたなり「よう」と松蔵に微笑みかけた。

「やっぱりおめえさんかい。言われてみれァ、おろくに似てるな」

見覚えのない顔だった。だが、やっぱりおめえかと言うからには、松蔵のほうは見られていたことになる。

「お世話さまです」

と、松蔵は頭を下げた。

「なあに。もうちょいと寒いうちなら、仏さんに会わしてやれたんだが、悪く思うなよ」

父の死顔など見たくはなかった。うまい具合に春が来てくれたものだ。

「ところで栄治。ちょいと言い忘れたことがあるんだが――」

「何だい旦那。みやげ話なら何もねえよ。こちとら今は一本独鈷《いっぽんどっこ》の渡世で、横のつながりはねえんだ」

と、栄治は刑事を睨み返しながら言った。

「いや、そうじゃあねえ。目細の仕事っぷりは、俺が一番よく知ってらあ。そうじゃあなくって、こいつを頼まあ」

刑事は手にした書きつけを栄治に差し向けた。

「まさか逮捕状《フダ》じゃあねえよな。なんでえ、これァ」

「見りゃあわかろう、請求書だ。棺桶代が二円、火葬料が二円五十銭。骨壺が三十銭。棺桶の舁《か》き賃が二円。その他もろもろで一円五十銭。しめて八円と三十銭になる」

「へえ……」

「無縁仏じゃあねえんだから、縁者が何とかしてくれなきゃ困るぜ」

請求書をまじまじと見、栄治は唇の端を引いて苦笑した。

「ちょいと高かねえかい」

「なに言ってやがる。まともに葬式を出せァ、二十や三十はかかろうが」

栄治は内ポケットから札入れを出すと、十円札を無造作に四、五枚つまみ出して刑事に渡した。

「いいのかい。さすがは黄不動の親分、豪気なもんだな」

「べつに下心はねえぜ。釣りは旦那の手間に取っといておくんない。無縁仏になるところを、おかげさんでこいつにも親孝行の真似事ができらあ」

刑事は金をポケットにしまうと、うなだれる松蔵の肩に手を置いた。

「おめえは、果報者だな」

「へい」

自分と同じぐらいの子供がいるのだろうかと松蔵は思った。

「口に出せねえわけもいろいろあるだろうが、偉《えれ》え親分に拾われて、こんな兄ィに世話やいてもらえるんだ。今さら親を恨むんじゃねえぞ。せいぜい供養してやれよ」

刑事は松蔵の頭を撫でると、霊安室から出た。とたんに得体の知れぬ塊が胸につき上がって、松蔵は声を絞った。

「旦那、おいら、供養なんざしたかねえ。孝行なんてまっぴらだ」

「ばかやろう」

と、刑事は背中で叱った。

「おとっちゃんは、おっかちゃんをいじめ殺した。ねえちゃんも女衒《ぜげん》に売りとばして殺しちまった。なんでそんなやつの供養をせにゃならねえんだい」

「ほう、そうかい。だが、てめえは生きとろうが」

刑事はひとこと言い置いて去って行った。栄治兄ィのくゆらす煙草の煙が、セメントの壁に縞紋様を描いていた。足元に落ちた光を追って、松蔵は四角く切り取られた青空を見上げた。小鳥が満開の花をついばんでいた。

ほれ、と栄治が胸元に真新しい骨箱を差し出した。

「おめえは惣領息子なんだから、おやじを抱いてけ」

「やだ。おいら、おとっちゃんなんぞ弔いたかねえ」

「ガキみてえに駄々こねるな。ほれ」

骨箱を松蔵の手に押しつけると、栄治は古びた母の骨箱を抱いた。

「しかしまあ、土管の中でくたばるまで女房の骨を抱いてたってよォ。いかにろくでなしたァ言え、泣かせるじゃねえか」

母の骨箱は、父の末期《まつご》の血に汚れていた。

二

「ところで、とっつぁんは子供はいないのかい」

監視台に座って新聞を開いたまま、老眼鏡をかしげて係長が訊ねた。

「あいにく世間なみの人生じゃあござんせん」

股引《バシタ》の膝を所在なげに抱えて、天切り松は金網ごしに見返った。

「女はいても女房は持たねえってのが、その昔ァ渡世の決まりごとみてえなもんでした。なぜかって、女なら使いっ走りにも弾よけにもなりやしょうけど、女房となれァそうもいきますめえ。ましてやガキなんぞいた日にァ、不自由でなりやせん。男は身ひとつが一番でさあ」

インターホンが、留置場にとぼけた音を響かせた。地検への押送《おうそう》の頭数がふだんより多いせいでがらんとした房内に、昼食が運びこまれた。若い看守が雑居房の小窓《シキテン》からコッペパンの袋を差し入れ、係長はプラスチックの容器に白湯《さゆ》を注ぐ。

「とっつぁん、何なら店屋物でも取ろうか」

「めっそうもござんせん」

と、天切り松は白湯を押し戴いた。

「たまに刑事室《デカべや》でああせいこうせい言うのはシャレですよ。実のところあっしァ、寿司よりも鰻よりも、色気のねえ官弁が好物でしてね。ごちになりやす」

留置場は朝食がモッソウ飯に沢庵と味噌汁、昼食がコッペパンと白湯、夕飯は薄っぺらな弁当箱に詰めた菜と飯である。そんな粗末な三食でも体を動かすことがないから、長い留置人は自然に肥えてしまう。

「にいさん、このごろ太ったんじゃあねえのかい。朝の天突き体操ぐれえはまじめにやらねえと、体に毒だぜ」

勾留が二度三度と延長されて、すっかりなじみになった地場のやくざ者は、うんざりとした顔でマーガリンの小袋を裂いた。

「そうは言ったって、ここはブタバコだからな。ブタになるのは当たり前だよ」

「もっともだ」

と、天切り松は白湯をすする。

「したっけにいさん、五、六十年前《め》ェのブタバコってのァ、ブタの餌になる残飯をまともに食わしてたんだぜ。ブタバコってのァブタになるからそう言うんじゃあねえ。ブタの餌を食わせるからブタバコさ」

「それ、まじかよ」

と、コッペパンをかじりながら眉のない若者が言った。

「おうよ。もっともそのころァ、婆婆にだって残飯屋があった。ヅケ屋といやァ、軍隊や役所や学校から残飯をもらい下げてきて、貧乏人がヅケを食ってるのに、悪さをして留置場にぶちこまれた者が、まさかまともな飯を食うわけにはいくめえ。そんなことしようもんなら、我も我もと懲役志願に悪さをすらあ。ま、口の奢《おご》ったにいさんがたにァ、想像もつくめえがよ」

雑居房の留置人たちはコッペパンを咀嚼《そしやく》しながら、天切り松の声に耳を傾けている。

「俺の生まれ育った下谷《したや》車坂の長屋は、万年町の貧民窟の隣り町で、まともに三度の飯を食ってるやつなんざ一人もいやしなかった。それでも朝昼晩の日に三度は、ヅケ屋の店が開く──いつもみてえに威勢のいい話じゃあねえが、聞くかい」

天切り松は白湯の鉢で両掌を温めながら、淋しげな声で語り始めた。

ヅケ屋の大八車が路地に入ってくると、長屋の破れ戸がいっせいに開いて、手鍋を提げ、どんぶりを持った住人たちが駆け出してくる。

「あいよォ。きょうのごちそうは士官学校。できたてほやほやの虎の皮。アライにヘッツイ、株切《かぶきり》はおまけ」

藍の前掛けに着物の尻を端折《はしょ》ったヅケ屋は剽軽者《ひょうきん》で、客を呼びながら甲高い声を張り上げる。

「虎の皮」とは御飯のおこげ、「アライ」は水で洗い流した飯、「ヘッツイ」はパンの耳、「株切」は野菜や漬物の切れっぱしだ。

「さあさあ、さすがは士官学校、麻布の三連隊よりァずっと豪勢な献立だ。はい、並んで並んで。山盛り五銭、飯とおかずで十銭」

まっさきに駆けつけた竿竹売のおかみさんが、手鍋に十銭硬貨を投げ入れて差し出した。

「まったく、ただもらいの残飯で丸もうけしやがって。いい商売だね」

得体の知れぬ残飯を手鍋に盛りながらヅケ屋は言う。

「冗談じゃあねえよ、おかみさん。威勢のいい時代ならいざ知らず、このごろじゃあ残飯だって一貫目いくらで買ってくるんだぜ。戦争でも起きりゃあ昔みてえに丸もうけ、ヅケの中味だってぐっと良くなるんだがなあ」

「こちとら毎日が食うための戦争だ。本物の戦争のほうがよっぽどましだよ」

「へい、ごもっとも——いらっしゃい、おさよちゃんに松坊。おっかさんの具合はどうだい」

姉は握りしめていた五銭玉を弁当箱に入れて、恥じらいながら差し出した。

「具合は、よかないけど……」

「そうかい。何はともあれ食わなきゃいけない」

ヅケ屋は弁当箱に「虎の皮」と「アライ」の混じった飯を山盛りにし、蓋におかずを盛ってくれた。

「ありがとう、おじさん」

「あいよ。おっかさんには、ちゃんと食わしてやるんだぜ——さあさあ、早いうち早いうち。早いうちなら株切はおまけ」

竿竹屋のおかみさんが斜《はす》かいの引戸を開けながら、二人を振り返った。

「おさよちゃん。おとっちゃん、ずいぶん見かけないけど、あんたら平気なのかい」

「じきに帰ってくるから」

と、姉は強がった。

「平蔵さんのじきはあてにならないからねえ。まったく、病気の女房とこんな子供らをおっぽらかして、どこをほっつき歩いてるんだろう——爪楊枝《つまようじ》に気を付けるんだよ、よく見てお食べ」

おかみさんは手鍋を提げて長屋に入って行った。残飯に混じっていた爪楊枝が咽に刺さって、死んじまった子供がいるのだそうだ。

「おとっちゃん、じきに帰ってくるって、ほんと？」

「じきはあてにならないからねえ」

姉はおかみさんの口ぶりを真似て、大人びた溜息をついた。

縁側からさし入る夕陽の中で、母は掻巻《かいまき》にくるまっていた。気のせいか寝姿が小さくなったような気がする。姉は弁当箱と蓋に盛られた残飯を、体裁よく欠け茶碗に移しかえた。

「おっかちゃん――」

松蔵が肩を揺すると、母は顔をそむけて乾いた咳をした。

「きょうは、士官学校だってさ。麻布の三連隊なんかとは中味がちがうって」

振り返った母の顔は、耳たぶに夕陽が透けるほど白かった。

うちのかかあは関宿《せきやど》四万八千石、久世大和守《くぜやまとのかみ》様のご家来で、お馬廻役三百石の御高知《おたかち》の娘――父は酒に酔うと誰かれかまわずそんな自慢話をする。

武家に生まれた母が、どうして長屋住いに身を堕《お》としてしまったのかは知らない。母はその出自について多くを語ろうとはしないが、たしかに長屋のおかみさんたちとはどこかちがっていた。

顔は小造りで美しく、物腰はしとやかで、無口だった。

関宿のお殿様は三河以来のご譜代だから、御一新では割を食ったのだろうと、物知りの易者が言っていた。いくら割を食うにしても、子供や孫が残飯を食うほど身を堕とすのはひどすぎると、松蔵は思う。

その残飯にしても、三度三度ヅケ屋が仕込んでくるちかごろはまだましで、三日も大八車がやってこない「飢饉《ききん》」が、去年のうちはよくあったものだ。いくらかは世の中もよくなっているのだろう。

姉は残飯の中から白米の「アライ」を選り出して、母のために粥《かゆ》を作った。

「おとっちゃん、どこをほっつき歩いているものやら。またどこかで警察のお世話になってるんじゃあなかろうね」

無口な母のかわりに、姉は大人びた愚痴を言った。

「姉貴は俺と四つちげえで、おふくろによく似た色白の、そりゃあきょうびのアイドルなんざ裸足で逃げ出すほどのべっぴんだった。父親《てておや》に叩き売られてから、吉原の白縫華魁と呼ばれるまでに出世したのも、生まれついてのあの器量なら当たりめえのこった。それにしたって、大正の初めのあのころァ妙な時代《じでえ》だったぜ。町にゃどんどんビルヂングが建つ。自動車は走り回る。そのくせ市内のあちこちにァ時間のぷっつり止まっちまったみてえな貧民窟があって、どうともそこから這い出ることのできねえやつらが、五銭十銭の銭をはたいて残飯あさって生きていたてえんだ。今の人ァ、戦争は悪いもんだとはなから決めていなさるが、毎日が食うための戦をしている俺っちァ、戦争でも起きて軍隊の残飯がもっとよくはならねえもんかと、本気で考えていたもんさ」

天切り松は話しながら白湯をすすり、愛おしむようにコッペパンを眺めて、ひとくちかじった。

三

「おい、松。坊さんがいらしたぞ。喪主のおまえがいなくちゃ、葬式も始まらないじゃないか」

縁側で膝を抱えたまま、松蔵は常兄ィに悪態をついた。

「何でえ、常兄ィ。羽織袴にめかしこんで、きょうはいってえ何の仕事だい」

「仕事じゃないよ。おまえのおとっつぁんとおっかさんの葬式だというから、きちんとしたなりで来ただけだ」

おろし立ての袴をばさばさと音立てて、常兄ィは松蔵のかたわらに屈みこんだ。

「なあ、松」

「何だよ」

「おまえの気持ちはわかる。だが、親分と栄治兄ィが八方手をつくして葬式の段取りまでしてくれたんだ。血を分けた倅のおまえが知らんぷりはあるまい。さ、行こう」

松蔵は常兄ィの手を振りほどいて、頑なに膝を抱えた。

「松ちゃん――」

今度はおこん姐御だ。きょうに限って誰もかれもが、まるで腫物にでも触るように松蔵を宥めすかす。

長屋の裏庭づたいに、坊主の念仏が聞こえてきた。

「どうしたんだい、松ちゃん。親分が早くこいって」

「おいら、行かねえよ」

「どうして？　あんまり駄々をこねるもんじゃないよ。ほら、みんなしておまえのおとっつぁんとおっかさんを、あの世に送ってやろうってんじゃないか」

土間に立ったまま、おこん姐御は喪服の襟を整えて息をついた。

「大きなお世話だい」

とうとう裏庭づたいに、寅兄ィがやってきた。仁王ヅラをしかめて低い垣根をまたぐと、声をひそめて松蔵を叱る。

「やい、松。てめえの悪態は親分にも栄治にも筒抜けだぜ。おめえを不憫だと思えばこそ、身内にかわってねんごろに供養をしてるってのに、喪主のおめえが何をいつまで臍《へそ》曲げてやがる。さ、座って手ェ合わせてるだけでいいから、こっちこい」

みんなの気持ちは有難いと思う。有難いと思えばこそ、松蔵には勝手に生きて勝手にくたばった父親が許せなかった。

「ほら、立て。なりァそのまんまでいい。おい、おこん、常、手ェ貸せ。よしよし、いい子だ、いい子だ。おとっつぁんとおっかさんを、弔ってやろうな」

おこんと常次郎に両脇を抱えられて、松蔵は門口を出た。鳥越の長屋には廂間《ひあわい》を押しのけるように、満開の花をつけた桜の古木が立っていた。

親分の家の引戸を開ける。ご神燈の前に小さな祭壇が設けられ、坊主が経を上げていた。安吉親分も栄治兄ィも見慣れぬ黒紋付の袖を合わせてかしこまっている。申しわけないとは思っても、祭壇に並んだ二つの骨箱が目に入ると、松蔵の足は根の生えたように動かなくなった。

栄治が振り返って、「こい」というふうに顎を振った。かたわらの親分を気遣っているのだろう、目付きは険しい。

「遅くなりやして申しわけありやせん。喪主がめえりやした」

読経の合間に、栄治兄ィは坊主の肩ごしに言った。

「そうかね。こっちにお座んなさい。おとっつぁんとおっかさんをいっぺんに極楽浄土にお送りするとは、いろいろ事情もおありだろうが、親孝行な息子さんだ」

年老いた坊主はそう言って、松蔵に座蒲団を勧めた。とたんに松蔵は、身を震わせて叫んだ。

「おとっちゃんは、極楽浄土になんざ行けねえやい。お経なんかやめてくれ。そんな犬畜生の骨は、大川にでもぶん投げちめえばいいんだ」

松、と兄貴たちは口々に叱った。

「妙じゃねえか、おかしいじゃねえかよ。悪いことをすれァ、誰だって地獄に落ちるんだろ。おいらのおとっちゃんはおっかちゃんをいじめ殺した。ねえちゃんを女衒に売りとばして殺した。食われずに生き残ったおいらが、何でおとっちゃんを極楽往生させなきゃならねえんだ。地獄に落ちるのは当たりめえだ。閻魔《えんま》様が堪忍したって、おいらは許しゃしねえ。舌を引っこ抜いて、針の山に追い立てて、血の池に沈めて、釜で茹《う》でて切り刻んでやらあ」

松蔵が座敷に向かって、「くそったれ」と唾を吐いても、兄貴たちはもう咎めようとはしなかった。しんと静まり返った一同の中から、安吉親分が立ち上がった。

「そうだろ、親分。おいらはまちがっちゃいねえよな。そうだよな」

親分は祭壇の前で袴の筋を伸ばし、いちど羽織の袖を摑んでぽんと突いた。それからゆっくりと、土間に佇む松蔵に近寄ってきた。

縁なし眼鏡の中の、糸を引いたように細い目が、射すくめるように松蔵を睨みつけた。

「くそったれァ、てめえだ！」

いきなり火の出るような鉄拳を顎に見舞われて、松蔵は敷居の外まではじけ飛んだ。見上げた親分の顔は、閻魔大王のようだった。日ごろの穏やかで落ち着きのある身のこなしなど嘘のように、親分は上がりがまちから裸足で飛び下りると、松蔵の顔といわず腹といわず、力まかせに蹴とばした。誰も止めようがないほどの剣幕だった。

「いいか松公、てめえとは金輪際、親でもねえ子でもねえ。供養ができねえのなら、骨は大川にほっぽるなり無縁墓に入れるなり勝手にしやがれ」

言うが早いか親分は座敷にとって返し、坊主を押しのけて骨箱を抱え出した。呆然とへたりこむ松蔵の手元に二つの骨箱を投げ置き、懐から巾着を出してその上に重ねた。

「これァ餞別《せんべつ》だ。とっととどこへでも行きァがれ——おい、てめえら。けっしてこの犬畜生に手ェ貸すんじゃねえぞ。かかわり合った野郎は破門だ、いいな、栄治」

名指しで釘を刺されて、栄治兄ィは裸足で松蔵の脇につっ立ったまま、「へい」と答えた。親分が家に入ってしまうと、寅弥もおこんも常次郎も、みなちらりと松蔵を見返ったなり、声もかけずに座敷に上がってしまった。

骨箱を両脇に抱えて、松蔵は栄治の背中を呼び止めた。

「栄治兄ィ……おいら、どうすりゃいいんだ。なあ、兄貴。おいら、ここをおん出されたら身よりもねえし……おいら、あしたから……」

栄治は門口に立ってしばらくやるせない瞳を松蔵に向けていたが、やがて路地の夕空を被う桜に視線をすべらせて、戸を閉めてしまった。

部屋に戻ると、松蔵は鳥打帽だけを冠って長屋を出た。二つの骨箱は麻紐でくくって、肩から振り分けた。

身から出た錆なのだから、今さら未練を残しても始まらない。風呂敷にくるんだものはわずかな着替えばかりで、ほかの荷物はみな親分や兄貴たちのお下がりだから、持って出るわけにはいかないと思った。

路地の冠木門《かぶきもん》の下で、松蔵は住みなれた長屋を振り返り、鳥打帽を脱いで頭を下げた。おいらはどだい飲んだくれの博奕打ちの子で、目細の安吉の手下《てか》に直ろうなんてことが、そもそもおこがましかったんだ――。

「親分。寅兄ィ、栄治兄ィ、常兄ィ、おこん姐さん。長いこと、お世話になりました」

障子ごしの灯りに照らされた桜ばかりが、低い枝をたわませて松蔵を見送った。

「恋はやさしい、野辺の花よ……いいねえ、田谷力三《たやりきぞう》は。うん、あのテナーならきっとパリでも通用する」

舞台のはねた後の人混みを避けて、永井先生は松蔵をロビーの長椅子に誘った。花見の人出が六区に流れて、金龍館はたいへんな盛況だ。

ボッカチオのアリアもよかったけれど、田谷力三が幕の下りたあとで切々と唄った「カチューシャの唄」が、松蔵の耳に残っていた。

もともとそれを唄った松井須磨子は、スペイン風邪で死んだ島村抱月《ほうげつ》という人の後を追って、自殺してしまったそうだ。そんな出来事が観客の胸に刻まれていたのか、田谷力三がアンコールに応えて「カチューシャの唄」を唄い始めると、桟敷や客席のあちこちから、唄声とともに感極まった啜り泣きさえ聞こえた。

「君の身の振り方は相談に乗らぬでもないが、とりあえずそのお骨を何とかせねば」

行くあてもなく観音様の境内に腰をおろしているところに、永井先生が通りかかったのだった。骨箱を振り分けに背負ったままオペラを見た。二つの骨箱はいやでも人目に止まる。

シャンデリアの下に光り輝く回り階段を、様子の良い人々が犇《ひし》めき合いながら降りてくる。何だか繁栄の中洲に自分ひとりが取り残されているような気がして、松蔵は長椅子の端にちぢかまった。

「君の身の上は、あえて聞かずとも承知しておる。はてさて、どうしたものか」

「先生」と、松蔵は人混みを見ながら思いついたなりを口にした。

「何だね」

「パリに行くのにァ、どうしたらいいんだい」

「パリに？　また、どうして」

「パリにァ、貧乏人がいねえんだろ」

永井先生にもらったパリの写真帳は、松蔵の宝物だった。毎晩床の中で、春色に着彩した写真を眺めながら眠りにつくと、見知らぬ街角に佇んでいる美しい夢を見た。

「そりゃあ君、パリにだって貧乏人はおるよ」

「うそだ。あんなきれいな町に、不幸や貧乏があるわけねえ」

答えるかわりに、永井先生は黒縁の丸眼鏡をシャンデリアに向けて、ボッカチオのアリアをもういちど口ずさんだ。

「恋はやさしい、野辺の花よ……そろそろ行こうか、村田松蔵君」

六区の興行街を、春の宵にふさわしいネオンが彩っていた。行き過ぎる人々は首から振り分けられた骨箱に瞠目し、気付かずに肩を触れてしまった女は悲鳴を上げた。

しっとりと夜露に濡れた巷《ちまた》を、永井先生はステッキの先で行方を探るようにして歩き続けた。

「どこ行くんだい」

「さて、どうしたものやら。土手の夜桜でも見ながら考えよう」

人の波は六区から仲見世を横切って、示し合わせたように浅草河岸へ、あるいは吾妻橋を渡って向島の堤へと流れて行く。

隅田川に行き着くと、永井先生は満開の桜がつらなる土手道を、川上に向かって歩き始めた。夜空を埋めつくした満開の花を、まんまるの月が照らしていた。

「さきほどの質問だが――」

と、永井先生は歩きながらようやく答えてくれた。

「パリにも貧乏人は大勢おるよ。東京と同じようにね。貧しい人は世界じゅうどこに行っている。人間は与えられた環境で、不幸や貧しさに打ち克《か》って行かねばならない」

「おいらにァ、とても無理だよ。学問もねえし、体もちっちえし、根性だって曲がってる」

「いいや」

と、永井先生は顎を振った。

「私はそうは思わない。君の苦労をつぶさに見たわけではないが、私にはどうしても、君がそれほどの不幸を背負っているとは思えない」

「勝手なこと言うなよ」

歩くほどに、父と母の骨は重みを増すようだった。振り分けに首から下げた骨箱の骨が鳴るたびに、松蔵の肩も軋んだ。

涙をこらえて瞼をもたげると、満開の桜がただれ落ちるようににじんだ。

「止まってはいけない。歩きなさい」

「おいら、もう歩けねえ。行くあてもわからねえのに、歩けやしねえよ」

「歩きたまえ。止まってはいけない。人の迷惑になる」

花見の人の波が、松蔵を石くれのように追い越して行く。

「行くあてのない人間など、この世にいるはずはない。誰しも行くべきところはある。行かねばならない場所がある。さあ、歩きなさい」

永井先生は強い力で、松蔵の背を押した。


「その夜、大川土手を被いつくした桜の絢爛《けんらん》を、俺ァ生涯《しょうげえ》忘れやすめえ。向島から川越えの風が、ざっと渡れァ雪かと見まごう花吹雪。竹屋の渡しを右に見て、山谷堀を左に折れりァ待乳山の聖天様で、ああここいらの野宿場《おかんば》でおやじはくたばったのかと思や、さすがに足も重くなる。ましてやその先は、吉原の大籬《おおまがき》を一望に見渡す日本堤で、思い起こせァ一年と少し前、あねきのなきがらを背負って登った衣紋《えもん》坂から見返り柳。いってえ俺ァ何の因果で、今度はおやじとおふくろの骨を抱え、同じ道を歩かにゃあならんのだと、嘆くそばから横なぐれの花が、泣くな泣くなと吹きわたる。それでも俺ァ、唇嚙んで眉上げて、次第《しでえ》に人影の絶えて行く土手道をまっつぐに歩った。いってえ何が俺を懸命に歩かせていたかわかるかえ。そいつァ花でもねえ月でもねえ、ましてや学者先生の口ずさむアリアなんぞであるもんか。俺ァともかく——血を享《う》けたおやじにせえおふくろにせえ、俺を惑わすしがらみをどこかにうっちゃりたかった。三ノ輪の電車道の下に、花に埋もれた銅葺きの寺の瓦が見えたとき、俺ァ矢も楯もたまらずに駆け出した。足手まといの千日履《せんにちば》きを山谷堀に蹴り捨てて、ちきしょう、ちきしょうと叫びながら、花の中を一目散につっ走った。ちきしょう、ちきしょう、ばかやろう、ばかやろう——吸いこまれるように駆け込んだ投げ込み寺の塚の裏手に、俺ァそんとき妙なもんを見ちまったんだ。まさか死んだ姉貴の幽霊じゃあねえよ。驚くじゃあねえかい、泣かせるじゃあねえかい。薄紅に花を咲かした枝垂《しだれ》桜の根方に、愛らしい白みかげの、姉貴の墓が建っていたんだ。ひとめ見て、俺ァどこのどなたさんがその墓石を建ててくれたんだかはっきりとわかった。俺ァ思わず墓の前にがっくりと膝を折り、声を嗄《か》らして泣くだけ泣いた。畜生なんざどこにもいねえ、馬鹿野郎は俺ひとりだったんだと、俺ァ地べたに散り敷いた花を、盲縞の胸いっぺえに搔っこんで、声をかぎりに泣くだけ泣いたっけ」

四

「おや、何とまあ可愛らしいお墓だろう——」

永井先生は肩を落としておたれる松蔵のかたわらに屈みこみ、姉の墓に手を合わせた。

「親分が……」

ねえちゃんのお墓をこさえてくれたんだよ、と言おうとして、松蔵は顔を被って泣いた。

「君は、知らなかったのかね」

うん、と松蔵は肯いた。

「なるほど。それはいかにも安吉親分らしい。あの人は他人に情をかけても、けっして恩は着せない。人を好いても、好かれようとはしない。義というものを知っている。あれは、男の中の男だ」

松蔵は懐の中から、手拭にくるんだ盃を取り出した。返し方がわからず、むろん捨てることもできずに、親子の証しの盃は胴巻の奥深くにしまわれていたのだった。

「おいら、親分に破門されちまった。こいつを、返さにゃならねえ」

言葉が咽に詰まって奥歯を嚙みしめると、また新たな悲しみが瞼に溢れ出た。

安吉親分と別れるのは、親に捨てられるより辛かった。明日からの暮らしや、自分の未来のことは、もう何ひとつ考えなかった。ただ、大好きな安吉親分と別れたくないと思った。

松蔵は親子の盃を、散りかかる花もろとも胸に抱いた。

「おいら、親分が好きだ。親分のことが、大好きだ」

思いのたけを言葉にすれば、それがすべてだった。

「ふむ。だが、君は親分に嫌われた。なぜだかわかるかね」

松蔵はこっくりと肯《うなず》いた。その理由はわかっていた。

「おいらが、犬畜生だから……」

永井先生は立ち上がってしばらく考え深げに花を見上げ、教え子を訓《さと》すように後ろ手を組んだ。

「村田松蔵君」

「はい」と、松蔵は思わず答えた。

「ではそこで、君に問題を出そう。人間が犬畜生にならぬためには、いったいどうすればよいのかな。この問題が解ければ、私から安吉親分にもういちど盃を直してもらえるよう取りなしてあげよう」

犬畜生と罵《ののし》った親分の声が、松蔵の耳に甦った。

「わからねえよ、そんなの。おいら、学校に行ってねえもの」

「いいや、君は府立一中や慶応義塾の生徒よりも、ずっとすばらしい教育を受けてきたはずだ。こんな簡単な問題を、君が解けぬはずはない。考えたまえ、村田松蔵君」

満月の光が、うっすらと雪のように花の降り積んだ姉の墓石を照らしていた。村田家之墓と刻まれた石のおもてを、松蔵はじっと見据えた。

「おいら、犬畜生になりたかねえ」

「そうだ。畜生は乳離れをしたとたん親を忘れる。ときには親を弑《しい》し、食らいさえする。人間は人間であるかぎり、けっして親を憎んではいけない。たとえどのような親であろうと、けっして恨んではならない。親に対する恨み憎しみは、おのれの血を蔑むことだ。おのれを蔑めば、人間はただのひとりも生きては行けない」

永井先生は、まとまりのつかない松蔵の答えを代弁してくれた。そしてたぶん、安吉親分の心を伝えてくれた。

松蔵は振り分けに背負った父母の骨箱を肩から下ろし、墓前に据えた。

「おいら、お経を知らねえんだけど」

「そんなものはいらない。念仏も題目も経文も、何もいらない。君の思うところを、君自身の胸に念じなさい」

合掌しようとする手を、べつの力が引き離した。肩の肉がかちかちに凝り固まって、手など合わせるなと松蔵を叱咤《しった》した。心とはうらはらに、体がそれを拒んでいた。

悪い記憶ばかりが胸に甦った。医者にもかからず、長屋の煎餅蒲団に真赤な牡丹の花を咲かせて死んだ母の、断末魔の姿が瞼に甦った。衣紋坂の中途でずっしりと重くなった姉の瘦せこけた尻の感触を、その手が覚えていた。

あいつがおまえに何をしたと、体じゅうの肉という肉が松蔵を責めた。

瘧《おこり》のように身を震わせながら、松蔵はやっとの思いでキリスト教徒のように指を組み合わせた。

あいつがおまえに何をした。ねえちゃんやおっかちゃんに、何をした。

掌を合わせたとたん、温かな血が体をめぐった。目をきつく閉じ、松蔵は前のめりに肘をついて降り積む花の上に俯《うつぶ》した。

おとっちゃん。

おいらを許してくれろ。孝行もせず、恨みつらみばかり言っていたおいらを、どうか許してくれろ。

おいらは馬鹿でも犬畜生でもねえ、人間だ。嬉しけりゃ笑うし、切なけりゃ涙も出る。そのことを、おいらはずっと忘れていた。

大人になって、酒や女や博奕や、男の道楽を覚えたら、きっとおとっちゃんの気持ちがわかると思う。おいらも男なんだから、きっとわかる。

おとっちゃんは無一文になって、待乳山《まっちやま》の野宿場《おかんば》まで落ちても、おっかちゃんのお骨を抱いていてくれた。おいら、嬉しかったよ。あれから何があって、どこでどう暮らしていたかは知らねえけど、おとっちゃんはおっかちゃんを離さずにいてくれた。

惚れてたんだろ。

おっかちゃんはさむらいの娘だから、いつかは昔通りの暮らしをさしてやりてえと思って、おとっちゃんは博奕をぶったんだろ。

何だってうまくいかずに、そのうちおっかちゃんが死んじまったから、やけを起こしてねえちゃんやおいらを売ったんだろ。

閻魔様も、きっとわかってくれる。おいらあしたから、朝晩なんまんだぶを百ぺん唱えて、よろしくお願いするよ。だからおとっちゃん、もうやけは起こさずに成仏してくれろ。ねえちゃんとおっかちゃんのところに行ってくれろ。

そんで、今までやりたくてもできなかった分、ねえちゃんとおっかちゃんを大切にしてやってくれろ。

たのむよ、おとっちゃん。

ねえちゃんとおっかちゃんを、その手で抱いてやってくれろ。

花ざかりの土手を歩いて、ようやっとここまでやってきた。ずっと考え続けてきたことを、おとっちゃん、聞いてくれますか。

おいら、もういっぺん生まれ変わっても、やっぱりおとっちゃんの子供になりてえ。おとっちゃんとおっかちゃんの子供がいい。

なぜかって、そりゃあ聞くだけ野暮だろ。おいら、てめえのことが好きなんだ。村田松蔵てえ、おいらのことが好きなんだよ。

だから、いくら貧乏したって、ヅケ屋の残飯を食ったって、学校に行けなくたって、おとっちゃんの子供にもういっぺん生まれてえんだ。

嘘でも強がりでもねえよ。仏さんにお世辞を言ったって始まるめえ。

おいら、おっかちゃんが大好きだった。ねえちゃんも。ほんとのこと言うとね、おとっちゃんのことも、おいら、大好きだった。

だからいつも、夕方になるとねえちゃんと二人して、長屋の冠木門の外でおとっちゃんの帰りを待ってたんだ。どぶ板を踏んで、おとっちゃんのひょろりとした姿が見えると、おいら、いつも走ってったろう。わあい、わあい、って。

なあ、おとっちゃん。

考えてみれァおいらは盗ッ人だから、たぶん地獄に落ちる。おいらのできねえ分まで、ねえちゃんとおっかちゃんを大切にしてやって下さい。もう離れずにいてやって下さい。

何の孝行もできずに、ごめんな。

それから――

ねえちゃん。おっかちゃん。

おいらからのお願い、聞いてくれろ。

後生だから、おとっちゃんを堪忍してやって下さい。後生一生のお願いです。

極楽にァ、酒も博奕もなかろうから、それさえなけりァおとっちゃんはきっといい人だ。

どうか恨みつらみは水に流して、おとっちゃんを堪忍してやってくれろ。

そのかわり、おいら約束する。

おいらの体を流れてるろくでなしの男の血は、おいらを限りに絶やします。そんで、おいらが地獄に落ちりゃあ、めでたし、めでたし。

みんな、おいらを許してくれろ。おとっちゃんもおっかちゃんもねえちゃんも、みんなの不幸を指くわえて見てたおいらを、どうか許してくれろ。

貧乏も病気もねえあの世で、親子三人、仲良く暮らして下さい。

「村田松蔵君――」

松蔵は花に埋もれた顔をもたげた。

「あとのことはここの和尚さんにお任せして、帰りましょう」

永井先生は横なぐりの花に巻かれて立っていた。

「帰《けえ》るって、どこへ？」

「決まっているじゃないか。鳥越の長屋さ」

枝垂桜の上に昇った満月を、松蔵はぼんやりと見上げた。

「君は、親に甘えた経験がないね。いちどぐらいは甘えてみなさい。なに、私がうまく言ってあげるから、君はただ神妙にしておればよろしい」

永井先生は松蔵の腕を扶《たす》け起こすと、山高帽の庇を上げて花を見渡し、春の夜気を胸いっぱいに吸いこんだ。

「ああ、それからひとつだけ言っておくが、パリに桜はないよ」

どんなに貧乏をしたって、まさか桜のない町になど住みたくはない。

「へえ、ほんとかよ――」

松蔵は小さな体を夜空に拡げ、散りまどう花を両手いっぱいに抱きしめた。

解説

大山勝美

さいきん日本語を声に出して読む本が、いくつか出版されているようだが、「声に出してみたくなるセリフ」を小説の中で探すとなると、浅田次郎さんのものが一、二を争うのではなかろうか。

例えば「天切り松」の自己紹介のくだり——「天切り松といやァちょいとは名の知れた盗ッ人だ。天切りたァ、大江戸以来の夜盗の華。ケチな所帯にァ見向きもせず、忍び返《げえ》しに見越しの松、長屋門に車寄せてえお屋敷ばかり、夜に紛れて屋根を抜く、富蔵、藤十郎、鼠小僧の昔から、一子相伝、親分から子分へと奥義《おうぎ》を伝えた荒技でぇ……」

「待ってました！」舞台なら大向うから声をかけたくなる名調子である。河竹黙阿弥ばりの小気味よい江戸弁。読んでいて、唇が自然に動いてくる。浅田さんには、いつか「白波狂言」に挑戦してもらいたいと願っている。きっと華やかでケレン味ある舞台が生まれるに違いない。

それにぜひ本格的「一人芝居」にも、である。この小説にもあるのだが、浅田作品の後半に出てくる長い長いモノローグや手紙。そこで人物のふきあげる思いが、しみじみと語られる。情にみち切なくて感動する。すでにして一人芝居の世界なのである。

浅田次郎の代表作といえば、直木賞受賞の『鉄道員《ぽっぽや》』で、平成の「泣かせ男」というレッテルを貼られがちであった。さいきん出版された『椿山課長の七日間』（朝日新聞社刊）の宣伝惹句にも「無償の愛」と「親子の絆」の浅田次郎——が使われている。私自身『天国までの百マイル』を読み、たちまち浅田ワールドにすっぽりはまって、何回も涙しすぎさまテレビ化の申し入れをしたのだった。

そのときは純愛、感動の文芸作家と思っていたのだったが、私の不明で『プリズンホテル』や『天切り松 闇がたり』のようなピカレスク極道もの、『珍妃の井戸』『壬生義士伝』のような歴史ものと、広角打法のバッターで、しかもオールヒット、凡打がないのである。御当人も、いくつもの顔をおもちのようである。博打《バクチ》好き、競馬好きの馬主、競馬評論家にしておしゃれなダンディ、ブティックのオーナー、そして直木賞作家で名エッセイスト。ヤマタのオロチのような方なのである。

脚本家の早坂暁氏は、遅筆家として知られている。資料を集め読みこみ、人と逢い取材し、ホテルにこもり、それでもなかなか書き出さない。当方はいらいらして胃散を飲みつづける。と、ある日突然書きはじめ、それからは一気呵成なのである。いつか「なぜ序走が長すぎるのか？」とたずねたところ、「まだ体が、その世界の体になっていないからだ」という答えであった。

浅田さんの実人生は、文字通り波乱万丈である。裕福な家庭に生まれながら、破産で一家離散。自衛隊入隊。マルチ商法で大儲け。早坂氏流にいうと、浅田さんは描く世界の体が、いくつも自身のなかに、豊かにでき上っているのである。

作家としての出発点となったのは、極道まがいの裏の人生街道を歩いた体験がベースの『とられてたまるか！』（学習研究社刊）シリーズというが、その中の一冊が『初等ヤクザの犯罪学教室』（幻冬舎アウトロー文庫）として出版されている。これがまた滅法面白い。「留置場を選べ」、「銀行強盗の実際」、「悪いことならマジメにやれ」、目次からして蠱惑《こわく》的でそそられる。笑いながら実があり、教訓的なのである。

この本の中に、じつは「天切り松」がチラと登場している。語り手が留置場で小柄な老人と出逢う。彼こそは手下二千人の仕立て屋銀次の孫弟子という設定は変らない。しかし、この『天切り松 闇がたり』は、まったく別作品で、新しい魅力の装いに色どられて、見事という他ない。

まずは、きわめて映像的である。痛快で人情味たっぷりの、すぐれた人生映画を見るゾクゾク感がある。物語は、現代のうす暗い留置場から出発する。小意気でイナセ、物静かな柄の小さな老人が、思い出話を「千夜一夜」のように、低い声で語りはじめる。モノクロ映画、セット芝居の雰囲気である。

回想に入ると一転、大正ロマン時代の極彩色の色がつき、野外撮影ふうに映像が動く。風が吹き雲が流れ、にぎやかな音が湧き上ってくる。妖しい美学に貫ぬかれた庶民の味方義賊たちのプロの美学に徹した活躍が、動く錦絵のように眼を奪う。裏社会の人間が表社会の人たちを、痛快にやりこめる。

その義賊たちが、また恰好いい。天切りの達人栄治兄ィ、強盗《タタキ》の寅弥兄ィ、騙りの常次郎兄ィ、巾着切りのおこん姐さん。役者ぞろいで変化にとみ、個性的である。

それぞれの技量を十二分に発揮したエピソードも、浅田カラーがこめられている。読んで笑い、涙ぐみ、驚ろき、うなずき、感服し、感嘆する。そして回想部分が、たくまずして天切り松の成長物語ビルドゥングスロマンになっている。

母と早く死別し、実の父親に捨てられた松は、義賊の集団の中で、友情をはぐくみ、技量を鍛え、世間を知り人間として成長してゆく。そこには、かつて日本の血族が伝統的にもっていた情の濃さ、掟や躾の厳しさ、支えあう絆のつよさ、人間関係の豊かな美しさが心地よく展開されている。

この稿を書くすこし前、私はしばらく入院加療していた。六人の大部屋である。昨年の大きな手術の後は、高熱が出たら来院するようにと病院から指示されていたからである。幸い、風邪からの熱とわかったのだったが、病室はどこか留置場に似ている、とベッドで横になりながら思っていた。

シャバに出るまでの留め置き場、仮りの宿というのは共通している。「あら、どうしたの?」顔見知りの看護婦になつかしそうな顔をされると「いや、一寸熱出まして」と、何故かバツが悪い。後ろめたさや口惜しい思いが胸をよぎって、テレ笑いを浮かべたりする。多分に二度三度留置場に入れられたセミ常連と、看守の関係に通ずるものがありはしないだろうか。

　病室は、ベッドにいるのが原則だから退屈する。同室者の病名や病いの重さが、何となく気になる。自分の病症を得々と話す人、民間療法の秘薬について尤もらしい解説を低い声で話す人、話しかけても無愛想な人、などがいる。たくまずして人間交差室である。

　今回の入院で、困った同室者がいた。八十四歳の世に言う婆さんの類いで、動脈硬化からくる足痛での入院である。娘たちが三人いて、孫ともども交互に甲斐甲斐しく見舞っている。

　見舞い客が姿を消し、病室が静かになると、彼女の嘆きがはじまる。

「あ〜ァ」独得の口調で溜息しながらつづく。「どうしようもないなァこんな人生じゃァ」「何でこんなになっちゃったんだろう」「あ〜ァ、何も悪いことしてないのになァ」こんな繰り言が延々と続くのである。

　病気になると、患者の思いはみな同じである。だが、どこかで不平不満を愚痴るのを我慢している。八十四歳にもなって、往生際が悪いと言いたくなってしまう。だが誰も注意できない。静かな病室で、彼女の「ぼやき」節を聞きながら、こんなとき「天切り松」が現れてくれたら、何と言うだろうと思っていた。

「お姐さん、ごめんなさって。ちと、よろしゅうございやすかねぇ」と、おだやかに切り出しながら、病室での過ごし方、老後の迎え方など、彼女の生まれた大正時代の想い出話などを交えながら、彼女のイラ立ち辛さをなだめ治めるに違いない。どんな話しをするだろう、そう考えだすと、退屈でなくなってきた。

彼女は、かつて教師をしていたらしく、活字を読むのが好きで、週刊誌などによく目を通していた。「天切り松」は、多分こう言うに違いない。

「お姐さん、週刊誌もようござんすが、あっしは、浅田次郎さんの小説を読むことを、おすすめしやす。あっしのことを書かれた本もありやすが、何てったって、あの方は辛え思いや弱え人の気持ちがよおく判るお方でやすから。浅田さんの本を読みやすと、流行《はやり》のひしゃげて萎えちまった気持ちが、しゃんとなりやす。苦労してやす。生きる元気が湧いてきやす。お姐さんの気持ちの言葉でいやァ、癒されるんでやす。それに何てったって面白ぇんです。お姐さんの気持ちの憂《う》さもぱきっと晴らされること、間違いなし。あっしが保証いたしやすよ」

私はどこか空想の中で、「天切り松」の姿と声を求めて楽しんでいた。


（演出家・プロデューサー）

初出

残俠　「小説すばる」一九九八年一月号「残俠」前編として掲載
切れ緒の草鞋　「小説すばる」一九九八年二月号「残俠」後編として掲載
目細の安吉　「小説すばる」一九九八年三月号
百面相の恋　「小説すばる」一九九八年四月号
花と錨　「小説すばる」一九九八年五月号
黄不動見参　「小説すばる」一九九八年七月号
星の契り　「小説すばる」一九九八年八月号
春のかたみに　「小説すばる」一九九八年六月号「花のかたみに」として掲載

この作品は一九九九年九月、集英社より刊行されました。

鉄道員（ぽっぽや）

娘を亡くした日も、妻を亡くした日も、男は駅に立ち続けた——。心を揺さぶる〝やさしい奇跡〟の物語。表題作をはじめ、「ラブ・レター」「オリヲン座からの招待状」など８編収録。第117回直木賞受賞作。

活動寫眞の女

昭和44年、京都。大学新入生の僕は友人と太秦映画撮影所でアルバイトをすることになった。その友人が恋に落ちたのは30年も前に死んだ女優の幽霊だった……。青春恋愛小説の傑作。

浅田次郎の本

王妃の館（上・下）

150万円の贅沢三昧ツアーと、19万８千円の格安ツアー。対照的な二つのツアー客を、パリの超高級ホテルに同宿させる!?　倒産寸前の旅行会社が企てた、〝料金二重取りツアー〟のゆくえは……。

オー・マイ・ガアッ！

くすぶり人生に一発逆転、史上最高額のジャックポットを叩き出せ！　ワケありの三人が一台のスロットマシンの前で巡り会って、さあ大変。笑いと涙の傑作エンタテインメント。

サイマー！

「サイマー」とは中国語で「賽馬」＝競馬のこと。浅田次郎が巡る日本と世界各地の競馬場。競馬人生30年を振返る、馬への愛に満ちた傑作エッセイ。競馬写真家・久保吉輝氏の美しい写真口絵付。

浅田次郎の本

プリズンホテル　1　夏

任俠団体専用（？）の不思議なホテルに集まる人々の笑いと涙の傑作コメディ。泣けます。笑えます。癒されます。浅田次郎の初期を代表する大傑作シリーズ。

プリズンホテル　2　秋

今宵、我らがプリズンホテルへ投宿するのは警視庁青山署と大曽根組のご一行。そしていわくありげな売れない元アイドル歌手とその愛人。愛憎ぶつかる温泉宿の夜は眠らない……。

プリズンホテル　3　冬

我らがプリズンホテルに冬がきた。雪深い宿にやってくるのは今宵も事情《ワケ》ありなお客人。5千人殺しの鬼婦長、天才アルピニスト、切羽詰まった編集者……。雪に涙がしみわたる。

プリズンホテル　4　春

孝之介が文壇最高のステータス「日本文芸大賞」にノミネートされた。選考結果をプリズンホテルで待つことにしたのだが、またしても大騒動が……。笑って泣ける感動の大団円。

集英社文庫

集英社文庫

天《てん》切《き》り松《まつ》 闇《やみ》がたり　第《だい》二《に》巻《かん》 残《ざん》　侠《きょう》

2002年11月25日　第1刷　　定価はカバーに表示してあります。
2008年6月7日　第22刷

著　者　浅田次郎《あさだじろう》
発行者　加藤　潤
発行所　株式会社　集英社
東京都千代田区一ツ橋2-5-10　〒101-8050
電話　03-3230-6095（編集）
03-3230-6393（販売）
03-3230-6080（読者係）
印　刷　凸版印刷株式会社
製　本　凸版印刷株式会社

フォーマットデザイン　アリヤマデザインストア　　マークデザイン　居山浩二

ISBN978-4-08-747507-4 C0193